El cielo llora por mí

Alfaguara es un sello editorial del Grupo Santillana
www.alfaguara.com.mx

Argentina
Av. Leandro N. Alem, 720
C 1001 AAP Buenos Aires
Tel. (54 114) 119 50 00
Fax (54 114) 912 74 40

Bolivia
Avda. Arce, 2333
La Paz
Tel. (591 2) 44 11 22
Fax (591 2) 44 22 08

Chile
Dr. Aníbal Ariztía, 1444
Providencia
Santiago de Chile
Tel. (56 2) 384 30 00
Fax (56 2) 384 30 60

Colombia
Calle 80, 10-23
Bogotá
Tel. (57 1) 635 12 00
Fax (57 1) 236 93 82

Costa Rica
La Uruca
Del Edificio de Aviación Civil 200 m al
Oeste
San José de Costa Rica
Tel. (506) 220 42 42 y 220 47 70
Fax (506) 220 13 20

Ecuador
Avda. Eloy Alfaro, 33-3470 y Avda. 6 de
Diciembre
Quito
Tel. (593 2) 244 66 56 y 244 21 54
Fax (593 2) 244 87 91

El Salvador
Siemens, 51
Zona Industrial Santa Elena
Antiguo Cuscatlan – La Libertad
Tel. (503) 2 505 89 y 2 289 89 20
Fax (503) 2 278 60 66

España
Torrelaguna, 60
28043 Madrid
Tel. (34 91) 744 90 60
Fax (34 91) 744 92 24

Estados Unidos
2105 N.W. 86th Avenue
Doral, F.L. 33122
Tel. (1 305) 591 95 22 y 591 22 32
Fax (1 305) 591 91 45

Guatemala
7a Avda. 11-11
Zona 9
Guatemala C.A.
Tel. (502) 24 29 43 00
Fax (502) 24 29 43 43

Honduras
Colonia Tepeyac Contigua a Banco
Cuscatlan
Boulevard Juan Pablo, frente al Templo
Adventista 7o Día, Casa 1626
Tegucigalpa
Tel. (504) 239 98 84

México
Avda. Universidad, 767
Colonia del Valle
03100 México D.F.
Tel. (52 5) 554 20 75 30
Fax (52 5) 556 01 10 67

Panamá
Avda. Juan Pablo II, no15. Apartado Postal
863199, zona 7. Urbanización Industrial
La Locería – Ciudad de Panamá
Tel. (507) 260 09 45

Paraguay
Avda. Venezuela, 276,
entre Mariscal López y España
Asunción
Tel./fax (595 21) 213 294 y 214 983

Perú
Avda. Primavera 2160
Surco
Lima 33
Tel. (51 1) 313 4000
Fax. (51 1) 313 4001

Puerto Rico
Avda. Roosevelt, 1506
Guaynabo 00968
Puerto Rico
Tel. (1 787) 781 98 00
Fax (1 787) 782 61 49

República Dominicana
Juan Sánchez Ramírez, 9
Gazcue
Santo Domingo R.D.
Tel. (1809) 682 13 82 y 221 08 70
Fax (1809) 689 10 22

Uruguay
Constitución, 1889
11800 Montevideo
Tel. (598 2) 402 73 42 y 402 72 71
Fax (598 2) 401 51 86

Venezuela
Avda. Rómulo Gallegos
Edificio Zulia, 1o – Sector Monte Cristo
Boleita Norte
Caracas
Tel. (58 212) 235 30 33
Fax (58 212) 239 10 51

Sergio Ramírez

El cielo llora por mí

© 2008, Sergio Ramírez
© De esta edición:
2008, Santillana Ediciones Generales, S. A. de C. V.
Av. Universidad 767, col. del Valle,
México, D. F., C. P. 03100, México.
Teléfono 5420 75 30
www.alfaguara.com.mx

Primera edición: noviembre de 2008

ISBN: 978-607-11-0043-6

© Diseño de cubierta: Everardo Monteagudo

Impreso en México

Para Amaya Elezcano

¡Oh —decía—, lo que carga el peso de la honra y cómo no hay metal que se le iguale! ¡A cuánto está obligado el desventurado que della hubiera de usar! ¡Qué mirado y medido ha de andar! ¡Qué cuidadoso y sobresaltado! ¡Por cuán altas y delgadas maromas ha de correr! ¡Por cuántos peligros ha de navegar! ¡En qué trabajos se quiere meter y en qué espinosas zarzas enfrascarse!

MATEO ALEMÁN, *Guzmán de Alfarache*

1. Adiós Reina del Cielo

La ventana de la oficina del inspector Dolores Morales en el tercer piso del edificio de la Policía Nacional en Plaza del Sol, ocupado por la Dirección de Investigación de Drogas, permanecía siempre abierta porque el aparato de aire acondicionado no funcionaba desde hacía siglos. No la cerraba ni cuando llovía, y la cortina de cretona, recogida en un extremo, era un guindajo apelmazado de humedad y polvo.

Aquel edificio, un cubo de aluminio y vidrio que antes de la revolución había sido sede de una compañía de seguros, no tenía más que una novedad, una modesta pirámide de acrílico transparente mandada a colocar en la azotea por el primer comisionado César Augusto Canda, que como afiliado a la Fraternidad Esotérica de los Rosacruces creía en las virtudes del magnetismo biológico.

En un rincón de la oficina, bastante lejos del escritorio metálico, brillaba la pantalla de la computadora, que más bien parecía estorbar en la habitación mal provista, y en las paredes colgaban de manera dispersas fotos de mediano formato: una escuadra de guerrilleros flacos, barbudos y mal armados, el inspector Morales uno de ellos; policías de civil alrededor de una mesa en celebración de algún cumpleaños, chocando sus vasos, el inspector Morales también uno de ellos; otra en que recibía la imposición de sus insignias de grado, y otra en la que saludaba al jefe de la DEA para el área de Centroamérica y el Caribe, en visita a Nicaragua.

Se acercó a la ventana con el teléfono portátil pegado al oído. El número seguía ocupado. Abajo, en el patio de estacionamiento, cantaban voces desafinadas entre un reventar de cohetes que estallaban en volutas leves en el cielo. Había pasado el mediodía, y la corona de la Virgen de Fátima relumbraba bajo el sol de la canícula que ya llegaba a su fin, mientras la imagen, en peregrinaje por toda Nicaragua, avanzaba entre dos vallas de policías, el anda adornada con flores de Júpiter en hombros de los oficiales, hombres y mujeres, de la plana mayor. Los sones de la marcha festiva, ejecutada por la banda militar, llegaban distantes, como si el aire cálido los dispersara igual que el humo del incensario que movía lentamente el capellán, voluminoso como un ropero de tres cuerpos bajo su capa pluvial de color violeta con arneses dorados, abriendo paso a la procesión.

El inspector Morales sabía que abajo estaban notando su falta, y desistió de seguir intentando la llamada. Se puso la camisa del uniforme, porque debido al calor prefería trabajar en camiseta, una camiseta verde olivo, y salió al pasillo desierto donde sólo encontró a doña Sofía.

Todos, oficiales, policías de línea, agentes de investigación, secretarias, ordenanzas, afanadoras, estaban abajo junto a sus jefes recibiendo a la Virgen Peregrina, salvo doña Sofía Smith, su vecina en el barrio El Edén. Desatendida del bullicio de afuera, seguía limpiando las baldosas con un lampazo empapado en un desinfectante turquesa de olor dulzón que sólo se usa, sabrá Dios por qué, en las cárceles y en los cuarteles.

Al pasar el inspector Morales a su lado se puso en posición de firme, asiendo el mango del lampazo como si fuera un fusil, una costumbre heredada de los viejos tiempos, cuando era dueña de un fusil de verdad, un viejo bz checo, de los que llamaban "matamachos", y la policía se llamaba Policía Sandinista. Y no ocultó su desdén. Temprano había dejado sobre el escritorio del inspector Morales un memorándum, escrito con lápiz de grafito en el revés de una esquela de requerimiento de abastos de oficina, que decía:

Asunto: Actividad religiosa.
A: Compañero Artemio.
He recibido una citación para comparecer al recibimiento de la Virgen de Fátima, pero no cuenten con mi presencia. Me da vergüenza que compañeros revolucionarios se presten a una farsantería.

Aún seguía llamándolo con el seudónimo Artemio, bajo el que lo conociera en la resistencia urbana cuando ella misma prestaba servicios de correo clandestino. Entraron juntos a la nueva Policía Sandinista a la caída de Somoza en 1979, y como su hijo único José Ernesto, de seudónimo William, había caído en combate en El Dorado en los días de la insurrección de los barrios orientales de Managua, siempre había subido a las tarimas de los actos de cada aniversario de la fundación de la policía con las otras madres de héroes y mártires, todas enlutadas cargando en el regazo el retrato enmarcado de sus hijos.

Hija de un teniente de las tropas de Marina de Estados Unidos acantonadas en Nicaragua durante la intervención que terminó en 1933, y de una modista del barrio San Sebastián que cosía a domicilio para las esposas de los oficiales yankis, si llevaba el apellido Smith es porque la madre se lo había puesto a la brava, sin mediar matrimonio. Evangélica a muerte, y sandinista a muerte, doña Sofía era una dura mezcla de dos devociones; y en desuso ya los ritos de la revolución, se refugiaba en los del culto protestante, afiliada como estaba a la iglesia Agua Viva.

Desde su ingreso a la policía asumió el puesto de afanadora con disciplina partidaria, entregada a sus tareas de limpieza en uniforme verde olivo, pantalón y camisa, su broche de militante prendido sobre el bolsillo del lado del corazón. Allí se había quedado hasta hoy, cuando ya no había reuniones del comité de base ni jornadas de trabajo voluntario. Ahora lo que usaba era un uniforme gris con falda. Tenía dos, y uno colgaba siempre del alambre en el tendedero del patio de su casa. Vecinos como eran, el inspector Morales, siempre que podía, le daba raid en su Lada azul celeste, sobreviviente de aquellos tiempos.

El inspector Morales contestó a su mirada de reproche con un gesto de impotencia evasiva, y tan apresuradamente como se lo permitía la prótesis de su pierna izquierda bajó los estrechos escalones sumidos en la penumbra, porque el ascensor había sido desahuciado desde hacía años.

Peleando en el Frente Sur en noviembre de 1978, en uno de los combates para apoderarse de la colina 33, el mismo donde cayó el cura asturiano Gaspar García Laviana, un balazo de Galil le había deshecho los huesos de la rodilla; fue sacado de emergencia a la estación sanitaria instalada en el poblado de La Cruz, del otro lado de la frontera con Costa Rica, y de allí lo llevaron en una avioneta al Hospital Calderón Guardia de San José, donde no hubo más remedio que amputarlo porque amenazaba la gangrena. La prótesis se la habían puesto en Cuba, y aunque era una pierna bien moldeada, el color sonrosado del vinilo no se avenía con lo moreno de su piel.

Se incorporó al grupo de oficiales al momento en que la Virgen de Fátima era colocada en el altar erigido bajo las acacias, al pie de los ventanales, en medio del copioso rumor de los aplausos. La inspectora Padilla, directora de Recursos Humanos, las nalgas y los pechos rebosantes entallados dentro de su uniforme, recibió de manos del imponente capellán un folleto, se acercó al micrófono, dio las buenas tardes, y recitó escasa de aire y de carrera Nuestra Señora vino a aparecer por tercera vez en Coba de Iría el 13 de julio de 1917 a fin de revelar el segundo secreto a los hermanitos pastores Lucía, Francisco y Jacinta que vieron de pronto un relámpago y apareció Ella vestida de blanco rodeada de luz resplandeciente y dijo vendrán guerras hambre persecución de la Iglesia causadas por Rusia y se hallará en peligro el Santo Padre pero si mi petición es acatada Rusia se convertirá y habrá paz si no Rusia difundirá el comunismo y los buenos serán martirizados…

Apenas terminada la lectura, la subinspectora Salamanca, jefa de Archivos Generales y Documentación, soltó una pareja de palomas guardadas en una caja de embalar tarros de aceite de cocina, con huecos perforados a cuchillo, y las palomas, tras revolotear un momento sobre la corona de la virgen, fueron a posarse, distantes, en la pirámide de la azotea sobre la que pasaban en lento cortejo las nubes.

La vista del inspector Morales siguió a las palomas, pero su pensamiento continuaba entretenido en la llamada telefónica frustrada. Le urgía comunicarse con el subinspector Bert Dixon en la estación de policía de Bluefields, quien lo había llamado poco después de las siete de esa mañana para informarle del hallazgo de un yate abandonado en Pearl Lagoon.

La Laguna de Perlas se extiende en un territorio selvático de tierras bajas al norte de Bluefields, la cabecera de la Región Autónoma del Atlántico Sur, donde los ríos que corren de manera arbitraria se enlazan con caños, canales, lagunas y lagunetas, y son de esta manera las únicas vías de comunicación entre los poblados ribereños. La más grande entre el río Escondido y el Río Grande, se halla separada del mar Caribe por una estrecha franja que se interrumpe en Barra de Perlas, un paso practicable según la marea. Pero la manera más común de entrar a ella, y alcanzar los poblados de su contorno, es a través del canal Moncada, que la comunica con el río Kukra, cuyo curso sinuoso sigue hasta Big Lagoon, donde otro tramo navegable, el caño Fruta de Pan, desagua en el caudaloso río Escondido. De allí se llega a la bahía de Bluefields, y en sentido contrario, hacia el oeste, al puerto fluvial del Rama, donde comienza la carretera que conduce hasta Managua, al otro lado del país.

Una ballena grande, muy elegante, abandonada cerca de la comunidad de Raitipura, en la desembocadura del caño Awas Tingni, le había dicho Lord Dixon, con ese acento costeño que siempre le divertía oír, cada palabra como si siempre tuviera un caramelo en la boca. Él lo llamaba Lord Dixon por sus modales impecables. Nunca alzaba la voz ni cuando se alteraba, y las malas palabras las soltaba con suavidad, como si las meditara.

Aquella circunspección, herencia de su padre, un pastor moravo que lo había concebido ya viejo de setenta años, lo llevaba a tratar siempre de usted al inspector Morales a pesar de que ambos gozaban del rango de inspector, y a pesar de la vieja intimidad que mediaba entre ambos. Pero de todos modos uno era jefe de Inteligencia de la Dirección de Investigación de Drogas en Managua, a nivel nacional, y el otro ocupaba la misma posición en Bluefields, y así venía a ser su subordinado dentro de la compleja burocracia de los mandos policiales.

"Hijo de viejito sale calmado desde niño", solía decirle el inspector Morales, cuando en algunos de los viajes de Lord Dixon a Managua se sentaban a tomar cervezas en el fondo del patio de la cantina Wendy, en Rubenia. Lord Dixon, solía decirle, a su vez, con risa sosegada, que en lugar de Dolores Morales mejor debería llamarse todo lo contrario, Placeres Físicos, porque su vicio más visible era el de las mujeres. Doña Etelvina, la dueña del Wendy, que por informante de la policía se hallaba protegida para que el negocio permaneciera abierto más allá de las horas reglamentarias, con la roconola a todo volumen para desvelo del vecindario, no les cobraba las primeras dos tandas. Y bajo la misma licencia podía admitir la presencia de libélulas, como llamaba ella a las putas, siempre que llegaran acompañadas de un cliente.

Tenían diversas afinidades, y la misma talla, por lo que podían intercambiar sin dificultad uniformes, y lo mismo ropa de civil, y aun calzoncillos, aunque el inspector Morales había ganado más volumen del abdomen con el paso de los años, y sus prendas de vestir le flotaban un tanto a Lord Dixon en el cuerpo cuando echaba mano de ellas si sus estadías en Managua se prolongaban más de lo debido.

A Lord Dixon le habían comunicado el hallazgo por radio, desde el puesto de policía del poblado Laguna de Perlas, y de inmediato cogió una lancha para dirigirse al sitio, provisto de una cámara Polaroid. Las fotos las había despachado a Managua en el último vuelo de La Costeña la tarde anterior.

El yate, a todas luces extranjero, debió haber remontado la marea alta para penetrar a la laguna por el paso de la barra, a contracorriente. Y no se dejaba abandonada una embarcación de lujo en parajes tan lejanos, si es que, por alguna casualidad remota, se tratara de una excursión de pesca. Suponiendo excursiones de pesca a medianoche, porque nadie había visto navegar el yate a la luz del día.

—¿Y la prueba del Ioscan? —preguntó el inspector Morales.

—No lo llevé —respondió Lord Dixon—. ¿Para qué? ¿Quién más que los narcos puede darse el lujo de dejar abandonado un yate de medio millón de verdines?

—Entonces prácticamente no tenemos nada —dijo el inspector Morales.

—Voy a levantarle el entusiasmo —dijo Lord Dixon—. Junto con las fotos va también un sobre, con la raspadura de unas manchas que según mi parecer son de sangre.

Un ordenanza había aparecido en ese momento en la puerta agitando una bolsa de manila, y él le hizo señas de que se acercara.

—Qué casualidad, aquí está ya tu encomienda —dijo el inspector Morales mientras procedía a abrir la bolsa, sosteniendo el aparato contra la mejilla. El sobrecito de polietileno con cierre a presión, que contenía la raspadura, cayó al suelo y el ordenanza se apresuró en recogerlo.

—Nada de casualidad, es eficiencia, respondió Lord Dixon, riéndose con su risa serena.

El inspector Morales sacó las fotografías y dejó de un lado las facturas, una por cuatro bidones de gasolina correspondientes al viaje ida y vuelta de la lancha, y otra por la compra del paquete de cuadros de Polaroid.

—Qué fotos tan pálidas —dijo el inspector Morales—. Vamos a solicitar a Chuck Norris que te regale una cámara electrónica.

—Aunque sea uno de esos humildes teléfonos que toman fotos digitales —dijo Lord Dixon—; que se apiade de nosotros.

El inspector Morales se rió. Pero lejos de la serenidad que tenía la risa de Lord Dixon, la suya sonaba como el graznido de un loro insolentado.

El sobrenombre que Lord Dixon le había puesto a Matt Revilla, el agente de enlace de la DEA en Managua, no resultaba gratuito. Era un símil del Chuck Norris de las películas, antes de que Chuck Norris se volviera viejo, con el mismo cuerpo de gorila enano, la pelambre rojiza, y una barba, rojiza también, abundante y desordenada. Era un *newyorican* nacido en el Bronx y criado entre boricuas, que en busca de una beca de estudios universitarios se había alistado en Fort Stewart en la 24 Brigada de Infantería Mecanizada, y así participó en la operación Tormenta del Desierto en Irak, en 1991.

Según las fotos se trataba, en verdad, de un yate impresionante, de unos cincuenta pies de eslora. Su torre de proa, con barandales de aluminio, sobresalía por encima de la vegetación de la orilla, donde había quedado encallado. Pero cada toma mostraba que era sólo un cadáver inservible, carneado hasta la saciedad. Los dos motores habían desaparecido de los arneses, 160 caballos cada uno, por lo menos. También, según el informe de Lord Dixon, habían desaparecido el GPS, el sonar, el radio, el timón, los salvavidas, igual que la bitácora y toda la documentación; y aunque el nombre en la proa había sido raspado con apresuramiento, seguramente a cuchillo, en la fotografía podía leerse *Regina Maris* con bastante dificultad. La placa de registro de fabricación también había sido arrancada.

Parte de todo aquello era obra del saqueo de los pobladores; pero quienes dejaron allí el yate, también habían querido borrar cualquier huella. Una fotografía de la cubierta de popa mostraba las manchas oscuras que se repetían en el piso de madera, aunque la falta de varias de las tablillas, desaparecidas en el saqueo, interrumpía el rastro.

—No es suficiente con las fotos —le había dicho entonces a Lord Dixon—. Tenés que volver ya mismo a Laguna de Perlas a ver qué hallás de lo que se robaron en el saqueo. Y ahora sí, no te olvidés de llevar el Ioscan. Quiero tener tu informe para hoy en la tarde.

Ahora sonaba el aplauso de despedida porque la Virgen Peregrina se iba. Y mientras aplaudía también, no sabía ya si contagiado por el entusiasmo de los demás, o fingiéndolo, sintió que le tocaban el hombro con cierta timidez juguetona. Allí estaba el inspector Alcides Larios, jefe del Laboratorio de Criminalística, con cara de circunstancia religiosa, mirándolo tras sus anteojos oscuros, de un morado intenso, en los que uno podía verse como en un espejo. Hueso y pellejo nada más en tiempos de la guerrilla, hoy en día debía ajustarse el cinturón debajo del vientre, la hebilla en el pubis, lo que le daba el raro aire de quien debe cargar el peso de una barriga que parece ajena.

—¿Recibiste el informe del raspado? —preguntó el inspector Larios—. Servicio expreso. Es sangre legítima.

Lo había recibido, era una de las razones por las que le urgía hablar con Lord Dixon. Asintió a desgano y se volvió hacia el altar frente al que todos cantaban *Adiós Reina del Cielo*. De pronto, la Virgen de Fátima convertía en católicos practicantes a los leninistas más curtidos, tenía razón doña Sofía de quejarse. Larios, por ejemplo. No tenía pito que tocar aquí, su dependencia funcionaba fuera del área de la Plaza del Sol. Eterno secretario político del partido en la estructuras centrales de la Policía Sandinista, presidía los tribunales ideológicos que decidían la entrega de carnés de militancia tras un examen oral de suficiencia que podía tomar horas, con abundancia de aplazados, que por eso no podían aspirar a ascensos, y ese tribunal decidía también las expulsiones; los sentenciados con una expulsión de las filas partidarias nada tenían que hacer ya en la Policía.

La Virgen de Fátima se alejaba hacia el portón, otra vez acompañada de los cantos, de la música de la banda que tocaba también *Adiós Reina del Cielo*, y del estallido de los cohetes que ascendían solitarios en el cielo ahora limpio de nubes, cuando llegó doña Sofía, con aire de que era ajena a toda aquella idolatría, para avisarle que lo llamaban por teléfono de Bluefields.

Subió los escalones con la dificultad de siempre, teniendo que empujar la prótesis ayudado de las manos. Doña Sofía, que se le había adelantado, lo esperaba en la puerta de la oficina para entregarle el teléfono portátil, y ya con él en la oreja se acercó a la ventana. Estaban colocando a la Virgen en la tina de una camioneta. Lord Dixon debió haber escuchado la música y los cohetes.

—Se hundió Rusia, se hundió el comunismo, todos somos soldados de Cristo —dijo Lord Dixon.

—Dejate de mierdas —respondió el inspector Morales—. ¿Qué te pasa que no puedo dar con vos? ¿Quién putas habla tanto en ese teléfono?

—En lo que a mí concierne, estoy regresando en estos momentos de Laguna de Perlas, y cumplo con el deber de llamarlo antes de ir siquiera a mear —dijo Lord Dixon.

—El raspado da positivo —dijo el inspector Morales—. Hubo un muerto en ese yate, o por lo menos un herido.

—¡Bingo! —exclamó Lord Dixon—. Su humilde servidor recuperó una camiseta con manchas que de lejos son de sangre. Para fotografiarla necesito primero el reembolso de los cuadros de Polaroid. No tengo más plata, se me deben ya ocho bidones de gasolina.

—No me mandés más fotos, quiero esa camiseta —dijo el inspector Morales—. Y todo lo demás que encontraron.

—¿Hasta las tablillas quemadas? —preguntó Lord Dixon.

—Lo que se pueda —dijo el inspector Morales—. De lo demás, una lista completa. ¿Localizaste testigos?

—Los de Raitipura no van a hablar —dijo Lord Dixon—. Pero tengo a un comerciante ambulante que quiere un favor a cambio de la información. Antes de eso, no la suelta. Se llama Stanley Cassanova.

—¿Qué favor? —preguntó el inspector Morales.

—Un hermano preso por contrabando —dijo Lord Dixon—. Lo cogieron hace dos días atravesando la frontera del Guasaule, viniendo de Honduras con un fardo de mercancía. Lo tienen en Chinandega. Se llama Francis. Francis Cassanova.

—Eso hay que consultarlo —dijo el inspector Morales, mientras anotaba.

—Bueno, mister Pleasures, consúltelo rápido —dijo Lord Dixon.

—Prometele que sí —dijo el inspector Morales.

—En ese caso, que cierre el trato con usted —dijo Lord Dixon—. Mañana temprano nos tiene allí.

—Búfalo —dijo el inspector Morales —. Así me traés personalmente la camiseta y todo lo demás.

—Hay una cosa todavía —dijo Lord Dixon.

—A ver —dijo el inspector Morales.

—El Ioscan dice que hay rastros del polvo —dijo Lord Dixon.

—Por allí hubieras empezado —dijo el inspector Morales.

—Yo sé que le encantan las sorpresas —dijo Lord Dixon.

—¿Alguna otra sorpresa? —preguntó el inspector Morales.

—Para el boleto de avión voy a tener que pedirle prestado otra vez a mi tía Grace —dijo Lord Dixon.

—Qué hombre más llorón —dijo el inspector Morales.

—Cada vez que me ve entrar a su restaurante, me pregunta que si ella es la Tesorera General de la República, o qué —dijo Lord Dixon.

2. *El cantor de tangos*

A las siete y media de la mañana del día siguiente el inspector Morales se presentó ante el Comisionado Umanzor Selva, Director de Investigación de Drogas, para darle un primer informe verbal del caso, y gestionar la liberación del prisionero que ponía como condición el testigo. Antes había revisado los periódicos, y sólo en *La Prensa* halló una breve nota alusiva en páginas interiores bajo el título LUGAREÑOS DESMANTELAN YATE ABANDONADO, enviada por el corresponsal en Bluefields. Mejor, se había dicho, así nadie se iba a meter, por el momento, a enturbiar las investigaciones.

El comisionado Selva, inclinado de pie sobre su escritorio, repasaba con calma la sección deportiva de *El Nuevo Diario*, y no se apartó de la lectura mientras escuchaba la información de su subordinado. Rubio y de cara afilada, cuidadoso de mantener a raya su magro peso, y siempre como si acabara de salir de la peluquería, acercaba de vez en cuando la mano a las hombreras donde lucía sus insignias, para quitar con un golpe de los dedos partículas invisibles de suciedad. Si no fuera por el uniforme hubiera parecido uno de esos escolares aplicados a los que fotografían sentados a su pupitre teniendo el mapa en relieve de Nicaragua de fondo, y el globo terráqueo a la diestra.

El inspector Morales pensaba que su jefe era una rareza para los tiempos que corrían, demasiado recto y demasiado honrado, casi hasta el punto del ridículo, como si hubiera hecho juramento de Boy Scout. Por eso mismo incomodaba a unos entre sus compañeros del alto mando, y ponía en alerta a otros, y aunque su nombre se mencionaba entre los candidatos a primer comisionado cada cuatro años que tocaba el relevo de la jefatura nacional, estaba claro que nunca entraría en la terna oficial que la propia Policía debía proponer al Presidente, según la ley.

Igual que otros combatientes de la guerrilla había abandonado sus estudios universitarios para retomarlos años después, ya de servicio en la policía, y así logró sacar el título de abogado en los cursos intensivos de fin de semana de la Facultad de Derecho de la Universidad Centroamericana, con especialidad en la rama penal. También, tras el fin de los años de la revolución, había recibido cursos en Washington en técnicas de investigación de drogas, y ése era precisamente el pretexto que tenían para vetarlo, que su preparación en un área tan delicada, y su experiencia de años, lo hacían imprescindible a la cabeza de la Dirección. Se llevaba bien, además, con sus contrapartes de la DEA. Allí podía retoñar, entonces, hasta la hora de su retiro reglamentario.

El inspector Selva escuchó la petición de liberar al contrabandista, y tras plegar cuidadosamente el periódico marcó el celular del primer comisionado. Hablaron brevemente.

—No puede atenderme —dijo—. Está en una ceremonia con el presidente.

—¿Una ceremonia tan temprano? —preguntó el inspector Morales.

—El presidente está inaugurando una súper gasolinera en Villa Fontana —dijo el comisionado Selva.

—¿Cuántas gasolineras ha inaugurado ya este año? —preguntó el inspector Morales.

—No llevo esa cuenta —respondió el comisionado Selva, un tanto hosco.

—¿Y qué está haciendo allí el primer comisionado? —preguntó el inspector Morales.

—Me imagino que lo citó el ministro, está también todo el gabinete —respondió el comisionado Selva.

El inspector Morales, que también se hallaba de pie, frente al escritorio, guardó silencio.

—Si me vas a decir lo que estás pensando, mejor te quedás callado —dijo el comisionado Selva, y su hosquedad se transformó, a su pesar, en una sonrisa pudorosa. Cada vez que se resistía a reírse, la cara se le encendía.

El retrato del obeso presidente, con la banda azul y blanco terciada al pecho, se hallaba colocado en la pared detrás del escritorio del comisionado Selva, al lado de la bandera de Nicaragua ensartada por el asta en un pedestal, como en todos los despachos de los altos mandos de la Policía.

—Manteneme informado de este caso, no me vayas a hacer ninguna libreta que después yo soy el pagano —le advirtió el comisionado Selva, y con eso supo que tenía que irse.

Lord Dixon lo esperaba ya cuando entró a su oficina. Lucía una camiseta de punto color zapote, con el logotipo de los Marlins de Miami, y zapatos deportivos plateados. Sobre el escritorio había depositado una caja con el emblema del jabón Marfil, sellada con tape de electricista. Doña Sofía entró trayendo una taza de plástico llena hasta el borde de agua hirviendo, y dos sobrecitos de café soluble.

—Aquí la camarada opina que la presencia de una imagen religiosa en una instalación pública es inconstitucional —dijo Lord Dixon, recibiendo la taza.

—El estado es laico —afirmó doña Sofía mirando al inspector Morales con firmeza tras sus lentes. Eran unos lentes demasiado grandes para su cara menuda. Le bailaban sobre la nariz, y a cada momento los aseguraba con el dedo.

—Vea, doña Sofía, aclaremos esto de una vez —dijo el inspector Morales—: ¿Soy yo el que ha traído aquí a la Virgen de Fátima? A mí me ordenan bajar a recibirla, y yo obedezco. Y usted hizo mal en rebelarse y no ir.

—Yo no soy militar, soy una simple afanadora —respondió doña Sofía.

—Y vos —le dijo el inspector Morales a Lord Dixon— seguí dándole cuerda.

El rostro sin arrugas de Lord Dixon tenía aspecto abotagado, lo que no era sino un aviso de los años, porque la entrada de la edad empieza a veces pareciéndose al desvelo. Y aunque conservaba la figura elástica del beisbolero que había sido, algunos rizos blancos, muy menudos, comenzaban a aparecer en su pelo ensortijado. Mientras estudiaba medicina fue segunda base del León, y un scout de los Cardenales de San Luis que lo vio jugar le ofreció un contrato de prueba en un equipo de circuito menor clase A, en Palm Beach; pero estudios y prospectos de big leaguer los había dejado por la guerrilla, al mismo tiempo que el inspector Morales dejaba los estudios de técnico automotriz en el INTECNA de Granada.

—¿Y tu testigo? —preguntó el inspector Morales mientras iba directamente a abrir la caja de cartón.

—Ya está en Managua, sano y salvo —dijo Lord Dixon.

—¿Se vinieron en el mismo avión? —preguntó el inspector Morales.

—Negativo —respondió Lord Dixon, que se esforzaba en deshacer los grumos del café soluble con la cucharita.

Era una pregunta inútil. El inspector Morales sabía que Lord Dixon, conspirador de viejas mañas, jamás se subiría en el mismo avión con un testigo oculto. Para sobrevivir en la lucha clandestina contra Somoza se hacía imprescindible saber conspirar. Bastaba un simple descuido para que los agentes de la temida OSN irrumpieran cualquier día en una casa de seguridad disparando contra todo lo que se moviera.

El inspector Morales pretendía arrancar el tape para abrir la caja, pero doña Sofía, que aseaba ahora de manera concienzuda la oficina, dejó el lampazo y vino en su ayuda. Sacó una navaja del bolsillo de su enagua, escogió una hoja mediana, y con toda suavidad partió el tape a lo largo de la abertura de la tapa.

El inspector Morales extrajo, de primero, la camiseta. Doña Sofía acercó la cabeza para examinarla de cerca. Era una camiseta color celeste, sin mangas, con abundantes manchas marrones.

—Al dueño de esa camiseta le dieron un balazo en la cabeza —dijo Lord Dixon—. La tela no tiene ninguno orificio, ni rasgadura.

—¿Por qué el muerto va a ser necesariamente el dueño de la camiseta? —dijo doña Sofía—. Si es que hay un muerto.

El inspector Morales miró a doña Sofía como si fuera a reprenderla por su opinión, pero más bien le pidió que se explicara.

—A nadie que maten de un balazo en la cabeza se van a preocupar los asesinos de quitarle la camiseta ensangrentada —dijo doña Sofía.

—Sería para guardarla como souvenir —dijo Lord Dixon, y se rió, concediendo su error.

—Puede ser la sangre de un muerto, no lo niego —dijo doña Sofía—; pero no tiene por qué ser su propia camiseta.

—Bueno, ya estamos claros —dijo el inspector Morales, con algo de impaciencia.

—Ahora vean esto— dijo Lord Dixon.

Volteó el cuello de la camiseta, y señaló la marca.

—*Confecciones Triana, Made in Colombia* —leyó el inspector Morales.

—Made in Colombia: pasta gruesa de por medio —dijo Lord Dixon.

—Eso no quiere decir nada. Ahora las cosas las hacen en un lado y las venden en otro —dijo el inspector Morales.

—Cuando se trata de marcas famosas —dijo Lord Dixon—. Esta es una camiseta cualquiera.

Lord Dixon se hizo cargo de la caja y fue sacando las otras piezas, como un buhonero, para dejarlas expuestas en el escritorio. Había un cuchillo de cocina, pilas de radio, un foco de mano, una brújula. Dejó por último un libro.

—Nada que valga mucho la pena, salvo esta novela que salvé de las llamas de un fogón —dijo, alcanzando el libro al inspector Morales.

—Tomás Eloy Martínez, *El cantor de tangos* —leyó el inspector Morales, y volteó el libro—. La compraron en Managua, en la librería Hispamer, según el sello de precio aquí en el lomo.

—Uno de los pasajeros del yate, por lo menos, estuvo antes en Managua —dijo Lord Dixon.

—¿Ya fueron revisadas las páginas de ese libro? —preguntó doña Sofía, que limpiaba un archivador metálico.

El inspector Morales, apremiado, repasó las páginas como si fuera un naipe. Lo sacudió después, y una tarjeta de visita cayó al piso. Lord Dixon la recogió.

—¿Cómo se le ocurrió, doña Sofía? —preguntó Lord Dixon, tras leer la tarjeta.

—Nunca hay que dejar de revisar un libro que uno se encuentra, agárrenlo por regla —respondió doña Sofía—. Hasta un billete de cien dólares puede haber adentro.

Lord Dixon le pasó la tarjeta al inspector Morales:

SHEILA MARENCO

PUBLIC RELATIONS MANAGER

CARIBBEAN FISHING CO.

Managua, telefax 2 78 15 6O

Bluefields, telefax 5 72 17 43

Celular: 8821425

sheila@ibw.com.ni

—Al otro lado hay otro número de teléfono escrito a mano, 2671010 —dijo el inspector Morales—. Y también un nombre, Josephine.

—Ya son dos mujeres —dijo Lord Dixon.

—No tiene por qué ser otra mujer —dijo desde lejos doña Sofía—. Así se llama también un casino de juego que hay en la carretera a Masaya.

—Qué sabe usted de casinos, doña Sofía —dijo el inspector Morales.

—Lo que sale en los periódicos —dijo doña Sofía—. Allí mataron a un pusher hace un mes, en el parqueo; debe ser también un antro de drogas.

Tras una vacilación, el inspector Morales tomó el teléfono y marcó el número.

—Es el casino —dijo al colgar, con el aire de quien es sorprendido desnudo.

—Ahora pruebe el celular de ella —dijo doña Sofía.

Volvió a marcar.

—Suspendido temporalmente —dijo el inspector Morales.

—Aclarado lo del nombre Josephine, sólo nos queda una mujer —dijo Lord Dixon.

—¿Me prestan el libro un momentito? —dijo doña Sofía.

Lo tomó del escritorio sin más, y lo puso a distancia de sus ojos, cambiando el ángulo mientras lo examinaba.

—Vea el canto de abajo —dijo doña Sofía, pasándoselo al inspector Morales—. Es como el rastro de un dedo, o de una uña, casi no se nota.

El inspector Morales tomó el libro. El rastro era de color marrón.

—Sangre —dijo Lord Dixon, que se había acercado.

—Mejor te hubieras preocupado de hacer una revisión a fondo de todas estas piezas en Bluefields —dijo, con severidad, el inspector Morales.

—Entonces no nos hubiéramos divertido tanto —respondió Lord Dixon.

—¿Y la lista de las demás cosas? —preguntó el inspector Morales.

—Aquí está —dijo Lord Dixon—: uno de los motores, marca Johnson, apareció en manos del pescador Rito Howard, lo instaló en su bote, se lo decomisamos, tengo anotado el número. El radio se lo llevó un primo de Rito, lo tenía escondido mientras le buscaba venta, sin saber que ya no servía porque le habían quitado el cristal. No aparece el GPS…

—Nada de eso nos lleva a nada —dijo el inspector Morales—. Y falta saber cómo salieron de Laguna de Perlas los que llegaron en el yate. ¿Por qué no habrán seguido el viaje en el mismo yate?

—Un animal de esas ínfulas es demasiado vistoso —dijo Lord Dixon—. A los ojos de la gente ribereña, sería como una nave espacial.

—¿Y por qué lo habrán dejado abandonado? Pudieron haberlo regresado a alta mar —insistió el inspector Morales.

—Tal vez un desperfecto grave —dijo Lord Dixon—. O un imprevisto. Hay sangre de por medio.

—Si salieron por el río Kukra es que llegaron hasta el río Escondido, pero de allí en adelante, no sabemos —dijo el inspector Morales.

—Compañero Artemio —interrumpió doña Sofía—, ¿no cree usted que si hay un muerto de por medio, como cada vez parece más probable, ese muerto tiene que estar enterrado cerca de donde dejaron el yate?

—¿Por qué iba a estar enterrado cerca? —preguntó el inspector Morales.

—No pueden haberse alejado mucho de la orilla para excavar esa tumba —dijo doña Sofía—. Era de noche, y no tenían mucho tiempo.

—¿Y qué tal si echaron el muerto al agua? —dijo el inspector Morales.

—La corriente hubiera dejado ya el cadáver en los bancos de arena —dijo Lord Dixon—. Me inclino por la tumba.

—Entonces vas mañana otra vez a Laguna de Perlas a buscarla —dijo el inspector Morales—. Y hay que buscar de todos modos en el agua. Pedile a la Marina que te preste unos buzos.

—Bueno. ¿Y si hallamos el cadáver? —preguntó Lord Dixon.

—Entonces significa que había un testigo incómodo al que era necesario silenciar —dijo doña Sofía—. Que puede ser la joven esa, la Sheila.

—¿Cómo sabe usted que es joven? —preguntó Lord Dixon.

—¿Se imagina usted a una vieja metida en la aventura de andar montada en un yate a medianoche? —respondió doña Sofía.

—¿Y por qué se le ocurre que la muerta puede ser ella? —preguntó el inspector Morales.

—Porque acaso sabiéndose en peligro, metió la tarjeta en ese libro después de anotar el nombre del casino y el número de teléfono —dijo doña Sofía.

—¿En su propio libro? —preguntó Lord Dixon.

—Puede que era su libro, puede que no —dijo doña Sofía—. Si era de ella, metió la tarjeta entre las páginas con la idea de hacer que se lo prestaba a otro; si era ajeno, con la idea de hacer que se lo devolvía a su dueño.

—Como quien lanza una botella al mar —dijo el inspector Morales, socarrón.

—Pensaba entregar el libro con la esperanza de que el otro la ayudara llamando a alguien del casino cuando llegara a Managua, alguien al que los dos conocían —dijo doña Sofía, afirmando la seriedad de su voz.

—Todo eso quiere decir que no pensaba ella que la iban a matar de inmediato —dijo Lord Dixon.

—Algo así como que la dejaban prisionera, veo que me está siguiendo bien el hilo —dijo doña Sofía.

—Una tarjeta que quien fuera que iba a recibir el libro, pudo no haber encontrado nunca —dijo el inspector Morales—. No todo el mundo es tan curioso como usted, doña Sofía.

—Use su imaginación, compañero Artemio —dijo doña Sofía—. Ella debe haber metido la tarjeta en el libro delante de esa persona, dándole entender por medio de alguna seña que era algo importante.

—¿Usted cree que entre esa gente hay alguien tan bondadoso como para hacer esa clase de favores? —dijo el inspector Morales.

—Yo no he dicho que esa persona fuera bondadosa, ni que quisiera de verdad ayudarla —dijo doña Sofía—. Fue lo que ella pensó.

—A lo mejor, entonces, ese mismo fue el que la mató de un balazo en la cabeza —dijo Lord Dixon.

—Exactamente, lo que nunca se imagino ella —dijo doña Sofía—. Tenía en las manos el libro, lista para entregarlo, y por eso ese rastrillazo de sangre, cuando el libro resbaló de sus manos al suelo.

—Y arrepentido, el asesino la abrazó antes de morir —dijo el inspector Morales—. Así fue que se manchó la camiseta de sangre.

—No, compañero Artemio —dijo doña Sofía, con severidad—. Se embarró la camiseta de sangre cuando la cargó para lanzarla al agua, o para llevarla hasta el lugar donde la enterraron. Fíjense bien que se trata de un hombre grande, y fuerte. ¿La camiseta es talla XL, verdad?

—Usted lo ha dicho —dijo Lord Dixon, después de revisar de nuevo el cuello de la camiseta.

—¿Dónde encontraron la camiseta? —preguntó doña Sofía.

—No lo tengo presente, me la llevaron los agentes junto con las demás cosas recuperadas —dijo Lord Dixon, mirando al inspector Morales con aire culpable.

—Si la camiseta la encontraron en tierra, allí mismo está la tumba, porque seguramente el hombre se la quitó para excavar, y volvió sin camiseta al yate —siguió doña Sofía—. Si la encontraron en el yate, es que lanzó el cadáver al agua.

—Voy a averiguarlo —dijo Lord Dixon—. Pero si querían deshacerse de la mujer, ¿por qué no lo hicieron en alta mar?

—A lo mejor fue una decisión de última hora —dijo doña Sofía—. Igual que la decisión de dejar abandonado el yate.

—¿Y por qué no desaparecieron el libro? —preguntó Lord Dixon.

—A quién le importan las novelas —dijo doña Sofía.

—A usted, que las vive leyendo —respondió el inspector Morales.

—¿A usted le consta? —dijo doña Sofía, con voz encrestada.

—Claro que me consta —dijo el inspector Morales—. Vaya a traerme ese libro con pasta de Jesucristo predicando en el huerto, con el que anda de arriba para abajo, y veamos sino es una novela de detectives.

—Mientras los traficantes de droga andan sueltos, usted tiene tiempo para espiarme a mí —dijo doña Sofía.

—Diga la verdad —dijo Lord Dixon—. ¿Cuántas de esas novelas se lee al día?

—A veces no me da el tiempo para terminar ni una —dijo doña Sofía—. ¿Usted cree que aquí vivo de vaga?

—¿Y dónde las consigue, si se puede saber? —preguntó Lord Dixon.

—Las alquilo en el Mercado Oriental —dijo doña Sofía—. ¿Acaso me ajusta la miseria que gano para comprarlas? Y tampoco crea que hay mucha variedad, a veces repaso la misma, y si las meto dentro de los forros del libro de himnos, es para que no acaben de descuadernarse.

En eso sonó el teléfono. El inspector Morales se apartó hacia la ventana con el aparato pegado a la oreja, y todo el tiempo asintió con monosílabos. Cortó, y se dirigió a Lord Dixon.

—Ya está la orden de libertad para el hermano de tu testigo —dijo—. ¿Cómo es el negocio ese del tal Cassanova?

—Tiene una lancha que se llama la *Golden Mermaid* y va vendiendo su mercancía por los pueblos de las riberas, entre Big Lagoon y Pearl Lagoon —dijo Lord Dixon—: pilas de radio, mejorales, remedios para las lombrices, chinelas de hule, blúmeres de mujer.

Lord Dixon había visto alguna vez la embarcación en el río Kukra. Era un bote de madera, azul y rojo, que se anunciaba antes de llegar a cada embarcadero con la música de sus altoparlantes de bocina adosados al techo de la caseta. En los costados de proa llevaba pintada una sirena de cola de róbalo, cachetes púrpura y pechos inflados.

—Y relojes Cassio, zapatos Adidas, blujines Lee —dijo el inspector Morales—. Es lo que este niño traía de contrabando desde Honduras, seguramente para abastecer el negocio del hermano.

—Qué buena ficha será ese testigo —dijo doña Sofía, que había vuelto a su oficio de limpiar la oficina.

—Bueno, si los que nos dice vale la pena, el comisionado Selva también tiene autorización para devolverle la mercancía al preso —dijo el inspector Morales.

—Eso es una inmoralidad —dijo doña Sofía.

—¡Ay, doña Sofía, como si fuera usted nueva aquí! —dijo el inspector Morales.

Se sentó delante del escritorio, abrió la gaveta y sacó un cuaderno escolar con la imagen de la heroína Rafaela Herrera en la tapa, e hizo algunas anotaciones rápidas.

—Ya Chuck Norris tiene tus fotos del *Regina Maris,* y va a rastrear los yates registrados con ese nombre —dijo el inspector Morales—. Y también va a averiguar si había señas de algún embarque de pasta para Nicaragua que sea reciente.

—Como la prueba del Ioscan nunca es concluyente, yo me inclino por creer que ese yate no fue usado para un embarque de droga —dijo de pronto doña Sofía.

—¿Cómo sabe lo del Ioscan? —la enfrentó el inspector Morales—. ¿Usted me espía cuando hablo por teléfono?

—Yo se lo conté —dijo Lord Dixon.

—¿De modo que ya despachaste primero con ella? —dijo el inspector Morales.

—¿Y para qué cree usted que usaron el yate entonces, doña Sofía? —preguntó Lord Dixon, sin hacer caso del conato de arrechura del inspector Morales.

—Para traer algún pasajero importante —respondió doña Sofía—. Se me viene a la mente el avión de La Costeña que secuestraron la otra vez.

El caso había ocurrido en marzo de ese mismo año. El supuesto representante de una supuesta fundación llamada Green Gift se presentó a las oficinas de La Costeña a contratar un vuelo de observación de tres horas sobre la reserva del río Indio en el Caribe, al sur de Bluefields. El avión, un Aerocomander bimotor de seis plazas, fue abordado a las siete de la mañana del día siguiente por cuatro hombres. Cuando volaba sobre el lago Cocibolca, el piloto fue obligado a punta de pistola a descender en una pista rústica de la isla de Ometepe, al sureste del lago. Allí esperaban otros dos hombres, y uno de ellos se hizo cargo del mando del avión. Retuvieron al copiloto, y el piloto, abandonado en la pista solitaria, tuvo que caminar hasta el poblado de Moyogalpa para dar aviso del secuestro. Días más tarde el cadáver del copiloto apareció en un basurero de Sipaquirá, cerca de Bogotá. El avión vino a ser descubierto después por la policía colombiana en un hangar del aeropuerto de Cali, donde procedían a pintarlo y cambiarle la matrícula.

La persona que contrató el vuelo charter fue identificada, y capturada. Se trataba de Engels Paladino, un viejo compañero de la clandestinidad, tanto del inspector Morales como de Lord Dixon, conocido bajo el seudónimo de Caupolicán, quien tras el triunfo de la revolución había servido por años como jefe de Inteligencia en la Dirección General de Seguridad del Estado, la DGSE. Se probó, además, que él mismo había llevado a los dos hombres a bordo de un vehículo hasta el puerto de San Jorge, en la ribera occidental del Cocibolca, donde los esperaba una lancha rápida que los trasladó a Ometepe. Pero el juez de la causa, de manera sorpresiva, lo exoneró y lo dejó en libertad, y cuando el comisionado Selva protestó en los periódicos el fallo, el primer comisionado Canda, tras reprenderlo, le prohibió hablar en adelante sobre el caso. Semanas después, el expediente desapareció de los archivos del Juzgado.

En base a las descripciones del piloto se había elaborado un identikit de los secuestradores, y de las dos personas que subieron a la avioneta en Ometepe. El retrato hablado de uno de estos últimos coincidía con los rasgos físicos de Martín Londoño Valencia, alias Pinocho, uno de los capos del cártel de Cali. La nariz larga, por la que merecía el mote, y las espesas cejas negras, lo denunciaban. El propio comisionado Selva había viajado a Bogotá a recabar información, pero la Unidad Antidrogas de la policía colombiana lo mantuvo siempre en el limbo, de modo que regresó con las manos vacías.

—Explíquese, doña Sofía —le pidió el inspector Morales.

—Puede ser que Pinocho haya vuelto —dijo doña Sofía.

—¿Alguien que sacaron con tanto riesgo, otra vez para adentro? —dijo Lord Dixon—. ¿A qué iba a venir otra vez?

—Por el momento no se me ocurre otra cosa que a supervisar operaciones de ellos en este territorio —dijo doña Sofía.

—Mientras no veamos a ese Cassanova, mejor no sigamos suponiendo nada —suspiró el inspector Morales—. ¿Dónde es que vamos a buscarlo?

—Hotel Lulú, barrio Waspán —respondió Lord Dixon—. Cuarto número 5. Me dijo que en ese mismo cuarto se queda siempre .

El inspector Morales se cambió allí mismo la camisa del uniforme por una a cuadros que guardaba en una de las gavetas del escritorio. De otra de las gavetas sacó un revólver .38 de nariz corta, y lo puso en un tahalí con cremallera adhesiva, que sujetó al tobillo de la prótesis. Luego, se colocó en la cintura el estuche con el teléfono celular. Era uno de los cincuenta teléfonos que Movistar había regalado a la policía, y que el primer comisionado Canda recibió en un acto público. El que tocó al inspector Morales venía programado con un bufido que hacía vibrar el aparato, y por mucho que lo manipulaba no había encontrado la manera de cambiarlo por algo más gracioso.

Doña Sofía se iba ya con sus instrumentos, el lampazo, el trapo de sacudir, un balde de plástico y el bidón de desinfectante color turquesa.

—Hágame un favor —la detuvo el inspector Morales, y le entregó la tarjeta que había caído de las páginas del libro—. Tome, llame a la oficina de esa mujer. Quiero saber desde cuándo no llega al trabajo. Cualquier novedad, me avisa al celular.

—¿Para qué quiere entonces a la secretaria? —dijo doña Sofía.

—No es mi secretaria, usted sabe bien —dijo el inspector Morales—. Es la secretaria del comisionado Selva.

—Pues pasa todo el día sosteniéndose la quijada —dijo doña Sofía.

—Después no se queje de que no le doy pelota —dijo el inspector Morales, amagando quitarle la tarjeta.

—Me está haciendo entrega de una pieza probatoria —dijo doña Sofía.

—Ya ve la confianza que le tengo —dijo el inspector Morales.

—Si resulta que esa Sheila me sale contestando el teléfono, borren todo lo que he hablado —dijo doña Sofía, y se rió con ganas, ocultando la boca con la mano para no dejar ver los portillos de su dentadura.

3. La *Golden Mermaid*

Iban a ser el mediodía cuando abordaron el Lada azul celeste del inspector Morales, que lucía bastante golpeado por la vida. El vidrio de la puerta del conductor se trababa a menudo, y el asiento de atrás, con los cojines reventados, parecía más bien un nido donde empollaran las gallinas; periódicos viejos, botellas vacías de cerveza, herramientas, un cargador de fusil, una lámpara de señales, se acumulaban en el piso. Los asientos delanteros, recalentados por el sol que ardía en el parabrisas, quemaban al sentarse.

Apenas iniciaron el trayecto por la pista de la Resistencia, en busca de la carretera Norte, para llegar al barrio Waspán, el nombre de Caupolicán, que era para ambos como una espina de pescado atravesada en el galillo, vino a salir en la conversación, evocado como había sido por doña Sofía al sacar a flote el secuestro del avión de La Costeña.

Si dos maestros habían tenido en sus tiempos clandestinos, uno de artes conspirativas, y el otro de santidad ideológica, habían sido Caupolicán y el Apóstol. Fue en una casa de seguridad, en el barrio Sutiaba de León, donde el inspector Morales y Lord Dixon se habían conocido en 1971, y habían conocido a los otros dos.

Caupolicán, que había desertado de sus estudios de ingeniería civil en Managua, era hijo de un trombonista de la orquesta de la Guardia Nacional, herido en una pierna por una bala perdida la noche de septiembre de 1956 en que Rigoberto López Pérez ajustició al viejo Somoza en el baile del Club de Obreros de León. Tenía un olfato sutil prendido de la nariz prominente, como la de un oso hormiguero, con la que rastreaba cualquier huella invisible para los demás, y no pocas veces acomodaba los hechos para darles el olor de su gusto. Se solazaba en rebuscar el doble fondo de las cosas, y en adelantarse a adivinar lo que había en las intenciones ajenas, todo como un reflejo de su propia mente, que era, a su vez, una mente de doble fondo, o más bien de triple fondo, la última de esas gavetas el depósito de sus propias intenciones, donde no había ni escrúpulos, ni lealtad alguna, más que la debida a la ideología aprendida en los manuales bajo custodia del Apóstol, que todos debían memorizar antes de prestar el juramento de *Patria Libre o Morir*.

Estaba hecho a la medida para la nueva Seguridad del Estado, y convirtió entonces la vieja lealtad a la ideología en lealtad al poder revolucionario, dispuesto a asumir el papel que le había tocado en el reparto, que era el de villano, y que representaba con gusto. Tras el fin inesperado de la revolución en 1990, al desvanecerse de pronto el objeto de su lealtad, en aquella gaveta última de su mente quedó, embalsamado en cinismo, el sentido de acatamiento al poder, ya sin apellidos. Cualquiera que fuera ese poder.

El verdadero nombre del Apóstol era Justo Pastor Mendieta. Por lo que él mismo habría llamado un imponderable, no había muerto en combate, sino ahogado al volcarse la lancha que lo llevaba desde Granada a San Carlos, cuando pocas semanas después del triunfo de la revolución en 1979, iba a asumir su puesto de jefe de la reforma agraria en Río San Juan. Era un maestro normalista originario de Diriamba que pasaba ya los cuarenta años al entrar en la clandestinidad, de barbita rala de chivo a lo Ho Chi Minh y lentes de grueso marco color violeta, asegurados por detrás con una banda elástica porque le resbalaban por la nariz afilada, siempre sudorosa. No entendía de bromas de doble sentido ni de historias de putas y adulterios, un monje ateo de ojos encandilados, sin sentido alguno del humor, que profesaba la castidad carnal e ideológica, e igual que los predicadores evangélicos obstinados en entrometer en cualquier conversación los textos de la Biblia, él lo hacía con los textos de Lenin que estudiaba con gozo desaforado en el encierro clandestino, cerrando de un golpe a cada trecho de la lectura el tomo de turno de la editorial Progreso empastado en tela, el dedo en medio, para quedarse reflexionando con sonrisa beatífica.

De la casa de seguridad en Sutiaba fueron enviados a Matagalpa un domingo en un grupo de doce, subidos a una camioneta de tina y vestidos con uniformes de beisbol, como si fueran a jugar un partido, el Apóstol en el papel de manager, y luego de más días de encierro trasladados de dos en dos al campamento de Zinica, en lo hondo de la cordillera Isabelia, a reforzar la columna guerrillera "Pablo Úbeda".

Aún hoy, el inspector Morales se despertaba a veces sobresaltado por el eco subterráneo de la tos bronca del Apóstol, que lo traía del sueño a la vigilia, como si otra vez se hallara en su hamaca del campamento, y desde la hamaca vecina le llegara la tos, y el olor a Vaporub que el otro se untaba meticuloso en el pecho y en las sienes, antes de arrebujarse en una cobija estampada como una piel de tigre.

Lord Dixon dio un golpe de karate al radio, conocedor del método para encenderlo. La Nueva Radio Ya, la campeona del dial, parecía pregonar el fin del mundo entre aullidos de sirenas al dar traslado a una de sus unidades móviles: un sujeto menor de edad apodado La Zorrita había sido sorprendido por un perro guardián de raza doberman que lo dominó entre sus patas, tras haber logrado penetrar en la lujosa mansión del balneario de Pochomil Viejo perteneciente al licenciado Randall Juárez, donde se las ingenió para robar un teléfono celular y una cartera de mujer conteniendo doscientos córdobas. Ahora el reportero entrevistaba al hechor esposado dentro del vehículo policial, desnudo salvo por una calzoneta con roturas: ¿Cómo te llamás? Francisco José. ¿Francisco José qué? Nada más Francisco José. ¿Cuántos años tenés? Doce años. ¿Por qué te dicen La Zorrita? Así me pusieron los demás chavalos. ¿Por qué te metiste a robar? No andaba robando, andaba conociendo. ¿Como turista, verdad? Me dijeron que era bonito adentro y andaba admirando la piscina.

Con otro golpe de karate mucho más fuerte, como si pegara en la cabeza del reportero, Lord Dixon apagó el radio. La mansión más famosa del país, tres pisos, doce habitaciones, dos ascensores, cuatro salas de estar, sala de billar, aire acondicionado central, cinco terrazas en diferentes niveles con vista panorámica al océano, una piscina con bar incorporado y dos piscinas adicionales para niños, construida con fondos internacionales donados para las víctimas del huracán Mitch.

—Procesado por desfalco al erario público y lavado de dinero, y eximido por falta de pruebas igual que nuestro querido camarada Caupolicán —dijo el inspector Morales, mirando con desconsuelo hacia el parabrisas.

—El olor a mierda flota en las ondas hertzianas —dijo Lord Dixon.

Ahora salían de la radial Santo Domingo para entrar en la carretera Norte, que recorrieron metidos en el tráfico caótico, pero fluido, aunque a la altura de Portezuelo se volvió lento el avance. Los médicos de los hospitales, en huelga desde hacía un mes, tenían un piquete montado bajo los semáforos de La Subasta, varios kilómetros adelante. La policía, sin mucha energía ni convicción, buscaba ordenar el tráfico que se dirigía al aeropuerto, y más allá hacia la carretera Panamericana, y los pasajeros de los buses, que habían preferido bajarse, sorteaban los vehículos entrampados. Los vendedores callejeros venían a contramarcha ofreciendo su nutrida mercancía, jaulas con animales de las selvas arrasadas, monos cara blanca, mapachines, lapas y tucanes recién nacidos, los ojos abiertos con tajos de cuchilla de afeitar, y bandejas de casetes y discos compactos pirateados, toallas de baño gigantes ilustradas con imágenes de Rambo con el cuchillo entre los dientes, y hembras desnudas de nalgas y pechos poderosos, calculadoras de mano, tomacorrientes múltiples, relojes de pared, estuches de celulares, fajas de varón en lo alto de un palo, como el pendón de un desfile.

Cuando por fin lograron llegar a los linderos del barrio Waspán, el inspector Morales subió el Lada a la cuneta, atravesó la huella de la vieja línea férrea, y desembocó en la lateral donde el agua azulosa de los lavaderos se estancaba en charcos. El pavimento, erosionado a grandes trechos por las corrientes de lluvia, desaparecía algunos metros adelante, y los vehículos debían orillarse para evitar la zanja que se abría al centro, en la que los vecinos vertían basura. Las casas de la cuadra, más parecidas a capillas de cementerio con sus verjas de hierro adornadas de arabescos enjaulando los porches, estaban todas cerradas, sin vestigios de vida en el interior.

—Contiguo al taller automotriz Galaxia —dijo Lord Dixon, consultando el papelito donde tenía apuntada la dirección.

Divisaron el taller a la vuelta de la siguiente esquina. Uno de los mecánicos trabajaba sin camisa, reparando una camioneta de acarreo estacionada junto a la acera, mientras otro pintaba un taxi con una pistola de aire, los vidrios cubiertos de periódicos fijados con cinta adhesiva.

El hotel Lulú acababa de pasar por una remodelación. Todavía quedaba un cúmulo de arena, ripio y restos de andamios junto al muro verde tierno coronado de culos de botella. El portón de hierro, al final del muro, estaba abierto y daba paso a un patio dcsnudo donde la hierba, regada de argamasa, apenas crecía. Sólo había un vehículo en el patio, una Hilux de doble cabina, color mostaza, y el inspector Morales fue a estacionarse al lado.

Los cuartos se alineaban en un rectángulo abierto por el frente, y un corredor de pretil, techado con láminas de plástico de diversos colores, recorría las tres alas. Los aparatos de aire acondicionado habían sido empotrados recientemente, como podía verse por las señas del revoque, y unos cuantos ronroneaban con esfuerzo debajo de las ventanas de paleta, dejando charcos de agua en el piso del corredor.

Se subía al pretil por una escalera de cemento situada al fondo, delante del pequeño lobby amoblado con esas sillas blancas de plástico que abundaban ahora en los restaurantes y cafeterías, según se divisaba tras una puerta de vidrio pegosteada con emblemas de tarjetas de crédito. La música grupera de la radio Tigre sonaba viniendo de alguna parte. Enfilaron por el corredor de la derecha, en busca del cuarto número 5, y no necesitaron golpear porque la puerta se abrió como por acuerdo, y Stanley Cassanova les hizo señas cautelosas de que pasaran.

Era un negro robusto, de vivos ojos amarillos, como los de un gato de monte. Llevaba sombrero de fieltro y botas vaqueras de media caña, y la faja de hebilla de bronce con el emblema de los Bulls de Chicago le apretaba la cintura más de la cuenta. El bienteveo le había descolorido la barbilla por debajo del labio inferior, y respiraba con ansiedad de asmático. Debajo del cuello de la camisa se había metido un pañuelo empapado de una de esas aguas de colonia con aroma de azahares, que huelen a mujeres desmayadas.

No resultaba fácil dar paso dentro del cuarto, lleno de cajas de cartón que según las marcas contenían latas de sardina, aceite de cocinar, jabón de lavar y sopas instantáneas. También había una paca de ropa usada a medio vaciar, con los zunchos sueltos. Cassanova, el sombrero de fieltro siempre en la cabeza, ocupó el único asiento disponible, otra de las sillas blancas de plástico, que bajo su peso parecía más bien una sillita de kindergarten, y ellos fueron a sentarse sin más remedio en la cama arreglada con un cobertor de tejido guatemalteco de franjas coloridas. Sobre la mesa de noche había un teléfono color beige, de esos que se adivinan ligeros al peso, y nuevo, porque el cordón aún conservaba el plástico del empaque. Arrimada al pie de la cama descansaba una valija Samsonite color perla, y al lado un maletín deportivo. Un frío de gaveta de morgue soplaba en vaharadas desde el aparato de aire acondicionado. Ya hubiera querido uno de esos en su oficina el inspector Morales.

Cassanova se paró de pronto, y se dirigió al baño. A través de la puerta entreabierta lo vieron orinar abundantemente, con ruido de hervor, y regresó subiéndose el zipper sin haber descargado el tanque del inodoro.

—¿En qué puedo servirte? —dijo Casanova dirigiéndose al inspector Morales, mientras volvía a sentarse.

—Se supone que tenés una información para mí —dijo el inspector Morales, después de mirar de reojo a Lord Dixon.

—¿Información? ¿Qué información? —respingó Cassanova, con aire extrañado.

—No hay cosa que más me arreche que las payasadas —dijo Lord Dixon.

—Okey, man, tranquilo —dijo Cassanova—. Pero está claro que este otro amigo me hará el favor que ya te dije.

—Primero quiero saber si tu información vale la pena —dijo el inspector Morales, y de uno de los bolsillos del pantalón sacó su cuaderno escolar, enrollado en tubo.

—Vale tanto que me puede costar el pescuezo, hombre —dijo Cassanova—. ¿Te parece poco?

—Ni mierda —dijo Lord Dixon—. Ningún riesgo estás corriendo.

—Está bien, como no es a vos que te van a matar —dijo Cassanova—. Vi entrar a la laguna el yate.

—¿Qué día fue eso? —preguntó el inspector Morales.

—25 de julio, que era martes, ya bien noche —dijo Cassanova.

—El día antes de antier —dijo el inspector Morales, que ya anotaba—. ¿Bien noche como a qué horas?

—Once y media de la noche —dijo Cassanova.

—¿De dónde venías vos? —preguntó Lord Dixon.

—De Brown Bank, ya había vendido casi todo, y traía una mujer enferma para el hospital de Bluefields —dijo Cassanova—. Caridades que uno hace, man. A la altura de la isla del Puerco se me varó el motor, y tuve que bajar el ancla para repararlo. Entonces, apareció ese yate viniendo de la barra. El oleaje que levantaba casi me puso el bote de costado.

—¿A qué distancia pasó? —preguntó el inspector Morales.

—Como a cinco metros, digamos —dijo Cassanova.

—¿Llevaba luz? —preguntó el inspector Morales.

—¿Vos querés decir luz suficiente para distinguir a alguien? —preguntó a su vez Cassanova.

—Me adivinaste el pensamiento —dijo el inspector Morales

—La cabina iba iluminada —dijo Cassanova—. Distinguí dos hombres, además del piloto.

—¿Podrías describirlos? —preguntó el inspector Morales.

—El piloto era negro, muy forzudo, muy alto, se inclinaba sobre el timón como si no cupiera en la cabina —dijo Cassanova—. Llevaba una camiseta celeste, sin mangas, y una gorra roja.

—¿Y los otros dos? —preguntó Lord Dixon.

—Esos otros dos no eran negros, ni tan grandes de tamaño —dijo Cassanova—. Más no pude ver.

—Y ellos, ¿te vieron a vos? —preguntó el inspector Morales.

—No pudo ser, yo en la cabina sólo tengo un foquito de miseria —dijo Cassanova.

—¿Alguno de esos dos te dio el aspecto de que pudiera ser mujer? —preguntó Lord Dixon.

—Tengo todavía buen ojo para distinguir a una mujer —dijo Cassanova—. No iba mujer en ese yate.

—¿Y siguieron directo para Raitipura? —preguntó el inspector Morales.

—Directo —dijo Cassanova—. Me extrañó que no enfilaran para el poblado de Laguna, porque en Raitipura hay poco calado.

Cassanova buscó aire, y luego repasó el cuarto con la vista.

—¿Eso es todo? —preguntó entonces Lord Dixon.

—Tené paciencia, man —dijo Cassanova, tras buscar aire otra vez—. Ya había compuesto el desperfecto, pero preferí quedarme donde estaba para esperar la luz del día.

—¿Entonces? —preguntó el inspector Morales.

—Entonces, como a las seis de la mañana, apareció otra embarcación que iba también con el rumbo de Raitipura —dijo Cassanova—. Un bote grande, de aluminio, con un motor de ciento cincuenta caballos, por lo menos. Sólo iban el lanchero y un pasajero, pero pasaron muy largo y no los distinguí.

—Iba a recoger a la gente del yate —dijo Lord Dixon.

—Así fue, cuando yo había salido ya de la laguna, y navegaba por el canal Moncada, la lancha me alcanzó y me dejó atrás —dijo Cassanova—. Los del yate iban allí.

—Volvenos a hacer la lista —dijo Lord Dixon.

—Iba el piloto del yate, el mismo negro forzudo, ahora como pasajero —dijo Cassanova—. Llevaba puesta la misma gorra roja.

—¿Y la misma camiseta celeste? —preguntó el inspector Morales.

—Tanto no me acuerdo —respondió Cassanova.

—Ahora sí, describime a los otros dos del yate —dijo Lord Dixon.

—Ah, no —dijo Cassanova—, no te puedo dar razón de ellos ahora tampoco, el bote pasó alejado, casi pegado a la otra ribera, y demasiado rápido. Sólo te repito que no eran negros, ni eran tan grandes.

—¿Y el otro, el pasajero que habías visto primero en el bote, a la ida? —preguntó Lord Dixon.

—Que no era negro, te lo aseguro, pero darte algún dato más, mentiría —dijo Cassanova.

—Tampoco viste bien al botero —dijo Lord Dixon.

—Ése sí era negro —dijo Cassanova—, un negro común y corriente.

—¿Llevaba carga el bote? —preguntó el inspector Morales.

—No se notaba que fuera cargado —respondió Cassanova.

—Ahora dame el nombre del bote —dijo el inspector Morales.

—¿Nombre? Nombre no tenía —dijo Cassanova.

—Queda pendiente el nombre del bote, lo anoto en tu cuenta —dijo Lord Dixon.

—Decime cómo se llama ese negro, el piloto del yate —dijo el inspector Morales.

—En mi vida lo había visto antes, ¿cómo querés que sepa cómo se llama? —dijo Cassanova.

—También apunto en tu cuenta el nombre del piloto del yate —dijo Lord Dixon.

—Nos estás vendiendo una información parcial, y te quedás con lo más importante —dijo el inspector Morales poniéndose de pie, y enrollando el cuaderno.

—Si digo que no sé es porque no sé —dijo Cassanova, de manera plañidera.

—Al piloto lo conocés de sobra, bien sabés cómo se llama —dijo Lord Dixon, y se puso de pie también.

—No querés decirnos el nombre del bote, ni el del piloto, y para remate te negás a darnos la descripción de los otros, que también viste de sobra —dijo el inspector Morales.

—Te jodiste por pendejo —dijo Lord Dixon—. No te debemos ningún favor.

—Oiga, hombre —dijo Cassanova, ahora más hundido que nunca en su sillita de kindergarten—, ustedes creen que todo es tan sencillo.

—Te voy a decir lo que pasó —se acercó el inspector Morales—. Lo que pasó es que te prohibieron hablar. Decime si es que miento.

—¿Es cierto eso? —dijo Lord Dixon, como dándose por ofendido.

Cassanova sonreía, abatido, negando con la cabeza.

—Cuando te acordés, aquí está mi número de celular —dijo el inspector Morales—. Pero tiene que ser pronto, porque si no yo mismo me voy a encargar de que a tu hermano le caigan por lo menos diez años en chirona.

—Diez años sólo por contrabando de mercadería, qué exageración —dijo Cassanova, con sincera cara de afligido.

—Por narcotráfico, buscá el periódico un día de estos y lo vas a ver fotografiado con un alijo de droga al lado —dijo el inspector Morales.

Lord Dixon se detuvo ya camino de la puerta. Le quitó el sombrero a Cassanova, y contempló su cabeza empapada de sudor.

—No te vamos a esperar toda la vida —dijo Lord Dixon.

—Me van a matar por culpa de ustedes, hombre —dijo Cassanova con un silbido de fuelle roto, mirando al piso.

—Antes vas a matarme a mí de risa —dijo Lord Dixon, y volvió a ponerle el sombrero, con delicadeza.

4. Salvaje y aguerrido

Lord Dixon debía tomar el vuelo de La Costeña de regreso a Bluefields a las dos de la tarde. Los tranques provocados por los médicos en protesta habían recrudecido en la carretera Norte, y sólo tras muchas dificultades logró el inspector Morales alcanzar la Estación de Policía del Distrito Seis en el cruce de La Subasta, un antiguo remate de ganado que ahora hervía de puestos de comercio. Allí le facilitaron una camioneta de tina armada de sirena para hacer el último tramo hasta el aeropuerto.

Los médicos, apoyados por los practicantes, las enfermeras y los auxiliares, se apelotonaban en el cruce de La Subasta gritando consignas bajo el sol candente. Las consignas se transformaban a veces en bromas, y los policías antimotines, uniformados de negro y acorazados, las cabezas ocultas tras las viseras de los cascos, como personajes de la Guerra de las Galaxias, se reían. Los médicos y los practicantes vestían mandiles verdes más que gastados, con manchas de sangre que habían resistido sucesivas lavadas. Las enfermeras, en cambio, lucían como si sus uniformes blancos y sus tocas almidonadas acabaran de pasar por la plancha.

Cuando la camioneta se acercó despacio al remolino de mandiles haciendo sonar la sirena con intermitencia moderada, uno de los jefes de la protesta, con el pelo y los zapatos tenis espolvoreados del yeso con que moldeaba las férulas, ordenó que abrieran valla, y mientras el vehículo pasaba llovieron golpes festivos a mano abierta sobre el techo de la cabina.

—Allí andarías vos hecho mierda si le hubieras hecho caso a tu mamá que quería su doctor —dijo el inspector Morales.

—Más hechos mierda que nosotros no hay —dijo Lord Dixon—. Sin segundo uniforme, y para perseguir al ladrón, el asaltado tiene que poner la gasolina.

—Mirá para lo que estudiaron en la universidad —dijo el inspector Morales—. Nosotros, por lo menos, en esto andamos por gusto propio y soberana gana.

—Claro que sí —dijo Lord Dixon—. Gusto propio de ser centinelas de la alegría del pueblo.

—Soldados de la guerra contra el vicio y a la inmundicia —dijo el inspector Morales.

—Y te regalan cervezas en los bares, te regalan canastas de Navidad los empresarios agradecidos por tus servicios —dijo Lord Dixon—; y el Ministro Placebo te felicita para tu cumpleaños.

—Y manda una corona para tu entierro —dijo el inspector Morales.

El Ministerio de Gobernación había sido puesto en manos de un médico de consulta general al que llamaban Placebo porque siempre recetaba medicamentos inocuos que según su criterio surtían mejor efecto en los pacientes pues todo era asunto de tranquilizar los nervios, y así era famosa su inyección de agua destilada en el lugar mismo donde aquejaba el dolor, ya fuera la planta del pie. Por su parte, el ministro de Salud era un viejo profesor de matemáticas, al que llamaban Baldor por el texto de álgebra del que se valía, conocido por su carácter agrio y las ganas de aplazar a todo el mundo, con lo que se agenciaba un buen número de clases particulares para reparación de exámenes.

El celular del inspector Morales bufó, insistente, cuando pasaban frente al casino Pharaohs, que se alzaba en los predios delanteros del hotel Camino Real, un simulacro de templo egipcio custodiado por dos esfinges de fibra de vidrio. Orilló el vehículo a la cuneta para atender la llamada, y Lord Dixon lo escuchó responder con monosílabos hoscos primero, y luego decir antes de cortar, lleno de enojo: "¿Cómo se le ocurre? ¡De ninguna manera!".

—Doña Sofía, apuesto —dijo Lord Dixon.

—Me está proponiendo colarse como afanadora en el Josephine para espiar desde adentro —dijo el inspector Morales, poniéndose de nuevo en marcha—. Esta señora sale con cada ocurrencia…

—No me parece mala idea —dijo Lord Dixon.

—Encima quiere que le falsifiquemos la carta de recomendación —dijo.

—Normal —dijo Lord Dixon—. Pero lo malo es que no hay un puesto vacante de afanadora esperándola.

—Hay —dijo—. Ya buscó en los clasificados. También ofrecen un puesto de crupier auxiliar de mesa de ruleta, pero dice que para eso no se siente capacitada.

—Alabo la humildad de doña Sofía —dijo Lord Dixon cuando ya la camioneta se detenía frente a la terminal de vuelos locales.

—Ya chequeó doña Sofía con la oficina de Sheila Marenco —dijo el inspector Morales—. Tiene una semana de no llegar a su trabajo.

—Probable cadáver entonces —dijo Lord Dixon.

—O está escondida por algo —dijo el inspector Morales.

Lord Dixon se abrió paso en medio de la bulla de pasajeros que se aglomeraban para entrar a la terminal cargando bultos, sacos, cajas y valijas, y el inspector Morales lo vio por último ofreciéndose amablemente a llevar la jaula de cañas donde se agitaba, como si peleara con su sombra, un gallo color de llamarada, propiedad de una negra de rulos en la cabeza y formidable nalgatorio.

Le dijo algo al oído a la negra, ya la jaula en sus manos, y ella se rió de manera convulsiva, con cara de quien pide auxilio.

Cuando el inspector Morales se acercaba de regreso al cruce de La Subasta, volvió a bufar el celular. Era Cassanova.

—Me resolví —lo oyó decir con voz ahogada—. Vos me entregas a mi hermano, y yo te digo aquello.

—Juega —respondió el inspector Morales.

Cassanova se quedó callado, y el inspector Morales se hubiera sentido tentado a preguntarle si todavía estaba allí, a no ser por la respiración sofocada que le llegaba tan de cerca. Casi sentía el olor de aquel aliento empedrado.

—Mi hermano, y la mercancía —dijo al fin Cassanova.

—Juega también —respondió el inspector Morales—. Paso ahorita mismo por el hotel.

—No, aquí no vengás, hombre —y la voz terminaba ahora de ahogarse—. ¿Dónde lo tienen a mi hermano?

—Todavía en Chinandega —dijo el inspector Morales—. Pero te lo entrego donde mejor te convenga.

—Parqueo del hotel Los Volcanes, entonces —Cassanova seguía manoteando en las aguas profundas de su asma—. Queda sobre la carretera a Chinandega, kilómetro ciento veinte, después del cruce de Chichigalpa. ¿Conocerás?

—Conozco todo lo que sea necesario conocer —respondió el inspector Morales.

—¿A qué hora te parece? —preguntó Cassanova.

—Van a ser las dos, así que a las cinco está bien —respondió el inspector Morales.

—Cinco en punto, no llegués en carro de la policía —pidió Cassanova, y los silbidos de su respiración se disolvieron en una tos bronca.

—No nací ayer —respondió el inspector Morales, y cortó.

En eso, sonaron varias detonaciones y la carretera se lleno de humo. Los antimotines estaban disparando bombas lacrimógenas contra los médicos que huían en desbandada revueltos con los vendedores callejeros, y si les daban alcance los reducían a clavazos, o los inmovilizaban en el suelo, mientras los clientes de las comiderías y los tenderetes de ropa, calzado, utensilios plásticos y repuestos automotrices que llenaban las aceras, buscaban refugio dentro de los predios de La Subasta. Una de las enfermeras, impoluta en su uniforme blanco, corría sobre el camellón central, y cuando buscaba atravesar la carretera se topó con la camioneta policial que manejaba el inspector Morales.

—¡Venga, móntese! —gritó el inspector Morales, asomando la cabeza por la ventanilla.

Ella obedeció, aturdida, y subió a la cabina, pero apenas se vio dentro, pareció despertar.

—¿Voy presa? —preguntó, desafiante.

Era una mujer de mediana edad, demasiado morena para creer que su pelo rubio fuera verdadero, bonita seguramente en su día pero ahora parecía haberse secado de todos sus jugos, como una fruta demasiado expuesta al sol.

—Dígame dónde la dejo —respondió el inspector Morales.

—Nadie estaba haciendo nada, son unos salvajes —dijo ella—. Dieron un plazo para despejar la carretera, y después, sin más ni más, nos aventaron verga.

Viéndolo bien, aquellas malas palabras que de pronto lo sorprendieron, porque chocaban con la pulcritud del uniforme almidonado, de inmediato le parecieron naturales con sólo imaginarla despojada de su atuendo de enfermera, de chinelas y metida en una bata floreada, reina de su casa en alguno de los andurriales de Managua. Y se rió, con simpatía, algo que ella no entendió porque se puso más hosca.

Las vaharadas de humo de las bombas lacrimógenas se acercaban a la camioneta, y el inspector Morales se apresuró en subir el vidrio. Los manifestantes, que sostenían el terreno, lanzaban piedras que rebotaban en los escudos de los antimotines.

No volvió a preguntar a la enfermera adónde quería ir, convencido de que no le sacaría más palabras, de modo que puso de nuevo la sirena buscando cómo llegar a la intersección para dejar la carretera Norte y alejarse rumbo sur, hacia el Mercado de Mayoreo. Volvían a sonar las detonaciones de los fusiles lanza bombas, y ahora los antimotines también estaban disparando balas de goma. Uno de los médicos atendía a otro que había recibido un impacto en la pantorrilla.

Ya cerca de los semáforos se halló de frente con un grupo de manifestantes que se habían amarrado pañuelos mojados encima de la nariz buscando protegerse de los gases. Al ver a la enfermera que desde la cabina les hacía señas de subir a la tina no dudaron en obedecerla, y con la camioneta apiñada de médicos y practicantes, el inspector Morales pudo al fin enderezar hacia el Mercado de Mayoreo, y ya lejos del alboroto se detuvo para que se apearan.

La enfermera, atildada en todo, bajó resbalando sobre el asiento, sin abrir nunca las piernas, ni una sola arruga en el uniforme, la toca siempre en su lugar. Cerró la puerta y lo miró tras el vidrio, sin dejar su expresión hosca. Pero luego, con una señal de los dedos, le pidió que bajara la ventanilla.

—Cuando ganemos las elecciones te vamos a dar un ascenso —le dijo ella, sonriente por fin.

—¿Cuándo ganemos quiénes? —preguntó el inspector Morales.

—El Frente Sandinista —respondió ella—, en la próxima vuelve Daniel.

—Pero ni siquiera has apuntado mi nombre —dijo el inspector Morales.

—No se me olvidan las caras —respondió ella.

—Voy a pensarla, pero dame tu número de celular —respondió el inspector Morales.

Ella le volvió la espalda, sin dejar la sonrisa. Los de la tina, envalentonados al verse lejos del campo de batalla, ya en el pavimento habían empezado a silbar y a gritar consignas, y lo despidieron aporreando ruidosamente la camioneta.

Cuando llegó a la Estación Seis para recoger el Lada, ya la ruta se hallaba libre. Los antimotines habían desaparecido y los manifestantes estaban siendo evacuados en una caravana de buses del Ministerio de Salud. Subían a los buses con sus mantas enrolladas, como si vinieran de una excursión.

De regreso en su oficina, encontró el almuerzo sobre su escritorio. Doña Sofía iba a buscárselo a la cocina del comedor de oficiales cada mediodía, y si él estaba ausente se lo dejaba entre el revoltijo de papeles, todavía caliente, tapado con otro plato perlado de sudor. Ahora tenía ya rato de estarse enfriando, la solitaria cuchara sopera a un lado, pues ya sabía doña Sofía que despreciaba el cuchillo y el tenedor, y al otro un triste vaso de fresco de tamarindo sobre el que nadaban unas lascas de hielo.

Antes de levantar el plato que servía de tapadera, probó a adivinar lo que tendría por almuerzo, y adivinó bien, porque las variantes diarias eran muy pocas: hoy había guiso de papas, arroz, frijoles, una pieza de pollo en caldillo, y encima una tortilla. Otra vez le había tocado la chincaca, obligado a rebuscar con los dientes en la armazón de huesos lo que hubiera de carne. Quienes bajaban de primeros al comedor con mesas de ocho plazas, forradas de formica, cortejaban a las cocineras para que les sirvieran las mejores piezas.

Se despojó de la camisa de paisano, mojada de sudor, que dejó oreándose en el espaldar de una silla, cerca de la ventana. Le dieron ganas, como otras veces, de soltar las hebillas de las correas de la prótesis y quitársela, pero sólo retiró el tahalí con el revólver, y empezó a comer, más como si sacara una tarea, que por placer. A cada bocado, miraba a la puerta. Alguien, aunque no se dejaba ver, amagaba con entrar.

—Entre, doña Sofía —dijo por fin.

Doña Sofía asomó primero la cabeza, y luego avanzó con pasos medidos.

—No era más que una propuesta, compañero Artemio, ya sabe que a mí no me gusta estorbar —dijo ella.

—Déjese de quiebres —respondió el inspector Morales, mientras quitaba una hilacha de carne de entre los dientes—. ¿Qué clase de carta de recomendación cree usted que necesita?

—Una de la curia apostólica —dijo doña Sofía, con cara de travesura, mientras arrastraba una silleta metálica para sentarse frente al escritorio.

—¿Firmada por el propio Cardenal Obando y Bravo? —preguntó el inspector Morales, y sin dejar de mirarla bebió hasta el fondo el vaso de refresco.

—Sería un honor —se rió doña Sofía, sin preocuparse ahora de enseñar los portillos de los dientes.

—Se hará constar que es usted una ejemplar capitana de la congregación de Hijas de María —dijo el inspector Morales, y empujó lo más lejos posible el plato que había quedado barrido.

—Me imagino que va para Chinandega a poner libre al contrabandista preso —dijo ella, con un reprobatorio movimiento de cabeza.

—Usted sí que es divertida —dijo el inspector Morales—. Viene a sacarme una carta de recomendación falsificada, y se asusta de que entreguemos a un preso por medio de un trato.

—Deje por lo menos hablar a mi conciencia —dijo doña Sofía.

—De acuerdo con la Biblia los engaños valen, así que los dos estamos en lo correcto, usted con su carta falsificada, y yo con mi testigo sobornado —dijo el inspector Morales.

—¿Desde cuándo se volvió usted devoto de la Biblia? —dijo doña Sofía.

—Acuérdese cuando el patriarca Abraham le ordenó a su esposa que dijera que eran hermanos para que el Faraón no tuviera estorbo en hacerla su concubina—dijo el inspector Morales.

—Eran tiempos de la antigüedad, y eran otras las costumbres —dijo doña Sofía.

—Bonitas costumbres —dijo el inspector Morales—, por alquilar a su mujer el patriarca recibió en pago una manada de ovejas, y vacas y burros.

—El Señor se lo ordenó —dijo doña Sofía.

—Ya ve, pues, el fin justifica los medios —dijo el inspector Morales.

—Mejor no me siga hablando de ese tema, compañero Artemio, que usted se goza en el irrespeto, y vamos a lo que vamos —dijo doña Sofía—. Ya estudié bien el récord migratorio de Caupolicán.

—¿Y de dónde lo sacó? —preguntó, alarmado, el inspector Morales.

—Lo pedí por fax en nombre suyo, aquí está —dijo doña Sofía—. Viene hasta con la foto de pasaporte del archivo, que los muchachos de Auxilio Técnico agregaron por cortesía. ¿Le interesa o no le interesa?

—Bueno, dígame qué halló de nuevo —dijo el inspector Morales, y resignado recibió la hoja de fax.

—Mejor léalo usted mismo —dijo doña Sofía.

—¿No es usted la que quiere lucirse? —dijo el inspector Morales.

—Después que lo dejaron libre se borró del mapa, porque de seguro lo mandaron a congelar —dijo doña Sofía—; pero apareció pidiendo pasaporte hace cuatro meses, y desde entonces ha salido del país siete veces.

—A Colombia —dijo el inspector Morales.

—No será tan bruto —dijo doña Sofía—. Pero vaya adonde vaya, México, Guatemala, agarra los vuelos de Copa, así que necesariamente pasa por Panamá.

—Punto de contacto, entonces, Panamá —dijo el inspector Morales—. ¿Y qué más?

—No ha vuelto todavía desde la última vez —dijo doña Sofía—. Salió en Copa, y no hay registro de regreso.

—¿Cuándo fue la salida? —preguntó el inspector Morales.

—18 de julio, un martes —dijo doña Sofía.

—¿Y qué encuentra usted en eso de relación con lo del yate? —preguntó el inspector Morales.

—¿No se le ocurre que Caupolicán pudo ser uno de los pasajeros del yate? —dijo doña Sofía.

—Una entrada clandestina —dijo el inspector Morales después de reflexionar un rato.

—Como acompañante de Pinocho —dijo doña Sofía.

—Bueno, vamos a tenerlo en cuenta —suspiró el inspector Morales, aburrido de pronto—. ¿Algo más, doña Sofía?

—Nada — dijo doña Sofía—; sólo recordarle que nunca me gustaron esas confianzas suyas con Caupolicán.

—Eran asuntos de trabajo, cuando la Seguridad del Estado tenía parte en el control del narcotráfico —dijo el inspector Morales—. Cerraron la Seguridad del Estado, lo mandaron a retiro, adiós Caupolicán.

—Intimidades que bien sé que venían de lejos —dijo doña Sofía.

—Si ya sabe que fuimos compañeros en la clandestinidad, y también en la montaña, ¿de qué se asusta entonces? —dijo el inspector Morales.

—Cada vez que hablaban por teléfono usted empezaba saludándolo con aquella poesía que le escribió Rubén Darío al cacique Caupolicán —dijo doña Sofía—: "salvaje y aguerrido, cuya fornida maza / blandiera el brazo de Hércules, o el brazo de Sansón…".

—En este país todo el mundo se saluda en verso —dijo el inspector Morales—. ¿Cuál es la novedad?

—La novedad es que él subió como cohete a las alturas, y usted se quedó en tierra, compañero Artemio —dijo doña Sofía—, no es de balde que la pólvora lleva azufre, y sólo se van arriba los demonios.

—Si se trata de esas alturas, prefiero el suelo —dijo el inspector Morales, y alcanzó el teléfono portátil.

Se comunicó con Auxilio Técnico y dio las instrucciones para que prepararan la carta de recomendación de doña Sofía, en la forma que ella misma iba a indicarles. Después pidió que le consiguieran la lista del tráfico telefónico del celular de Sheila Marenco, la dirección y el teléfono de su casa, su fotografía del registro de pasaportes y su récord migratorio.

Apenas había colgado cuando bufó el celular. Era el inspector Pablo Palacios, de Homicidios. Lo reconoció por su risa nerviosa, insistente y entrecortada.

—Ajá, con que era tuyo el número de celular —lo oyó decir, como quien celebra un hallazgo dichoso.

—¿Cuál número de celular? —alcanzó a preguntar el inspector Morales.

—El que le hallamos apuntado al muerto —lo oyó decir ahora.

Había un muerto en el hotel Lulú, y en la bolsa de la camisa el occiso tenía su número de celular anotado en el trozo de una hoja de cuaderno escolar.

—¿Qué pasa? —preguntó doña Sofía.

—Mataron a mi testigo —respondió el inspector Morales, mientras amarraba rápidamente el tahalí a la prótesis.

—Ahora sí empezó el baile —dijo doña Sofía, y se frotó las manos.

5. El vestido de novia

Cuando el inspector Morales se presentó al hotel Lulú, la calle antes desierta se hallaba llena de curiosos que desbordaban las aceras, mantenidos a raya detrás del cordón de policías, y en las puertas de las viviendas que antes parecían clausuradas para siempre se arracimaban los vecinos. Sólo los mecánicos del taller automotriz seguían en su trabajo, como si nada hubiera ocurrido. Frente al portón cerrado del hotel, donde había una radiopatrulla atravesada, se hallaba un cardumen de reporteros policiales, fotógrafos y camarógrafos que apenas lo vieron se abalanzaron sobre él, atropellándose.

Los conocía a todos de cara, y a muchos de nombre. Cada vez había más mujeres, sobre todo jovencitas recién salidas de la escuela de periodismo de la UCA, entre aquella tribu mal pagada que en guardia permanente cubría pleitos a pedradas entre pandillas de adolescentes en los barrios más miserables de Managua, el hallazgo de fetos en los basureros y de cadáveres de ebrios consuetudinarios que arrastrados por la corriente de los cauces aparecían en los breñales del lago Xolotlán, denuncias contra maridos tormentosos que apaleaban a sus mujeres, padrastros que violaban a sus entenadas y nietos drogos que robaban hasta el catre y las cobijas a sus abuelas, robos a cuchillo en pulperías, asaltos a camiones repartidores de leche y bebidas gaseosas, aparatosos accidentes de tráfico en los que los choferes de los buses de las rutas urbanas eran sin falta los villanos, y a todo daban el mismo despliegue de catástrofe universal. Se los encontraba cuando había quiebres de alijos de droga en bodegas clandestinas o en furgones dotados de compartimentos secretos, o cuando se había concluido con éxito algún operativo en alguna de las playas desiertas del Pacífico para sorprender descargues de las llamadas cigarretas, unas lanchas tubulares capaces de transportar cinco toneladas de droga y mucho combustible; pero sobre todo, a la hora de las capturas de expendedores minoristas de polvo de quinta categoría mezclado con talco, piedras de crack y churros de marihuana, que vendían en sus domicilios o en los portones de las escuelas, y se hallaban asociados en los cartelitos de barriada. Hoy era día de fiesta porque contaban con un asesinato misterioso, pero habían fallado en llegar temprano y los policías les impedían pasar del portón.

Siempre estaban primero que las patrullas en el lugar de los hechos pues disponían de escáneres para interceptar las comunicaciones de radio de la policía, la Cruz Roja y el Cuerpo de Bomberos, y también contaban con informantes entre agentes y telefonistas en las mismas estaciones de distrito, y así podían entrevistar a su gusto a familiares y vecinos de los involucrados y a los testigos de los hechos, pero sobre todo a las víctimas, metiendo prácticamente el micrófono dentro de la boca de los apuñalados en las cantinas, heridos de bala en los asaltos, quemados con aceite hirviente en las cocinas o atropellados en media calle, para pedirles detalles del suceso, o preguntarles si sentían alguna clase de dolor o molestia física.

El inspector Morales se vio de pronto estrechamente rodeado. ¿Por qué se hallaba allí? ¿Era un caso de drogas? ¿El muerto era traficante? ¿Era un ajuste de cuentas? Se libró rápidamente del acoso porque pudo convencerlos de que como recién llegado no sabía nada, y uno de los policías entreabrió el portón, lo suficiente para que pudiera pasar.

Avanzó por el patio asoleado donde seguía estacionada la Hilux, y subió las gradas frente al lobby, que otra vez parecía desierto. Traspuso la consabida cinta amarilla que cerraba el ala donde se hallaba el cuarto número 5, y el inspector Palacios vino a su encuentro con un aire risueño de complicidad, mostrándole de lejos, como si fuera un señuelo, el trozo de papel con el número del celular.

Los investigadores, todos calzados con guantes de látex, iban y venían en sus afanes dentro del cuarto. De rodillas en el piso, uno de los agentes trastejaba en la valija de materiales, y otro, también de rodillas, fotografiaba de cerca con una cámara digital miniatura, una y otra vez, el robusto cuerpo de Cassanova que yacía en la camilla, desnudo de la cintura para arriba, los orificios de entrada de las balas marcados con círculos de tinta violeta y la sangre reseca embadurnada sobre la piel.

Tuvo la impresión de que había entrado a ese cuarto no la misma mañana, sino muchos años atrás, y que la silueta dibujada con tiza en el piso ya estaba allí desde aquella fecha remota, y ahora iba borrándose de tan vieja. La cama con el cobertor de tejido guatemalteco tenía de fuera la almohada, acuñada contra el espaldar, y supuso que cuando los asesinos llamaron a la puerta Cassanova se encontraba recostado, en espera de la hora en que debía salir para Chinandega. Quedó boca abajo, a medio camino entre la cama y la puerta, la mano derecha prensada bajo el peso del cuerpo, la otra extendida, como si llamara o suplicara, según insinuaba la silueta de tiza, y pudo comprobarlo en la secuencia de la cámara electrónica que se acercó a mostrarle el fotógrafo policial.

—Conseguime una de estas cámaras —le dijo al inspector Palacios.

—Es de mi hijo, se la ganó en una promoción con cupones —respondió el inspector Palacios.

—No me queda más que buscar cómo tener un hijo —dijo el inspector Morales.

—Me debés una explicación completa sobre esto —dijo el inspector Palacios, mientras metía el trozo de papel con el número telefónico en la bolsa de plástico transparente donde habían puesto las pertenencias del difunto: la cartera con quinientos córdobas en billetes de cien, trescientos dólares en billetes de a veinte, y dos tarjetas de crédito, además de la licencia de manejar y la cédula de identidad; dos lapiceros Stabilo, el pañuelo impregnado de agua de colonia, y las llaves de un vehículo. Había otras dos bolsas en la mesa de noche, en una el sombrero de fieltro, en la otra la camisa ensangrentada.

El inspector Morales le quitó la bolsa de la mano, sacó el trozo de papel, y se lo guardó.

—Estuve aquí en la mañana con un compañero para averiguar sobre un asunto de los míos —dijo el inspector Morales—. ¿Esas llaves son de la Hilux que está en el patio?

—Afirmativo —dijo el inspector Palacios—. Estaban sobre la mesa de noche, dentro de la copa del sombrero. Ya volteamos la camioneta de arriba abajo. Nada que valga la pena.

—¿En el cuarto? ¿Ya buscaron? —volvió a preguntar el inspector Morales.

—El cuarto está barrido —dijo el inspector Palacios—. Según el caballero dueño del hotel, un camión vino a cargar una mercancía como una hora antes de los balazos.

—Extraño que no esté el equipaje —dijo el inspector Morales.

—¿Y quién te dice que andaba con equipaje? —dijo el inspector Palacios.

—Yo te lo digo —dijo el inspector Morales—. Una valija Samsonite y un maletín.

—Ni sombras —dijo el inspector Palacios.

—¿Cuántos impactos? —preguntó el inspector Morales.

—Tres —dijo el inspector Palacios—. Una sola arma, un solo tirador. Nadie oyó ninguna detonación.

—¿Qué tipo de arma? —preguntó el inspector Morales.

—¡A ver, balística! —llamó el inspector Palacios.

El técnico en balística se acercó. Abrió el puño y mostró cinco casquillos aplastados.

—Balas 9 por 18, una Makarov —dijo el oficial—. La distancia de tiro fue de dos metros.

El forense de turno ya había hecho el examen preliminar. Una de las balas había penetrado en el omóplato izquierdo, otra en la base del cuello, y una tercera debajo de la tetilla izquierda, como era visible por los orificios de entrada marcados en la piel con el plumón morado. Las tres tenían salida, y dos no dieron en el blanco.

—¿Alguien vio a alguien? —preguntó el inspector Morales.

—Los mecánicos del taller —respondió el inspector Palacios.

Una Ford Runner, como recién salida de la fábrica, sin placas, se había parqueado frente al portón, y mientras el motor quedaba encendido, con el chofer en el timón, se bajó un hombre de raza negra, no mayor de treinta años. El chofer mantuvo alto el volumen de los parlantes con una música de reguetón que inundaba toda la calle. Al poco rato el hombre de raza negra volvió tranquilo, se montó, y se fueron sin ningún apuro. Al chofer no pudieron distinguirlo porque les quedó de espaldas.

—¿Y la hora? —preguntó el inspector Morales.

—El forense calcula que el deceso ocurrió cerca de las dos —dijo el inspector Palacios.

Eso quería decir que no pasó mucho tiempo desde que acordaron la cita en Chinandega, para que aparecieran los asesinos. El teléfono color beige, que se adivinaba tan nuevo y ligero al peso, descansaba con toda inocencia en la mesa de noche.

—¿Saben los mecánicos si por casualidad ese hombre que vieron llevaba una gorra roja? —preguntó el inspector Morales.

El inspector Palacios revisó su libreta.

—¿Gorra roja? Aquí está, llevaba gorra roja —dijo—. Camiseta blanca de nylon, sin mangas, pantalones tipo cargo, de tres cuartos, calcetines gruesos, también blancos, y zapatos Nike.

—Alto y forzudo —dijo el inspector Morales.

—Tal vez doscientas libras de peso, nada de grasa —dijo el inspector Palacios—. De todos modos, ya viene el dibujante para trabajar con los mecánicos en el identikit.

—Y el dueño del hotel, ¿vio algo o sabe algo? —preguntó el inspector Morales.

—Nada, dice que estaba ocupado adentro, haciendo cuentas en su oficina —respondió el inspector Palacios.

—¿Y los pasajeros de los demás cuartos? —preguntó el inspector Morales.

—Están vacíos —respondió el inspector Palacios—. Los últimos, unos cooperantes españoles, salieron antes del mediodía, ya lo comprobé en el registro.

—¿Quién halló el cadáver? —preguntó el inspector Morales.

—La muchacha que limpia los cuartos —respondió el inspector Palacios—. Cuando se asomó a ver por qué estaba la puerta abierta, descubrió el cuerpo tendido y corrió a avisarle a su patrón. Eso fue como a las dos y media.

Salieron al corredor, y divisaron al propietario del hotel que ahora vigilaba los procedimientos desde la puerta de vidrio del lobby. Era un negro calvo, con anteojos oscuros de anchas patas triangulares como los de Ray Charles, y un arete de oro pendiente del lóbulo de una de las orejas. Las mangas de la camisa amarillo canario eran demasiado largas, y sólo dejaban visibles los dedos de las manos.

—Muy viejo para andar con esas mariconadas de aretes en la oreja —dijo el inspector Morales.

—También sus colmillos caninos son de oro, y hacen juego con el arete —dijo el inspector Palacios.

—Vamos, que quiero hablar con Ray Charles —dijo el inspector Morales.

—Andá vos y me contás, a mí me sobra chamba aquí —dijo el inspector Palacios—. Tengo que despachar el cadáver a Medicina Legal.

Ray Charles lo llevó a su oficina, un cubículo detrás del mostrador de las llaves, y encendió el aparato de aire acondicionado. Se sentía el fresco olor de la mezcla, y las paredes, sin ningún adorno, estaban aún húmedas tras el reciente repello. En la pared fronteriza con la recepción se abría una ventanilla corrediza. Una vez que reguló la temperatura fue a sentarse detrás del escritorio con sobre de vidrio en una silla giratoria, un vejestorio de resortes ruidosos y falto de equilibrio. El inspector Morales permaneció de pie, sin hacer caso de la silleta de junco que el otro le ofrecía con un gesto cordial de la mano.

—Quisiera brindarte una cerveza —dijo Ray Charles, y se apresuró en levantarse para abrir la mini refrigeradora que disputaba espacio con uno de los costados del escritorio.

—No te molestés, no bebo cuando estoy trabajando —respondió el inspector Morales.

—¿Has probado esta cerveza china, Tsingtao? —insistió Ray Charles—. Me mandó una caja de Los Ángeles mi hija, que vive allá, una sandinista, se fue después que perdieron ustedes las elecciones, lástima esa pérdida.

Su locuacidad denunciaba su nerviosismo, tan nervioso que el abridor resbaló de sus manos. Al no obtener más respuesta, fue a sentarse de nuevo, como si obedeciera una orden que no le habían dado. Ya de cerca, el arete le daba el aspecto de un pirata sin fortuna.

—Entonces, aunque sea agua, tengo botellines de agua purificada —dijo Ray Charles, e intentó ir de nuevo a la refrigeradora.

El inspector Morales alzó la mano de manera imperiosa para detenerlo.

—Quiero saber quién vino a ver a Cassanova antes de que lo mataran —dijo el inspector Morales.

—Después de vos y tu compañero, nadie —respondió Ray Charles, y esbozó una sonrisa complaciente que más bien pareció una mueca amarga.

—Entonces nos viste entrar —dijo el inspector Morales.

—Los vi pasar por aquí enfrente —dijo Ray Charles, y señaló hacia la ventanilla corrediza, y hacia el camino que ellos habían seguido, más allá de la puerta de vidrio del lobby.

—¿Cassanova te puso a vigilar a los que se acercaban a la puerta de su cuarto? —preguntó el inspector Morales.

—No, hombre, nada de eso —dijo Ray Charles—. Pero me quedé al tanto de ustedes, porque si había venido la policía, algo jodido estaba pasando.

—¿Sos adivino para saber que éramos policías? —preguntó el inspector Morales.

—En un túnel oscuro a medianoche reconocería a un policía —dijo Ray Charles.

—¿Estás seguro de que después que nos fuimos no entró alguien más a ese cuarto? —preguntó el inspector Morales.

—Tal vez en una de las veces que me levanté para ir al servicio, tuve cólicos toda la mañana —dijo Ray Charles, tocándose con ambos manos el estómago.

—Bueno, ¿qué te parece si esta conversación la tenemos mejor en El Chipote, y así tal vez te funciona la memoria? —dijo el inspector Morales acercándose al escritorio con intenciones de parecer decidido, pero siempre que ensayaba a sacar un paso firme la prótesis lo traicionaba.

El Chipote, el centro de detención preventiva de Auxilio Judicial en la loma de Tiscapa, donde habían funcionado las celdas de la Seguridad del Estado, resultaba siempre una buena amenaza.

—¿Me vas a llevar preso? —preguntó Ray Charles—. ¿Por qué me vas a llevar preso si no he hecho nada?

—Preso no, pero allá hay mejor ambiente para platicar —dijo el inspector Morales—. Aquí me estás respondiendo muy esquivo.

—Te puedo jurar que no vi entrar a nadie —dijo Ray Charles—. ¿Qué más querés saber entonces?

—Quiero saber de dónde sacaste reales para remodelar esta pocilga, por ejemplo —dijo el inspector Morales.

El hombre se quitó los anteojos con parsimonia, y los puso sobre el escritorio. Sus ojos, demasiado pequeños, tenían un color bilioso y lo miraban no con temor, sino con curiosidad. De pronto, se había serenado.

—No hay ninguna dificultad en contestarte eso porque soy persona honrada —dijo Ray Charles—. Saqué un préstamo en el banco, con hipoteca de esta misma propiedad.

—Un banco de Colombia, seguro —dijo el inspector Morales.

—Andás equivocado, teniente— dijo Ray Charles

—No soy teniente, soy inspector —dijo el inspector Morales.

—Pues, bueno, inspector, no me has preguntado lo principal —dijo Ray Charles.

—Vamos a ver entonces qué es para vos lo principal —dijo el inspector Morales, y se apoyó de manos en el escritorio, atribulado por la sensación de que algo había hecho mal, no sabía qué, y ahora iba pagarlo.

—No me has preguntado cómo me llamo —dijo Ray Charles.

—¿Acaso no se lo dijiste ya al inspector Palacios? —dijo el inspector Morales, tragándose la turbación.

—Tampoco él me lo preguntó —dijo Ray Charles, y el diente de oro brilló cuando se rió con toda la boca.

—Pues ahora te lo pregunto yo —dijo el inspector Morales.

—Me llamo Sandy Cassanova —dijo Ray Charles.

—¿Qué sos entonces del muerto? —preguntó el inspector Morales, y lo que había de fracaso en su voz, quiso transformarlo en desidia.

—Soy su hermano —respondió Ray Charles—. Hermano de padre.

—Entonces también sos hermano del que tenemos preso en Chinandega por contrabando —se apresuró a decir el inspector Morales, cambiando la desidia por el entusiasmo, como quien se goza en sacar parentescos imprevistos en una conversación entre amigos recién presentados.

—Francis es el menor de nosotros tres —dijo Ray Charles—. Uno de los hermanos muerto, y ahora, según veo, el otro preso.

—No —dijo el inspector Morales—. A tu hermano, el que está preso en Chinandega voy a ver que lo saquen libre. Palabra es palabra.

—Tú sabrás qué compromisos habrás hecho con Stanley —dijo Ray Charles.

—¿Vos no sabías nada de sus asuntos? —preguntó el inspector Morales.

—De sus mercancías, sabía —dijo Ray Charles.

—¿Y las que tenía en el cuarto todavía en la mañana? —preguntó el inspector Morales.

—Vino a cargarla un transporte que él había contratado para llevarla al Rama, se lo dije al otro policía que ya me interrogó —dijo Ray Charles.

—¿Del contrabando de tus hermanos, qué sacabas vos? ¿También eras socio? —preguntó el inspector Morales.

Desde el patio se oyó la sirena entrecortada de la ambulancia de Medicina Legal que llegaba por el cadáver.

—No ha habido ninguna sociedad de contrabando entre mis hermanos —dijo Ray Charles—. Eso de Francis fue un mal paso de muchacho, y nada más.

—¿Stanley y vos se tenían confianza? —preguntó el inspector Morales.

—¿Confianza como para qué? —preguntó a su vez Ray Charles.

—Como para haberte dado a guardar su equipaje —dijo el inspector Morales.

—Claro que me lo dio a guardar —dijo Ray Charles.

—Por confesar lo del equipaje hubiéramos empezado —dijo el inspector Morales.

—Tú haces las preguntas, inspector —dijo Ray Charles—. Pero a veces se te olvidan algunas, yo lo entiendo. Andar averiguando cansa.

—¿Cuándo quedó tu hermano Stanley de regresar por el equipaje? —preguntó el inspector Morales.

—Hoy mismo en la noche —dijo Ray Charles.

—Bueno, quiero ver ese equipaje —dijo el inspector Morales.

—Lo tengo en mi cuarto —dijo Ray Charles.

Volvió a ponerse los anteojos y lo condujo a un patio de servicio en la culata de la construcción, donde las sábanas y toallas sucias se acumulaban sobre las pilas de una batería de lavaderos de cemento, mientras otras se secaban colgadas de alambres agobiados por el peso.

—¿Lulú se llama tu esposa, o alguna hija tuya? —preguntó el inspector Morales, mientras apartaba una de las sábanas húmedas para seguirlo.

—Soy soltero —dijo Ray Charles, sacando llave al candado de la puerta.

—¿Y el nombre del hotel entonces? —preguntó el inspector Morales.

—Me gustaban las historietas de la Pequeña Lulú y sus amigos —dijo Ray Charles—. Tobi, Anita, Fito.

El inspector Morales iba a decir que a él también, pero se calló en el último momento.

Ray Charles encendió la luz. Era un cuarto sin ventanas, como si una antigua bodega de trastos inservibles hubiera sido convertida en dormitorio. No había aparato de aire acondicionado, ni abanico, de modo que la única manera de dormir allí era con la puerta abierta.

La valija Samsonite color perla estaba junto a la pared, al lado del maletín deportivo, y sin esperar instrucciones del inspector Morales, Ray Charles la puso encima del catre que enseñaba los resortes, el colchón enrollado con todo y sábanas en la cabecera. Trató de abrirla, pero se lo impidió la cerradura de combinación.

—No tengo ni idea de cuál será la combinación —dijo Ray Charles.

Salió, y poco después estaba de vuelta trayendo un mazo de cocina y un cuchillo de mesa. Al tercer golpe la cerradura cedió. El interior de la tapa tenía un forro de seda plisado, y el inspector Morales recibió de pronto la impresión de estar frente a un ataúd abierto. Adentro había un vestido de novia acomodado en un pliego de papel de seda. En otro pliego de papel de seda, el velo prendido a la corona de azahares artificiales.

—¿Alguien de tu familia va a casarse? —preguntó el inspector Morales.

—Ninguna parienta mía iba a poder pagar el precio de ese vestido —dijo Ray Charles.

—Entonces es ajeno—dijo el inspector Morales.

—La valija también es ajena —dijo Ray Charles—. Nunca vi a Stanley que caminara con valijas así.

El inspector Morales sacó primero el velo, y luego, metiendo las manos debajo del vestido lo puso con cuidado sobre la cama. Buscó en el revés del cuello la etiqueta de fabricante pero no tenía ninguna. Había oído que los modelos exclusivos se distinguían por eso, porque no traen etiqueta. Cuando alzó el tenue velo de gasa sosteniendo la corona, tenue también en su peso, le pareció que de tan ligero era capaz de quedar suspendido en el aire si lo soltaba.

En el maletín lo que había era una camisa manga larga hecha de una seda verde que brillaba como espejo, un par de calzoncillos de media pierna, una camisola de punto sin mangas, un par de calcetines de nailon, un peine de barbería, un bote de talco, un pomo de Vaporub, una barra de desodorante y un frasco de esencia de azahares Cinco Coronas. No había duda que éstas sí eran pertenencias del muerto.

Volvió a la valija y palpó los forros. Sus manos se detuvieron en el forro de la tapa. Buscó el cuchillo de cocina, lo rasgó, y luego lo arrancó. Debajo, pegados con crucetas de cinta adhesiva, había varios envoltorios de plástico negro. Los fue sacando para acomodarlos sobre los resortes del catre. Eran diez envoltorios, y cada uno contenía un fajo de dólares con cintillos del Pierce Bank de Panamá. Según las marca de los cintillos, en cada fajo había diez mil dólares. Ray Charles, que de nuevo se había quitado los anteojos, contemplaba pasmado la operación. Los billetes, todo de cien dólares, olían de lejos a nuevos.

—Cien mil verdes —dijo el inspector Morales—. Mis salarios de aquí a la eternidad.

Acomodaba de nuevo las prendas de novia dentro de la valija, cuando entró el inspector Palacios, que había logrado dar con el cuarto, trayendo el identikit del hombre de la gorra roja.

—Apareció el equipaje, es ese que está allí —dijo el inspector Morales—. Y aquí está el tesoro que hallé debajo del forro de la valija. Voy a llamar a mi jefe para que venga a llevárselo.

—Lástima que no somos parte de la repartición —dijo el inspector Palacios, y fingió el suspiro de un amante despechado, al tiempo que le alcanzaba el identikit.

El botín confiscado a los narcotraficantes, cuando era en dinero efectivo, se depositaba en una cuenta bancaria, y luego de terminado el juicio se repartía por partes iguales entre la Fiscalía, la Corte Suprema, y la Dirección de Investigación de Drogas.

El inspector Morales examinó el identikit, y se lo pasó a Ray Charles.

—Es Benny —dijo Ray Charles, sin pestañear.

—¿Benny qué? —preguntó el inspector Morales, recibiendo de vuelta el dibujo.

—Benny Morgan, uno que le dicen Black Bull. Es guardaespaldas de Giggo, y también le maneja su yate —dijo Ray Charles.

—¿Y quién es Giggo? —preguntó el inspector Morales.

—El doctor Juan Bosco Cabistán, el abogado de la Caribbean Fishing —dijo Ray Charles.

—¿Y tu hermano conocía bien a este Black Bull? —preguntó el inspector Morales.

—En Bluefields todo el mundo lo conoce —dijo Ray Charles.

—¿Qué hermano? —preguntó entonces el inspector Palacios.

—Este caballero es hermano del occiso, se te olvidó preguntarle si eran parientes —dijo el inspector Morales.

—No había empezado mi interrogatorio formal —se excusó el inspector Palacios.

—Ahora contame una de vaqueros —le dijo con sorna el inspector Morales, acercándose a su oído.

—Vamos a circular ya mismo este retrato —dijo el inspector Palacios, amoscado.

—¿Nos recomendás algún lado para buscar a Black Bull? —preguntó el inspector Morales.

—¿Ya no les dije que trabaja con Giggo? —respondió Ray Charles—. Empiecen por allí.

—Doctor Juan Bosco Cabistán, alias Giggo —apuntó en su libreta el inspector Palacios—. Por el apellido, veo que vamos a necesitar orden judicial para entrar a su casa y para hacerlo declarar.

—No, no me revolvás el agua —dijo el inspector Morales acercándose otra vez al oído del inspector Palacios—. Deja a ese Giggo de mi cuenta, que detrás de todo esto hay pasos de animal grande.

—No me vayan a meter en esto, hagan de cuenta que yo no les he dicho nada —dijo Ray Charles.

—Se llevan en el alma a tu hermano, y todavía estás con mates —dijo el inspector Palacios.

—¿Y el cadáver? ¿Cuándo van a entregármelo? —preguntó Ray Charles.

—Cuando terminen con él en la morgue —respondió el inspector Palacios—. ¿Dónde lo van a enterrar?

—En Bluefields —dijo Ray Charles—. Voy a llevármelo a Rama, y de allí en su barco hasta Bluefields. Quiero que haga su último viaje en la *Golden Mermaid*. Y quisiera que mi otro hermano me acompañe.

De pronto sus ojos biliosos estaban llenos de lágrimas que se enjugó con el dorso de la mano.

—Ya te lo prometí, mañana mismo sale libre —dijo el inspector Morales.

El inspector Palacios se había acercado mientras tanto a revisar el contenido de la valija.

—¿Y este vestido? —preguntó.

—Eso es lo que tenemos que averiguar —dijo el inspector Morales—. Quién es la novia.

6. El viento de la soledad

Ya atardecía en Managua cuando el inspector Morales regresó de nuevo a su oficina en la Plaza del Sol. Puso bajo llave en una gaveta del escritorio el recibo que le había extendido el comisionado Selva en el hotel Lulú después que el dinero había sido contado, y encendió la computadora.

Otra vez tuvo la sensación de que la pierna amputada hacía ya tantos años le dolía con punzadas insistentes. Mientras esperaba a que la computadora se cargara, una operación lenta pues el modelo pertenecía a la antigüedad clásica, fue a asomarse a la ventana. El crepúsculo parecía más bien una polvareda alzándose encima de la península de Chiltepe, y las lejanas estribaciones de la cordillera de Dipilto en el confín del lago Xolotlán iban oscureciendo de primero mientras el cielo cobraba un lóbrego tinte azul. Los anuncios luminosos que cercaban la rotonda Rubén Darío por encima de las palmeras, estaban ya encendidos, mientras la fuente del centro, una de las atracciones de la ciudad porque elevaba chorros teñidos de colores, se hallaba apagada, dejando al desnudo la pileta de ladrillos de loza que parecía así una gran bañera. Desde abajo llegaba el coro ansioso de las bocinas de los vehículos.

La cara de Stanley Cassanova, manchada de bienteveo, era como el negativo de una fotografía que flameaba con insistencia frente a sus ojos. Por miedo a que lo mataran había escondido la información durante la entrevista, pero al final, el deseo de sacar de la cárcel a su hermano contrabandista pudo más en él, lo que vino a costarle de todas maneras la vida. Lo vigilaban de cerca, y cuando supieron que estaba en contacto con agentes antidroga decidieron pararlo en seco usando a Black Bull, el piloto del *Regina Maris*. ¿Era ese Giggo, el abogado de la Caribbean Fishing, quien lo había mandado a parar en seco? Black Bull era su guardaespaldas, y piloto también de su propio yate.

Tampoco podía saberse si Ray Charles, el propietario del hotel Lulú, estaba diciendo toda la verdad, pese a que su hermano era el muerto. Había que mantener ojo sobre él, y volver a interrogarlo. ¿Y Francis, el contrabandista? Mañana lo traerían de Chinandega, y con él también tenía que hablar antes de dejarlo libre.

Fue enlistando algunas de estas dudas, las fundamentales, en el informe que ahora tecleaba para el comisionado Selva, dividido en parágrafos numerados, y que apenas concluido le remitió a su dirección electrónica. Después, escribió un memo urgente para Lord Dixon. Demasiadas cosas habían sucedido desde la hora de su regreso a Bluefields. Se habían sonado a Cassanova, para empezar. ¿Había recibido ya el identikit del asesino que el inspector Palacios quedó de enviarle por fax? ¿Sabía algo de ese Benny Morgan, alias Black Bull? ¿Tenían allá información sobre ese doctor Juan Bosco Cabistán, alias Giggo? Necesitaba también datos sobre la gente que manejaba la Caribbean en Bluefields, cada vez más se parecía a una compañía de pantalla. Y del cadáver de la mujer, que no se olvidara.

Enviados los dos mensajes, se dedicó a revisar el correo.

Una carta de la viuda del derrocado dictador de Zaire, Mobuto Sese Seko, escrita desde su refugio en Rabat, capital del reino de Marruecos, ofreciéndole la transferencia a su cuenta bancaria en Managua de treinta millones de dólares depositados en Suiza por su fallecido marido, con el objeto de poner esa fortuna a salvo de la persecución del gobierno de Laurent Kabila. Una vez consumada la operación, el dinero sería dividido por partes iguales.

Estimada señora: siento mucho no tener una cuenta bancaria por lo cual me veo privado de aceptar su generosa oferta.

Un minuto con María. Una noche del año 1215 mientras Santo Domingo de Guzmán oraba Nuestro Señor se le apareció con tres lanzas en la mano muy furioso dispuesto a arremeter contra los mortales pecadores y aunque Su Madre Bienaventurada apareció también y se prosternó suplicándole perdón Jesús rezongaba "no dejaré tanto delito y blasfemia contra Mí en la impunidad" pero Su madre le aconsejó "mejor envía a Domingo a que lleve tu palabra a los hombres" y Jesús se calmó y respondió "mandaremos a Domingo puesto que tu amor de Madre me ha desarmado".

Domingo, Mingo, Minguito. Pronto traerían a Managua su minúscula imagen en procesión desde su santuario de las Sierritas, bailando en hombros de sus cargadores en la algarabía carnavalera de todos los años.

Instituto Equino de Ticomo. Cursos en salto de obstáculos, doma clásica, método natural (Natural Horsemanship), psicología del lenguaje del caballo, salud del caballo (no incluye medicamentos veterinarios), belleza e higiene del caballo (no incluye productos de aseo ni cosméticos).

Estimados señores: me interesa información acerca de la psicología del caballo y desearía saber también acerca de esos productos cosméticos.

El Club Terraza que invitaba cordialmente a sus socios a la catación de vinos impartida por el enólogo Salvestrini Pietro, de Viñas Undurraga, llegado expresamente de Chile.

Gracias por lo de socio.

Oferta de Viagra al tres por uno, servicio a domicilio por paquete postal.

Gracias, no necesitaba.

Maxaman Rx, una nueva fórmula creada para hacer crecer el tamaño del pene en proporciones dignas de causar asombro e incredulidad.

Gracias, tampoco necesitaba.

Ninguna fórmula para hacer crecer de nuevo la pierna. La prótesis, que ahora sí se había quitado, recostada a la pared tenía el aspecto de una pieza de maniquí.

Iba a enviar todos los mensajes a la basura cuando se percató de que entre ellos se hallaba, aún sin abrir, el traslado que le hacía el comisionado Selva de los datos del *Regina Maris* suministrados por Chuck Norris. El yate estaba registrado en Panamá, donde abanderaban la mitad de los barcos fantasmas del mundo, la otra mitad en Liberia. Había sido fabricado por Wagner Stevens Yachts en Annapolis, en 1997, y después de pasar por muchas manos la cadena de propietarios terminaba en una ignorada compañía, North Star Limited, inscrita en Saint-Georges, Grenada, de la que nada sabía la DEA. Aún averiguaban si había algún embarque de droga pendiente de Colombia, que coincidiera con la llegada del yate a Laguna de Perlas.

Ya se había hecho de noche cuando oyó en el corredor pasos que se acercaban a la puerta que había dejado abierta, y se apresuró a buscar la prótesis para ponérsela, pero ya era tarde. El ordenanza, que no debería hallarse allí a esas horas, le llevaba un sobre marcado como urgente.

Entró, se cuadró, y con la vista al frente pretendía demasiado no ver la pierna artificial en manos del inspector Morales, que ahora no hallaba cómo deshacerse de ella. Por fin la dejó sin más remedio sobre su regazo para recibir la encomienda, y despidió al subalterno con una sonrisa que no necesitaba de un espejo para saber que era majadera.

En el sobre venía la información solicitada a Auxilio Técnico sobre Sheila Marenco, sin faltar nada. La lista del tráfico telefónico de su celular, la dirección de la casa en la carretera Sur y el número del teléfono particular, su fotografía, fotocopiada del registro de pasaporte, donde constaba también su filiación, y su récord migratorio. También venía el nombre de su madre, junto a la cual vivía. Se llamaba Cristina.

A pesar de que las fotografías de pasaporte no dicen mucho porque entonces las mujeres posan a la ligera, sin retoques, como lavadas de cualquier pretensión de belleza, Sheila Marenco era atractiva a primera vista. Miraba a la cámara con extrema seriedad, las cejas gruesas contraídas, y esa seriedad quedaba realzada por su manera de peinarse, el pelo liso y tenso partido por una raya a la mitad. A los 30 años que según la filiación tenía, los ángulos delicados de su rostro empezaban a rellenarse y a endurecerse, un ajamiento aún lejano, pero ya perceptible. 30 años, 5 pies 2 pulgadas, 125 libras. Divorciada.

Según el récord migratorio había salido por última vez hacia Panamá el martes 18 de julio en el vuelo 317 de Copa, sin registro de entrada. Comprobó los datos acerca de la última salida de Caupolicán, investigados por doña Sofía. La misma fecha, el mismo vuelo. Volvió al escritorio en tres saltos, y empezó por marcar el número del domicilio: 2451860.

Al primer zumbido apareció una voz de mujer. El inspector Morales preguntó por Sheila, y la mujer quiso saber de parte de quién. Se identificó como Morlan Midence, un amigo, y ella dijo entonces que Sheila se hallaba fuera del país. Preguntó que cuándo volvía, y cuando respondió que ya debería estar de regreso, notó angustia en su voz.

—¿Usted es su mamá? —se atrevió a preguntar el inspector Morales.

—Sí —respondió la mujer—. ¿Me quiere dejar su número?

—Yo vuelvo a llamar —dijo el inspector Morales. Y antes de cortar, creyó escuchar el llanto de un niño.

El número de la casa aparecía numerosas veces en el registro de llamadas del celular, no menos de cuarenta en un plazo de siete días hasta el martes 18 de julio. La última vez que había llamado a su madre era a las 7:30 de la mañana, seguramente desde el aeropuerto. Un niño, no otra razón para tantas llamadas. Cristina, la madre, cuidaba de ese niño mientras ella se ausentaba.

Después de chequear las restantes, a la oficina de reservaciones de Copa, una pizzería, un salón de belleza, se quedó con dos, que iban a un mismo número de celular, el 8879014, la última hecha a las 10 de la noche del lunes 17 de julio. Marcó. Al contrario de la madre, que había respondido de inmediato, los zumbidos se repetían como si fueran perdiéndose en la distancia, y ya cuando creía que iba a entrar el contestador automático apareció una voz masculina, soñolienta, que simplemente dijo: "¿Sí?".

—Perdone la llamada —dijo el inspector Morales—. Soy auditor de servicios de Movistar y estamos chequeando el registro de los clientes para un cambio de sistema de facturación. ¿Ese número pertenece a Mairena Molina, Mario?

Siempre prefería improvisar los nombres con iniciales repetidas, era una marca personal de su trabajo. O una manía.

—Pertenece al doctor Juan Bosco Cabistán —respondió la voz, con disgusto contenido.

—¿Con él hablo? —preguntó el inspector Morales.

—El mismo —respondió el otro.

—¿Sería tan amable de confirmarme su dirección? —pidió el inspector Morales.

—Altos de Santo Domingo, Residencial Las Leyendas, calle los Cedros número 14 —volvió a responder.

—Correcto —dijo el inspector Morales—. Aquí lo tengo en la pantalla, ahora sí está claro, perdone, pero había equivocado el código de su cuenta.

El otro cortó sin decir nada.

Sheila Marenco-Juan Bosco Cabistán (alias) Giggo—Benny Morgan (alias) Black Bull-Stanley Cassanova, escribió entonces en su cuaderno escolar. Y Caupolicán. El hecho de que hubiera viajado a Panamá en el mismo vuelo de Copa con Sheila Marenco, lo acercaba a la secuencia. Aquellos nombres representaban apenas unas pocas piezas del paisaje todavía oculto, en el que casi todo seguía en gris. Cuando regresó a la computadora, con intenciones de apagarla, acababa de entrar un mensaje de respuesta de Lord Dixon:

Reporto viaje de regreso sin novedad más que una que me pone triste, y es que la alegre dama dueña del gallo y del merciless fat ass que estoy seguro usted tuvo oportunidad de admirar, me había invitado a su cumpleaños para el viernes pero la esperaba el marido aquí en el aeropuerto de Bluefields manejando su propio taxi y no me gustaron sus tatuajes diabólicos en los bíceps por lo que he desistido de asistir, mientras tanto un aguacero de la gran puta suena en estos precisos momentos sobre el zinc como si llovieran pedradas. Quién iba a decir que me despedí de Cassanova para siempre quitándole el sombrero y volviéndoselo a poner, pero fue algo que hice con cierto cariño, créame que me dolería la conciencia por él si no quedara ahora claro que andaba en brujules, cien mil lapas verdes en la valija no es jugando, y encima estoy seguro que seguía apostando a sacar gratis al hermano de la chirona sin soltar nada sustancial:

Benny Morgan, alias Black Bull, bachiller del colegio Moravo, basquetbolista estrella en liga colegial, matriculado en la URACCAN en biología marina, no duró mucho, fichado por estos lados por tráfico menor de drogas y campeón de consumo, confirmado que es guardaespaldas (ocasional) del doctor Cabistán (Giggo), quien resulta ser gran cochonete (permanente) adicto a mozalbetes rudos, y cuando viene a sus asuntos de la Caribbean se hospeda en el hotel Playa del lado de Old Bank donde suele recibir a tales efebos.

La Caribbean Fishing la maneja en calidad de gerente general un cubano de Miami de nombre Mike Lozano, cincuenta años, casado con una gringa de nombre Jossie Smith, hijos uno solo que se llama Manolo y del que no tengo pista. Hombre hogareño, tesorero del Kiwanis Club, donó la reparación del techo de la iglesia Morava y da almuerzo a los niños de la catequesis los domingos, donó los uniformes y guantes al equipo de la liga juvenil de beisbol del barrio Beholdeen, un Santa Claus de tiempo completo. Según el registrador de la propiedad al que acabo de sacar de su cama porque su mujer lo acuesta apenas oscurece, Lozano aparece como dueño único de las acciones de la compañía pero eso es pantalla porque no tengo dudas que Satanás saca los cachos y las pezuñas en este caso.

Novedades: The Golden Mermaid se incendió en el muelle de Rama, no quedó más que el esqueleto. ¿Accidente?

A buscar el cadáver de la dama voy mañana a las claras del alba, ya logré que me fiaran la gasolina. La camiseta estaba en el camarote del yate, el primo de Rito Howard la usó para envolver el radio que tenía escondido, por eso vamos a priorizar el buceo.

Me intriga el traje de novia dentro de la valija de las lapas verdes. ¡Patria Libre o Morir!, ¡Dirección Nacional, ordene!, besitos, by, by.

Transfirió el mensaje al comisionado Selva para que lo encontrara temprano en su correo, pero borró primero las relojinas de Lord Dixon, los lemas de la despedida —quién iba a decirles que terminarían jugando con aquellas frases en un tiempo sagradas—, y los besitos. Lo de cochonete, mozalbetes rudos y efebos, lo dejaba, eran datos informativos.

En el reloj de la computadora eran ya las nueve y media de la noche. La apagó, y luego la cubrió con la funda plástica, siempre polvosa por mucho que doña Sofía la sacudiera. Terminó de amarrarse la prótesis, y ya se disponía a irse cuando sonó el teléfono.

—Qué suertera, nunca me imaginé que iba a hallarte tan tarde en la oficina —dijo la voz ronquita.

Era la Fanny.

Al inspector Morales lo había casado en tiempos de la guerra el padre Gaspar García Laviana con una muchacha de David, Panamá, maestra de escuela, enrolada en el Frente Sur como parte de la columna "Victoriano Lorenzo". Su seudónimo era Cándida, pero se llamaba realmente Eterna Viciosa, un nombre que a Lord Dixon le provocaba arcadas de risa. Y al contrario de lo que su nombre de pila indicaba, su relación con el inspector Morales no tuvo nada de eterna. Eterna, que tras el triunfo hacía turnos de locución en Radio Sandino, se fue volviendo desafecta a la revolución, empujada, quizás, por las infidelidades repetidas del inspector Morales al que su impedimento físico no estorbaba para andar de cama en cama. Un día, en venganza de que había vuelto casi al amanecer, rezumando cerveza y oliendo a bicho ajeno, como ella decía, furiosa salió al patio y tiró encima del techo la pierna artificial aprovechando que él ya se había dormido. Los gritos de la discusión en la mañana, él reclamando la pierna, y ella retándolo a que subiera a buscarla, se oyeron en todo el barrio. Nunca tuvieron hijos, y nada legal los unía porque aquel había sido un matrimonio por las armas. Eterna no volvió a Panamá, sino que se fue a Honduras cuando empezaba a organizarse la contra, y apareció de locutora de la radio clandestina 15 de Septiembre.

Desde entonces el inspector Morales no tenía nada fijo, pero nunca le faltaba compañía. La Fanny le estaba diciendo que tenía chance esa noche. Trabajaba como telefonista de servicio al público en los turnos nocturnos de la planta de Enitel en Villa Fontana, y era así que se habían conocido. Llamó una vez pidiendo un número y le atrajo la voz, que al contrario de las voces de las otras telefonistas no parecía mecánica y urgida, sino insinuante gracias a la ronquera, una voz con ganas, hubiera dicho Lord Dixon, y entablaron conversación. Era casada con un topógrafo del Plantel de Carreteras en el Ministerio de Transporte e Infraestructura, pero las circunstancias de su trabajo le permitían inventar turnos delante del marido cuando no los

tenía. La invitó esa vez al cine, y terminaron la misma noche en
uno de los moteles de las vecindades de la laguna de Nejapa, en
la carretera vieja a León, los primeros que se fundaron en la
capital y ya tan pasados de moda y tan decrépitos que sus rótulos de neón brillaban incompletos. Ahora, se veían en la propia
casa del inspector Morales; la recogía en los semáforos al lado
de Enitel, y allí mismo iba a dejarla antes de las doce de la noche,
cuando terminaban habitualmente sus turnos, y el propio marido pasaba a recogerla. Una operación matemática. O en tér-
minos de beisbol, de pisa y corre.

Iba a decirle que no, que no podía esa noche, porque
aquello se le estaba volviendo ya rutina, pero recordó que no
pocas veces, de regreso en la casa vacía, apenas abría la puerta y
se enfrentaba a la penumbra antes de encender la luz, parecía
recibirlo un viento que soplaba en rachas desde dentro y lo
empujaba de nuevo a buscar las calles. Era el viento de la soledad,
le había advertido Lord Dixon, que tampoco era casado. Y entonces recalaba en alguno de los bailongos amanezqueros con
presunciones de night-clubes donde lo conocían, El Vale Todo
del barrio Monseñor Lezcano, el Venus Super Club en las vecindades del Mercado de Mayoreo, La Marabunta Boite en
Bello Horizonte, aunque receloso de las putas disfrazadas de
meseras desde la vez que una de ellas, que no tendría más que
diecisiete años, le había pegado una purgación de la peor especie, la gota militar, que resistió meses a las dosis de caballo de
tetraciclina que le inyectaba una enfermera vecina suya. Se con-
solaba entonces con sentarse a beber lejos de las luces de la
pista, para volver de nuevo a su casa ya cuando alumbraba la
madrugada a buscar, ahora sí, la almohada sobre la que derriba-
ba la cabeza adolorida por la resaca de la cerveza.

Se citaron, y la Fanny estuvo puntual en el lugar de
siempre. Le extrañó no verla en uniforme de telefonista, sino
vestida de jeans a la rodilla y blusa arriba del ombligo, armada
de un bolso de mano, como si fuera camino a la playa. Era
precisamente lo que le propuso al no más subir al Lada. El

marido se había ido con una brigada a la isla de Ometepe, donde se estaba construyendo una carretera de adoquines entre Moyogalpa y Altagracia. Su idea entusiasta era que pasaran la noche en Pochomil.

—No, mamita, estoy hasta el pescuezo de trabajo —se excusó rápidamente el inspector Morales—. Mataron a una mujer, vieras qué horrible, ella con un hijito que ahora quedó huérfano.

Con truculencias semejantes lograba aplacar siempre los ímpetus de la Fanny. Sus planes temerarios lo ponían en guardia, porque lo que menos deseaba era pleitos ni escándalos con ningún marido.

—¿La mataron cómo? —preguntó ella.

—No sabemos, ni siquiera ha aparecido el cuerpo —dijo el inspector Morales.

Entonces miró de reojo cómo, con la punta de la sandalia dorada, ella empujaba en señal de rendición, y llena de fastidio, el bolso que había colocado a sus pies.

La Fanny era menor que él, aunque no se trataba de ninguna niña. Nunca le había preguntado su edad, pero estaba a la vista que rodaba por el despeñadero de los años, según una frase preferida de Lord Dixon. ¿Por qué, si no, se pintaba de aquel color de achiote el pelo? Y lo notaba por la forma en que la piel del cuello iba aflojándose, y sobre todo por los pies. La edad iba volviendo más feos los pies, alargando y separando los dedos, volviendo más duras y corvas las uñas, haciendo resaltar en el empeine endurecido venas que antes no se veían. Y otra vez volvió a preguntarse con pálpito en el estómago: ¿estaba ya amarrado para siempre su destino a las mujeres viejas?

—Contame, pues, sobre todo eso de la muerta —dijo la Fanny, volteándose de pronto hacia él con gesto de alegre curiosidad, mientras el Lada enfilaba hacia la carretera a Masaya en busca de la radial Santo Domingo, camino del barrio El Edén.

7. Se aconsejan y se van

Los golpes insistentes del canto de la moneda se repetían en las persianas de vidrio de la ventana de la calle, seguramente desde mucho rato antes de que el inspector Morales se despertara. En la carátula fosforescente del radio reloj de la mesa de noche las agujas marcaban las dos de la madrugada. Se sentó en la cama, y con gestos mecánicos empezó a amarrarse las correas de la pierna artificial, que dejaba a mano en el piso, lo mismo que dejaba los pantalones y la pistola como vieja costumbre de la clandestinidad.

También era una vieja costumbre de la clandestinidad la de nunca encender la luz al levantarse, aun para ir a orinar, de modo que caminó a oscuras hasta encontrar la puerta del dormitorio, que daba directamente a la salita. Y no fue sino hasta que había llegado al umbral, metiéndose todavía la camiseta, que se acordó de que la Fanny se hallaba en el cuarto, sorda en su sueño a la porfía de los golpes.

Gracias a la lámpara del poste de la calle la salita parecía alumbrada por una claridad lunar que sumergía en un pozo de aguas amarillas los muebles, la mesa de comedor arrimada contra una de las paredes, y al lado una alacena de pino y la refrigeradora, el juego de sala de cuatro mecedoras de mimbre, el televisor de catorce pulgadas, y encima del televisor la última novedad, una videocasetera recibida como estímulo de parte del primer comisionado Canda en la recién pasada fiesta de aniversario de fundación de la Policía.

A contraluz, una figura menuda se movía inquieta detrás de las persianas. Ya no dudó más. Era doña Sofía. Apenas le abrió fue a dejarse caer, exhausta, en una de las mecedoras de mimbre, se quitó los lentes y, recostándose, cerró los ojos.

—Encienda la luz que no vine a dormir —dijo al poco rato.

El inspector Morales obedeció, y de inmediato una nube de jejenes fue a congregarse alrededor de la aureola del tubo fluorescente que colgaba a medias del techo, sostenido de unos de los lados por los alambres eléctricos, porque los agarres se habían zafado.

—Ya todo el barrio sabe —dijo doña Sofía, aún con los ojos cerrados—. ¿Qué cosa? —preguntó el inspector Morales.

—Que hay una mujer casada durmiendo en esta casa —dijo doña Sofía.

—Vaya pues —dijo el inspector Morales—. ¿Todo el barrio está despierto pendiente de mí? ¿Hombres, niños, mujeres y ancianos?

—Por lo menos tengo la declaración del celador de la farmacia Nubia, que la vio entrar, y no la ha visto salir —dijo doña Sofía.

—¿Y a quién le consta que ella es casada? —dijo el inspector Morales.

—Cálculos lógicos, porque usted se ha ido degenerando y sólo con casadas prefiere andar últimamente —dijo doña Sofía.

—¿A eso vino a estas horas, a darme sermones evangélicos? —dijo el inspector Morales.

—No me tomaría la molestia —contestó doña Sofía—. Vine a rendir mi informe.

Hasta ahora notaba que doña Sofía vestía su nuevo uniforme de trabajo, una falda verde oscuro, que parecía quedarle grande, y una blusa también verde pero más tenue, que tenía bordado en la bolsa el logo del Josephine, una jota adornada a ambos lados con pequeños dados volteados del lado del as.

—Qué rápido le dieron el pegue —dijo el inspector Morales.

—Una carta como esa que llevé, con la firma del cardenal y con el sello episcopal, abre todas las puertas —dijo doña Sofía—. Me asignaron al salón VIP.

—Y la vistieron de gala —dijo el inspector Morales.

—Allí todo es lujo —dijo doña Sofía—; vengo mareada de tanto perfume. Y cualquier trago que uno quiera es gratis, whisky a más no poder, cervezas extranjeras, volca.

—Vodka, doña Sofía —la corrigió el inspector Morales.

—Vaya a corregir entonces a los meseros del Josephine que todos dicen volca, y ellos sabrán —dijo doña Sofía—. Andan de arriba para abajo, de chaleco rojo y corbatín, los zapatos bien lustrados, llevando las bandejas de vasos como si no pesaran.

—Licores que su religión prohíbe —dijo el inspector Morales.

—¿Acaso fui allí a beber? —dijo doña Sofía—. Usted me envió a una misión, compañero Artemio. Y vea el sacrificio de estar trabajando en un turno que empieza a las siete de la noche y termina a la una de la mañana. En taxi me tuve que venir.

Usted se envió sola, iba a decirle. ¿Para qué?

—Bueno, pero de todas maneras la noto apantallada con todo lo que ha visto —dijo el inspector Morales, y hasta entonces fue a sentarse en una de las mecedoras.

—Por qué negar —dijo doña Sofía—. Todas las paredes forradas de cuero rojo, cuero de verdad, alfombras que a una se le hunde el pie, y el aire acondicionado, no se sabe de dónde sale aquella frescura, y toda aquella luz, me pongo a cavilar cuánto será cada mes ese recibo de luz. En los baños, el que se seca las manos tira la toalla a una canasta, y hay que estar sacando las canastas, y llevando toallas nuevas. Y hay vasos de colonia de a litro en esos baños, por si alguien quiere perfumarse. Hasta el papel higiénico huele rico.

—No le faltan ganas de quedarse allí —dijo el inspector Morales.

—Con sólo el sueldo que me pusieron tendría motivo suficiente, es el triple de lo que me pagan en la Policía —dijo doña Sofía—. Pero yo fui a lo que fui, y tampoco siendo evangélica voy a quedarme sirviendo en un antro de vicio.

—¿Y cuál es su informe entonces? —preguntó el inspector Morales.

—Empiezo por decirle que allí estaba Caupolicán —dijo doña Sofía.

—¿Está segura? —dijo el inspector Morales, adelantando la mecedora.

—Conozco al sujeto por los retratos —dijo doña Sofía.

—¿Andaba apostando? —preguntó el inspector Morales.

—Nada de eso, él es el que manda sobre los crupieres —dijo doña Sofía—. Y se pasea entre los clientes vestido como para su casamiento, con uno de esos sacos que tienen las solapas brillantes.

—Un smoking —dijo el inspector Morales.

—Cuando alguien quiere comprar fichas con cheque, él saca su pluma de oro, escribe no sé qué al otro lado del cheque, y ya queda el cheque autorizado —dijo doña Sofía—. Y el encendedor con que le da fuego a los clientes, también es de oro.

—Dorados serán, pero no de oro, no exagere —dijo el inspector Morales.

—La pluma, y lo mismo el encendedor, le pesan en la mano, dígame sino serán de oro —dijo doña Sofía.

—¿Y qué oficio hace usted dentro de ese salón VIP? —preguntó el inspector Morales—. No se pasará todo el tiempo barriendo.

—No hay nada que barrer porque el piso tiene alfombra, según le informé —dijo doña Sofía—. Me enseñaron a usar una máquina aspiradora para quitar el polvo. Y hay que llevarse los vasos, vaciar los ceniceros, ver que los baños estén como un espejo.

—¿Y quién es el jefe de Caupolicán? —preguntó el inspector Morales.

—¿El gerente, dice usted? —respondió doña Sofía—. Todavía no aparece.

—Se confirma entonces que Caupolicán volvió en el yate —dijo el inspector Morales tras un rato de mecerse en silencio.

—Ya ve que yo tenía razón —dijo doña Sofía—. Que andaba de vacaciones en el extranjero, me dijo uno de los crupieres que se llama Donald, ya me hice su amiga. Y me dijo otra cosa, que muy triste se ve ese hombre ahora. "¿No es así su modo?", le hice la pregunta. "Bueno", me contestó Donald, "él serio es, pero no afligido". "¿Lo nota cambiado?". "Cambiado lo noto". "No vaya a ser que se le haya muerto alguien así como su esposa, o una amiga", digo yo. "Hasta allí ya no sé", me contesta.

—Lo primero será averiguar donde vive —dijo el inspector Morales.

—Averiguado —dijo doña Sofía—. Vive en el mismo casino, en el segundo piso.

—Ya me acordé por qué me sonaba el nombre de esa mujer desaparecida —se oyó la voz de la Fanny desde la puerta del dormitorio.

Avanzaba descalza hacia ellos, revuelta la melena color de achiote, las uñas de los pies pintadas de blanco nacarado. Se había envuelto en la sábana, y era difícil saber si por debajo venía completamente desnuda, o si al menos se había puesto los panties.

Doña Sofía, que se había vuelto al escuchar la voz, tenía ahora los ojos fijados con rigidez en un punto más allá de la mecedora en que se sentaba el inspector Morales. Era un azoro ofendido, pero también curiosidad mal reprimida, lo que había en el desvío de su mirada.

El inspector Morales tuvo el impulso de ahuyentar a la Fanny de regreso hacia el dormitorio, pero ella siguió avanzando despreocupada, se sentó, y ahora se mecía con suave impulso de los pies, arropándose al mismo tiempo en la sábana como si tuviera frío, a pesar de que en la salita había más bien un estático calor de encierro.

—Esa Sheila era la asistenta ejecutiva del director de telefonía de Enitel —dijo la Fanny, y ahora había recogido las piernas, abrazándose las rodillas—. Ya decía yo, estuvo metida en un escandalito.

Doña Sofía seguía con los ojos clavados en el mismo punto, y el inspector Morales, a falta de algo mejor, lo que hizo fue levantarse a abrir las persianas. El aire tibio de la calle hizo un amago de soplar hacia adentro, pero luego se aplacó.

—¿Puede saberse qué escandalito? —se oyó preguntar a doña Sofía, sin quitar la vista del punto lejano.

—Doña Sofía, le presento a la Fanny —dijo el inspector Morales, mientras se sentaba de nuevo.

—Mucho gusto —dijo la Fanny.

—¿Qué escandalito? —insistió doña Sofía, en la misma actitud.

—Cuando se digne mirarme, le respondo —dijo la Fanny.

Doña Sofía, sin variar su punto de mira, le extendió la punta de los dedos, como hacen los obispos. La Fanny le cogió los dedos, como jugando, y se rió.

La Fanny, vuelta ahora por completo hacia doña Sofía, como si sólo con ella hablara, explicó que el escandalito fue que esa Sheila engañaba al marido, un ingeniero que también estaba dentro de la empresa, la siguió el hombre hasta Miami donde ella iba a verse con el querido, la pescoceó en el propio lobby del hotel donde la parejita estaba hospeda, y cuando allí no más vino el divorcio, a ella la corrieron, y al ingeniero lo dejaron en su lugar.

—Nada tiene que ver todo eso con el caso —dijo doña Sofía, halagada por la atención que le dedicaba la Fanny, pero dirigiéndose al inspector Morales.

—Tiene que ver —dijo el inspector Morales—. Yo tenía ya el dato de que la mujer era divorciada, y necesitaba completarlo.

—El marido era un chelito bonito, medio pelón —continuó la Fanny—; lo conocí en una asamblea que hicieron en tiempos del cuento chino de que nos iban a repartir una parte de las acciones de Enitel a los empleados, cuando privatizaron la compañía. No creí que fuera a salir tan violento el peloncito, si tenía modos de cura.

—¿Y te acordás de su nombre? —preguntó el inspector Morales.

—Argüello, creo —dijo ella—; pero si me prestás tu celular, ya te averiguo, no sólo el nombre del marido, sino el del querido.

—¿A estas horas? —dijo el inspector Morales.

—A nadie voy a levantar de su cama —dijo la Fanny—. La supervisora del turno de operadoras de seguro se acuerda.

—Entonces esa tal Sheila cometió el grave pecado de adulterio, y si está muerta, que el Señor la perdone —dijo doña Sofía, con toda la mala leche del mundo.

—¿Y el celular? —preguntó la Fanny, como si nada hubiera oído.

—Está en el cuarto, al lado del despertador —dijo el inspector Morales.

—¿Esta señora ha sido informada de los pormenores del caso? —preguntó doña Sofía, mirando alejarse a la Fanny.

—Pues sí, algo sabe, algo conversamos cuando veníamos para acá —respondió con aire culpable el inspector Morales.

—¿Eso quiere decir que ella va a oír todo lo que analicemos? —dijo doña Sofía, y señaló con la cabeza hacia el dormitorio donde se oía a la Fanny hablar por teléfono.

—¿Y usted no quiere oír lo que ella tenga que informarnos sobre lo que está en estos momentos averiguando? —dijo el inspector Morales.

—Marcial Argüello se llama el marido —dijo la Fanny saliendo del cuarto—. Y adiviná quién es el querido: Juan Bosco Cabistán, el abogado que me contaste.

—¿Uno que le dicen Giggo? A ese lo dejé jugando bacará en el Josephine —se apresuró a decir doña Sofía, como si corriera parejas.

—Exactamente, ése es su apodo —dijo el inspector Morales.

—¿Puede hacernos una descripción del sujeto? —dijo la Fanny, volviendo a sentarse, y poniendo de nuevo su atención en doña Sofía.

Doña Sofía miró al inspector Morales con ojos de autoridad ofendida, pero de todos modos respondió.

—Tiene cara de invertido —dijo, y se tapó la boca como para no repetir nunca más aquella palabra.

—Eso coincide con mi información —dijo el inspector Morales.

—Le hace por los dos lados entonces, toma y daca —dijo la Fanny, y doña Sofía miró al inspector Morales como pidiendo auxilio.

—Acuérdese de los sodomitas en la Biblia, doña Sofía, los que quisieron abusar de los dos ángeles —dijo el inspector Morales, como excusando a la Fanny.

—Pero la Biblia no anda con esos juegos de palabras vulgares —dijo doña Sofía.

—No es asunto de palabras, sino de hechos —dijo el inspector Morales—; si Lot no les ofrece a sus hijas a los rijosos para contentarlos, a esos ángeles se los pasan por las armas.

—No falsifique los hechos —dijo doña Sofía—; lo que sucedió es que los ángeles usaron su poder divino y dejaron ciega a toda aquella turba de moclines degenerados.

—Amor, ¿tenés cigarros? —dijo la Fanny—, no sé, pero de repente estoy loca por fumar.

—Los que dejaste la otra vez en la gaveta de la mesa de noche —dijo el inspector Morales.

Esta vez la Fanny se levantó tan rápido para ir en busca de los cigarrillos, que la sábana se enganchó en unas espigas sueltas del mimbre del espaldar de la mecedora, con lo que quedó desnuda, salvo por los panties, que de verdad llevaba puestos. Eran de color rosa, con una leyenda en el trasero que decía *follow me*. Y cuando se dio vuelta para recuperar la sábana, dejó ver un tajo de operación cesárea en el vientre, la cicatriz realzada en blanco en la piel.

—Mejor te vestís —se volteó a decirle el inspector Morales, como si hablara a una niña, ya cuando se alejaba, la sábana colgando como una capa pluvial a sus espaldas.

—Nunca me imaginé que usted iba a llegar a tanto, compañero Artemio —dijo doña Sofía.

—¿Acaso he sido yo el que he quedado desnudo? —dijo el inspector Morales.

—Me refiero a la clase de amistades íntimas que tiene —dijo doña Sofía.

—Reconozca que tampoco son horas éstas de hacer visitas, usted vino sin avisar, y agarró desprevenida a la muchacha —dijo el inspector Morales.

—¿Muchacha? —doña Sofía se rió con una breve carcajada fingida.

La Fanny regresó, trayendo el paquete de cigarrillos, siempre descalza, pero ahora se había puesto los jeans, y por arriba llevaba una camiseta verde olivo del inspector Morales.

—Como ya sabemos que Black Bull fue el que asesinó a Cassanova, muy probable que haya asesinado también a esa Sheila —dijo la Fanny, sentándose de nuevo.

—De que mataron a Cassanova tuve que darme cuenta por el radio —dijo doña Sofía, apartándose de la cara, con disgusto, el humo del cigarrillo que la Fanny acaba de encender.

—Mañana a primera hora pensaba informarle, doña Sofía —se excusó el inspector Morales—. Muchas cosas han pasado desde que usted se fue a cumplir su misión.

—Hay que contarle la quema del barco de Cassanova —dijo la Fanny.

—Pasémonos mejor a la mesa del comedor, y así les grafico todo, para que sepamos dónde estamos ubicados ahorita —dijo el inspector Morales.

—Yo tengo mucho sueño —dijo, de mal modo, doña Sofía.

—Si no se queda a oír lo que no sabe, ¿cómo va a ensamblarlo con lo que ha averiguado en el Josephine? —dijo el inspector Morales.

Con renuencia, doña Sofía siguió a los otros dos a la mesa arrimada a la pared, que tenía precisamente tres plazas. El inspector Morales hizo campo apartando todo lo que había encima, un frasco de café soluble Presto, una botellita de chile Tabasco convertida en palillero, una botella de salsa inglesa y otra de salsa de tomate, un pote de avena Quaker que ahora tenía azúcar, además de la extraña presencia de un dispensador metálico de servilletas de los que ponen en los restaurantes. Colgado en la pared del lado había un calendario con arreglos florales Ikebana, de los que regalaba para Navidades la embajada del Japón, y echó mano de él para utilizar las hojas de revés. Era, de todas maneras, un calendario del año anterior.

Se aplicó sobre el revés de la hoja de enero, y utilizando un esquema de cuadrados y flechas que conectaban unos con otros, fue concertando todas las piezas disponibles de información, según había aprendido en el curso sobre análisis de datos dictado por los especialistas de una misión de la Guardia Civil española. Cuando terminó, doña Sofía había quedado satisfecha, tanto que se ofreció a hervir agua para un café.

—Veamos ahora en qué punto nos hallamos —dijo el inspector Morales, volviendo sobre la hoja—. El número de teléfono escrito al revés de la tarjeta de presentación de Sheila Marenco nos llevó al Josephine, y hasta el momento la pesca ha sido buena, gracias a doña Sofía: adentro aparece Caupolicán, y aparece Giggo. Ya tenemos esta secuencia: *Sheila Marenco-Benny Morgan (alias) Black Bull-Stanley Cassanova-Engels Paladino (alias) Caupolicán-Juan Bosco Cabistán (alias) Giggo*.

—Según Cassanova, cuando el *Regina Maris* pasó frente a su bote iban visibles tres personas —dijo doña Sofía, entregándole al inspector Morales la taza de café.

—Y ninguna de ellas era mujer —dijo el inspector Morales.

—Sheila se hallaba prisionera en el camarote, o ya era cadáver —dijo doña Sofía.

—De esos tres hombres, uno era Black Bull, el piloto —dijo el inspector Morales—. El otro, con toda probabilidad, era Caupolicán. Nos queda sólo uno en la sombra.

—El visitante —dijo doña Sofía.

—Ahora, recordemos que según el testimonio del mismo Cassanova, en el bote de aluminio que llegó a traer a los pasajeros del yate, iban dos personas: el botero, y otra más —dijo el inspector Morales.

—La persona que llegó a recibir al visitante —dijo doña Sofía.

—Y cuando iban de vuelta, eran cinco —siguió el inspector Morales—: el lanchero, Black Bull, ahora como pasajero, y pongamos a Caupolicán. Los otros dos eran el visitante, y la persona que llegó a recibirlo. Todo cuadra, doña Sofía.

—Pero lo he pensado mejor, y no tiene que ser el mismo visitante, el llamado Pinocho —dijo doña Sofía, dando un sorbo a su taza.

—Usted me deja siempre la pelota en la mano, doña Sofía —dijo el inspector Morales.

—Es otro caporal el que venía allí, con otra misión, le he estado dando vueltas a eso —dijo doña Sofía.

—¿Y por qué otro? —preguntó la Fanny.

—Se está cocinando esa idea en mi cabeza, déle tiempo —dijo doña Sofía.

—¿Y el que le dio la bienvenida? —preguntó el inspector Morales.

—Puede ser Giggo —dijo la Fanny.

—También Mike Lozano, el gerente de la Caribbean, es un buen candidato —dijo el inspector Morales.

—Dejamos a los dos como probables por el momento —dijo doña Sofía.

—Veamos, mientras tanto, esta nueva secuencia —dijo el inspector Morales—: *Sheila Marenco-Benny Morgan (alias) Black Bull-Stanley Cassanova-Engels Paladino (alias) Caupolicán-Juan Bosco Cabistán (alias) Giggo-Mike Lozano.*

—De ellos hay ya dos muertos —dijo doña Sofía.

Afuera se oía el golpe de las ruedas de un carretón que luego se detenía, y el ruido de un tacho al ser derribado. Eran los que buscaban tesoros en la basura, a veces familias enteras, que una vez expuestos los desperdicios en la acera seleccionaba botellas, envases plásticos, piezas de metal, juguetes viejos, y alguna vez hallaban restos de comida en las cajas de cartón de entrega a domicilio, panes de hamburguesas, huesos de pollo con algo de carne, rebanadas de pizza mordisqueadas.

—Ese Black Bull anda cerca —dijo al rato la Fanny.

—Por lo menos en el casino, no hay ni sombras de él —dijo doña Sofía.

—Pero usted no ha subido al segundo piso —dijo el inspector Morales.

—No me diga lo que he hecho y lo que no he hecho —dijo doña Sofía soplando sobre su taza de café de manera inútil, porque ya se había enfriado.

—¿Ya registró allí arriba? —preguntó la Fanny.

—A mí no me asignaron al segundo piso, pero nadie me detuvo cuando subí haciéndome la que iba a limpiar —dijo doña Sofía.

—¿Y que halló? —preguntó el inspector Morales.

—Fuera del aposento de Caupolicán, los demás son salones que casi nunca usan —dijo doña Sofía.

—¿Y revisó el aposento? —preguntó la Fanny, con temor en la voz.

—Era una misión táctica nada más —dijo doña Sofía—. Mañana me asomo en ese aposento a ver qué hallo.

—No sea imprudente —dijo la Fanny—. ¿Y qué hace si viene a abrirle la puerta ese asesino Black Bull?

—Cómo se le ocurre que voy a tocar la puerta —dijo doña Sofía—. En auxilio técnico me dieron una ganzúa especial.

—Esta señora es un lince —dijo la Fanny, con sincera admiración.

8. Pasajeros en el río

La pereza flotaba como una bruma invisible sobre la Plaza del Sol aquella mañana de sábado, y los oficiales de turno desesperaban por la llegada del mediodía. Subían a sus oficinas vestidos de manera cualquiera, y si no llevaban shorts o sandalias era porque el primer comisionado Canda lo había prohibido, muy circunspecto en todo asunto concerniente a lo que en sus ordenanzas circulares denominaba "prestancia obligada". El personal de apoyo no se presentaba, de modo que sin recepcionistas, ni secretarias ni archiveros, el trabajo no era muy serio, y se resolvía en tertulias a puerta cerrada en las oficinas, o en el uso de las computadoras para chatear con amigos o buscar información para las tareas escolares de los hijos.

Nada de esto iba, sin embargo, con el comisionado Selva. Había llamado muy temprano por teléfono al inspector Morales, que apenas había podido dormir una hora escasa, ordenándole que se presentara a las ocho en punto. Y cuando entró al despacho lo esperaba de riguroso uniforme como siempre, por muy sábado que fuera; por lo que también él, sabedor de sus costumbres, vestía de uniforme.

El comisionado Selva había impreso él mismo los informes recibidos por correo electrónico de parte del inspector Morales, y llevando en la mano las hojas, en las que había marcado párrafos en amarillo, fue a sentarse al pequeño sofá del juego de sala forrado de terciopelo morado donde recibía a los visitantes, unos muebles que lo mismo parecían provenir del honrado salón de una familia de gusto excesivo, que salvados de las ruinas de alguno de los burdeles sepultados por el terremoto que había destruido Managua en 1972. Hasta allí lo siguió el inspector Morales.

—Se los mamó Cassanova—le dijo el comisionado Selva sin darle tiempo de sentarse—. No existe ningún bote de aluminio que haya recogido a los pasajeros del *Regina Maris* en Raitipura.

—¿Acaso se ha averiguado algo de nuevo? —preguntó el inspector Morales con toda cautela, y se sentó en el mismo sofá.

—Averiguar, me parece que les toca a ustedes, yo lo que hago es pensar con la cabeza que tengo aquí, atornillada al pescuezo —dijo el comisionado Selva.

—Espero que ya leyó mi informe —dijo el inspector Morales, y la repuesta sobrancera molestó todavía más al comisionado Selva.

—Hablé con Dixon hace dos horas —dijo, y dejó caer las hojas sobre la mesita—. Le pedí que me averiguara si la *Golden Mermaid* atracó en el muelle de Bluefields el martes 25 de julio, y que si una mujer procedente de Brown Bank fue ingresada en el hospital ese mismo día.

—¿Cree que esa mujer no existe? —preguntó el inspector Morales.

—Una de dos, o Cassanova llevó a la mujer a Bluefields, o siguió para Rama —dijo el comisionado Selva—. Si como espero, se comprueba que mintió, entonces le ordené a Dixon que se fuera a Rama a confirmar si atracó allí ese día.

—¿Y qué si Cassanova atracó en Rama? —preguntó el inspector Morales, con deliberada terquedad.

—Me interesa saber si llevaba pasajeros —dijo el comisionado Selva, y sentados de manera tan estrecha como estaban en el sofá, palmeó la cabeza del inspector Morales como si se tratara de un niño duro de mollera.

—¿Los mismos pasajeros del yate? —preguntó, con desdén, el inspector Morales.

—Sos lento, pero seguro —respondió el comisionado Selva—. Cassanova inventó lo del bote de aluminio porque él mismo recogió a los pasajeros del yate en Raitipura.

—Pero Cassanova estuvo en Bluefields —dijo el inspector Morales—. Dixon se vio con él allí.

—Supuestamente... —dijo el comisionado Selva—. Muy lindo el modo en que trabajan ustedes. Le pregunté a Dixon cómo lo había contactado Cassanova para ofrecerle la información, y resulta que fue por teléfono. Llamó a la estación de Bluefields, y como Dixon estaba a cargo del caso del yate, se lo pasaron. Pudo haber llamado de cualquier parte.

—No sé, no le veo lógica —dijo el inspector Morales, y se dio cuenta de que su testarudez obedecía a la amenaza de derrumbe de la armazón sobre la que hasta entonces había levantado el caso.

—Dejaste olvidada la lógica anoche en algún lado, junto con los calzoncillos —dijo el comisionado Selva, por primera vez sonriente—. ¿Te has preguntado por qué habrán quemado el barco de Cassanova?

—Si es así como usted dice, algo había allí que querían hacer desaparecer —dijo el inspector Morales.

—Te llegó por fin la luz del Espíritu Santo —dijo el comisionado Selva.

—Todo lo que sabemos hasta ahora se cae si el bote de aluminio no existe —reconoció por fin el inspector Morales.

—No todo—dijo el comisionado Selva—; sabemos que esa mujer, Sheila Marenco, venía en el yate, lo mismo que venía Black Bull.

—Y por lo menos la descripción de Black Bull que Stanley Cassanova suministró era correcta —dijo el inspector Morales.

—Alguna razón tuvo Cassanova al dar esas pistas para llegar a Black Bull —dijo el comisionado Selva.

—Se conocían bien los dos —dijo el inspector Morales.

—No por casualidad fue Black Bull el que mató a Cassanova —dijo el comisionado Selva.

—Pero se nos cae el número de pasajeros —dijo el inspector Morales—. Tres en el yate al entrar a la laguna, y cuatro en el bote, más el piloto, al salir de la laguna.

—No estoy seguro de que en eso haya mentido Cassanova —dijo el comisionado Selva—. Al inventar la historia del bote, no tenía por qué cambiar necesariamente el número de pasajeros. Así que sigamos trabajando sobre la hipótesis de que eran tres personas en total, visibles en el yate, y cuatro las que Cassanova transportó a Rama en su lancha.

—Pero si esa hipótesis se anula, debemos volver a que el yate traía encomienda, y que trasegarla era el objeto del viaje —dijo el inspector Morales—. La *Golden Mermaid* es ideal para eso, la droga disfrazada en cajas de mercancía.

—Llamé a los de la DEA antes de que entraras para chequear si ya tenían lo del embarque —dijo el comisionado Selva—. Dice el gringo al que ustedes llaman Chuck Norris, que no hay indicios de nada importante que viniera a dar a Nicaragua.

—Tampoco es que ellos son infalibles —dijo el inspector Morales.

—Por eso mismo le pedí también a Dixon que lo verificara —dijo el comisionado Selva—. Cassanova, por lo que sé, llevaba carga a la costa, pero nunca traía nada de vuelta. Si bajó carga en Rama esta vez, lo saben en la Capitanía del puerto.

—Entonces, si llevaba pasajeros, y no bajó carga, seguiría en pie que el yate entró desde el mar con alguien importante, un visitante —dijo el inspector Morales.

—Ese es el punto —dijo el comisionado Selva—. Y desde ahora me inclino por el visitante.

—Yo también —dijo el inspector Morales—. Nada hace una mujer acompañando un embarque de droga, los narcos no revuelven nunca el cebo con la manteca.

—Pero no precisamente es Pinocho el que vino de regreso, como cree doña Sofía —dijo el comisionado Selva.

—¿Doña Sofía? —preguntó el inspector Morales, fingiendo asombro.

—La afanadora vecina tuya, la señora evangélica que se disgusta porque traen a la Virgen de Fátima en procesión a la Policía —dijo el comisionado Selva.

—Nada tiene que ver ella, son conclusiones mías —dijo el inspector Morales, en un tartamudeo.

—¿A quién querés engañar? De lejos se nota su mano en el informe —dijo el comisionado Selva—. No es la primera vez.

—No se puede decir que la señora no haga buenos aportes —dijo el inspector Morales, rindiéndose.

—Esa agente encubierta que mencionás, metida en el casino, ¿es ella? —preguntó el comisionado Selva.

—Se ofreció de voluntaria —dijo el inspector Morales.

—Yo no sé nada de ninguna doña Sofía, así que si un día me preguntan arriba, el clavo es tuyo, te lo tragás entero —dijo el comisionado Selva.

—Tengo estómago de fakir —dijo el inspector Morales.

El inspector Morales calló que doña Sofía había corregido ya su hipótesis inicial, adelantándose en desechar a Pinocho como el visitante. Y menos que fuera a dejar entrever la participación de la Fanny en aquella sesión de análisis hasta el amanecer. El comisionado Selva ignoraba la existencia de la Fanny, o al menos el inspector Morales creía que la ignoraba.

—Volviendo a Pinocho —dijo el comisionado Selva—, aquella vez del secuestro del avión, no hay más que fue una emergencia. No pudieron sacarlo en yate, como lo habían metido.

—Siempre me he quebrado la cabeza pensando qué podía hacer Pinocho en Nicaragua —dijo el inspector Morales.

—Yo sí creo que lo sé —dijo el comisionado Selva—. Unas vacaciones para quitarse el estrés, o para enfriarse. Ahora viene otro de los capos en el mismo plan. Han convertido a Nicaragua en un lugar de descanso para los capos.

—Sin embargo, muy lejos un caso del otro para que fuera una operación de turismo de esa clase —dijo el inspector Morales—. Dos visitantes en tanto tiempo sería muy poco.

—¿Y quién te dice que son sólo dos? —dijo el comisionado Selva—. Los demás turistas de ese paquete han entrado y salido sin problemas, igual que pasa con los cargamentos de droga, que sólo nos damos cuenta de los que logramos agarrar.

—Para eso necesitarían tener aquí adentro del país una estructura logística que no es jugando —dijo el inspector Morales.

—Allí es donde entra en escena Caupolicán —dijo el comisionado Selva—. Él es el hombre indicado para manejar una conspiración de ese tamaño.

—¿Le habló de esa idea suya del plan de vacaciones a Chuck Norris? —preguntó el inspector Morales.

—Hasta que no tenga la película más clara —dijo el comisionado Selva—. Esos majes de la DEA andan siempre buscando que les pongan la mesa servida, y aparentan después que todo lo cocinaron ellos.

Sonó un teléfono en otra oficina. Sonó repetidas veces, y cuando se calló, porque alguien lo había levantado, lo único que quedó fue el vocerío distante de los policías que jugaban fútbol. Un oficial llamó a la puerta, y se asomó.

—Permiso, comisionado, de la estación de Rama están queriendo hablar con usted, pero parece que dejó mal puesto su teléfono —dijo el oficial, y se retiró.

—Ya vamos a desengañarnos de todo esto —dijo el comisionado Selva, mientras se dirigía al escritorio.

Acomodó el teléfono, y el timbrazo le sacudió la mano que no había alcanzado a retirar. Ya con el aparato en el oído, abrió el altavoz en beneficio del inspector Morales.

—Permiso para informar —se oyó decir a Lord Dixon, exagerando su formalidad.

El inspector Morales se rió para sus adentros. Aquella maroma de subalterno respetuoso, que sorprendió al mismo comisionado Selva, no hacía sino esconder el temor de Lord Dixon de ser regañado de nuevo, según la experiencia de la mañana.

El parte que rendía, una vez recibida la venia, daba toda la razón al comisionado Selva, lo que explicaba aún más el temor del regaño. No se hallaba registrado el atraque de la *Golden Mermaid* en el muelle de Bluefields el martes 25 de julio, ni ninguna mujer procedente de Brown Bank había sido ingresada en el hospital. La lancha amarró, en cambio, en el muelle de Rama a las 8:40 de la mañana del mismo día, llevando cuatro pasajeros, uno de ellos negro. El negro fue identificado por Cassanova en el manifiesto de desembarco como ayudante de cabina, y los otros tres declararon ser ganaderos. Los nombres anotados eran, por supuesto, falsos, y ninguno presentó documentos de identidad porque no es exigido. No

fue bajada ninguna clase de carga. Los pasajeros llevaban valijines de mano por todo equipaje. Los cuatro subieron a una
camioneta Cherokee azul oscuro que esperaba desde la madrugada. Cassanova se quedó en el puerto, y fue a desayunar al
bar Conchita. Una Hilux doble cabina, color mostaza, lo llegó
a traer como una hora después.

—¿Hay algún otro movimiento de la lancha de Cassanova después de ese día? —preguntó el comisionado Selva.

—Ninguno —respondió Lord Dixon—. Quedó amarra-
da al muelle hasta ayer que se quemó.

—¿Se quemó, o la quemaron? —preguntó el comisionado
Selva.

—Perdone, la quemaron con gasolina —dijo Lord
Dixon—, llevaron los bidones a nado, y la rociaron a su gusto.

—¿Cuántos de tus testigos vieron de cerca a los pasajeros?
—preguntó el comisionado Selva.

—Sólo uno, el agente que chequea en el muelle la llegada
de los barcos de cabotaje —dijo Lord Dixon.

—Quiero que me lo despachen hoy mismo a Managua
para que haga la descripción a los dibujantes —dijo el comisionado Selva.

—Ya eso lo tengo resuelto —dijo Lord Dixon—. El jefe
de la estación de Rama va hoy franco a Managua, y le va a dar
raid.

—¿Y la dama, la muerta? —preguntó el comisionado
Selva.

—En el agua los buzos todavía no han hallado nada —dijo
Lord Dixon.

—Que sigan buscando, y andá personalmente a chequear
eso —dijo el comisionado Selva.

—Hola, aquí estoy —se acercó al teléfono el inspector
Morales—. ¿Te acordaste de averiguar si bajaron del barco la
valija Samsonite?

—Nadie recuerda nada de ninguna valija —dijo Lord
Dixon.

—¿Alguna conclusión? —le preguntó el comisionado Selva.

—La Hilux color mostaza que recogió a Cassanova es la misma que se hallaba parqueada en el patio del hotel Lulú —dijo Lord Dixon, después de un rato de silencio.

—¡Muy brillante! —dijo el comisionado Selva.

Al inspector Morales la risa le estalló en la boca, y se alejó apresurado hacia la ventana.

—Ustedes dos sirven mejor como payasos, mejor busquen pegue en los cumpleaños infantiles —dijo el comisionado Selva.

—Mil perdones, pero no tengo ninguna otra conclusión —se oyó decir a Lord Dixon.

—Yo sí —dijo el comisionado Selva.

Cuando Cassanova contactó el jueves a Lord Dixon, había calculado que era tiempo suficiente para que el yate hubiera sido descubierto. Aparentó que hablaba desde Bluefields, pero ya estaba en Managua, y todo lo hizo después de aconsejarse con su hermano, el dueño del hotel, porque vio que podía manipular a la Policía para lograr la libertad del otro hermano contrabandista. Entonces, o los narcos se dieron cuenta de que iba a soltar información, y por eso lo mataron; o lo mataron porque se quiso quedar con los cien mil dólares de la valija. De paso, el hermano dueño del hotel es quien seguramente lo recogió en Rama en la Hilux.

—Lo que enreda la cosa es que la valija apareciera en manos de Cassanova sin haber sido bajada del barco en Rama —dijo el inspector Morales, ya de vuelta, y sosegado de la risa.

—De paso, mis niños, el Ioscan dice que la valija estaba limpia de polvo —dijo el comisionado Selva.

—No me calza eso de que Cassanova se quisiera quedar con la valija sabiendo lo que significa robarle a los narcos —dijo Lord Dixon.

—Ni calza todavía lo del vestido de novia —dijo el inspector Morales.

—El vestido de novia lo metieron en la valija para disfrazar su verdadero contenido —dijo el comisionado Selva.

—Eso quiere decir que no hay novia esperando casamiento —dijo Lord Dixon.

—Si esto fuera una novela de las que lee doña Sofía, tal vez —dijo el comisionado Selva.

—¿Cuál doña Sofía? —se oyó decir a Lord Dixon.

—Otro que se me quiere hacer el pendejo —dijo el comisionado Selva.

—Yo creo que la novia existe, y voy a seguir buscándola —dijo el inspector Morales.

—Novia o no, te toca volver a platicar con el otro Cassanova dueño del hotel, que sabe más de lo que quiere aparentar —dijo el comisionado Selva—. Y con el hermanito contrabandista también hay que hablar.

—¿Alguna otra cosa por mi parte, comisionado? —se oyó decir a Lord Dixon.

—Te espero el lunes aquí en Managua, con cualquier cosa que tengás hasta entonces.

Lord Dixon iba a decir seguramente: ¿y el pasaje de avión? Pero se quedó callado.

—Pedile otro préstamo a tu tía Grace —dijo el inspector Morales inclinándose sobre la bocina.

9. Un niño dormido

La carrocería del Lada quemaba al solo contacto bajo el sol de fragua que incendiaba el mediodía, y cuando vestido de nuevo con la camisa a cuadros el inspector Morales se acomodó frente al timón, sintió como si lo bañaran en agua hirviente, de la misma con que en las cocinas despluman gallinas. Era una vaharada líquida que amenazaba con asfixiarlo y le empañaba los ojos.

Aunque las visitas a la hora del almuerzo eran inoportunas, aun para un policía en cumplimiento del deber, el tiempo apremiaba, y salió en busca de Cristina, la madre de Sheila Marenco. La dirección suministrada por Auxilio Técnico indicaba que debía seguir hasta el kilómetro 13 de la carretera Sur, y desviarse 200 metros al oriente del restaurante *La Estancia Campestre*.

Rodeó la rotonda Rubén Darío y se metió en el tráfico desordenado de la pista de la Resistencia, para nada intenso como el de los días de semana cuando también las veredas bullían de estudiantes, porque eran las vecindades de la Universidad de Ingeniería Simón Bolívar —tras la verja la estatua del libertador, más cabeza que otra cosa y en calzones de balletista— y de la Universidad Centroamericana de los jesuitas —en la entrada peatonal del recinto la estatua de San Ignacio de Loyola envuelto en su capa de Transilvania.

Bajo la urdimbre de las mantas publicitarias que se entrecruzaban sobre la pista, y que las manos subrepticias de los menesterosos descolgaban de noche porque bien servían de cobija, Managua enseñaba sus mismos precarios decorados. Muros pintarrajeados de consignas, bajareques en aglomeraciones sin concierto, recovecos, ripios, tabiques de catrinite y techos de asbesto, enjambres de alambres eléctricos que se podían tocar con sólo alzar la mano, cafetines de mesas derrengadas, una cueva en cuya boca oscura un tablón arrimado a la pared anunciaba impresiones-engargolados-fotocopias-tarjetas para celulares, el polvo de la calle que soplaba sobre las mesas de pino en que languidecía la mercancía de la librería Atenea bajo mantos plásticos, una aglomeración de indigentes frente al portón de la Nueva Radio Ya esperando colocar avisos en demanda de caridades, junto al abandonado parque de ferias La Piñata la bulliciosa parada de microbuses interlocales que hacían la ruta a las poblaciones vecinas a Managua, y que sometidos a continuos accidentes por la temeridad de sus choferes habían sido bautizados con humor impotente como intermortales, las aceras robadas al transeúnte por las mesas de las refresquerías y las fritangas, la humareda de las hornillas suelta en el aire que olía ya de todos modos al diesel quemado de los escapes.

Frente a los planteles de Unión Fenosa los transformadores en los postes creosotados como frutos de árboles muertos, adelante la torre del hotel Holiday Inn cercada entre depósitos de materiales de construcción y talleres de reencauche, el tráfico estancado frente al Centro Cívico gracias a los buses que buscaban salir de las bahías de parada, los taxis detenidos en cualquier parte mientras los choferes negociaban a través de la ventanilla el precio de la carrera con los probables pasajeros, los peatones que sorteaban los vehículos sin ninguna premura, y en el cruce del Siete Sur el camión de la basura que situado delante del Lada arrancaba y se detenía a tramos cortos en tanto los recogedores vaciaban a mano desnuda los tachos en la culata del contenedor que molía los desperdicios con fauces malolientes.

El inspector Morales se acercaba ya al mojón del kilómetro 13 de la carretera Sur. Cristina, la madre de Sheila, se ocupaba de confeccionar queques en su propia casa, como podía verse por el discreto rótulo *Queques Cristina toda ocasión*, que sembrado cerca del estacionamiento del restaurante *La Estancia Campestre* indicaba con una flecha en dirección al oriente, hacia un callejón de grava flanqueado por plantíos de café en abandono y quintas venidas a menos, de las tantas que habían sido construidas a partir de los años cincuenta en aquellas primeras estribaciones de la sierra, aún lejanas de los límites urbanos de la pequeña capital provinciana que entonces era la Managua de la familia Somoza.

La sombra de los chilamates que extendían sus ramas poderosas sobre el callejón y dejaban ver las nervaduras de sus raíces a flor de tierra, creaba una sensación de gruta a la que se entraba con recogimiento, como si el fragor de los furgones que corrían por la carretera Sur, sembrada a los dos lados de gasolineras, mercaditos, viveros y restaurantes, formara parte de un mundo ajeno y lejano. Tras los alambrados y los setos de cardón, las chorejas caídas de los guanacastes alfombraban los patios, y las pencas de las pitahayas de frutos carmesí se abrazaban a los genízaros. Hasta las ventanillas del Lada llegaban sonidos inofensivos, un hacha picando leña, el siseo de la manteca en una paila. En un radio encendido a muy bajo volumen Martín Urrieta cantaba *Mujeres divinas*.

Identificó la casa porque en la grama del patio se alzaba otro rótulo que detallaba la variada oferta de los queques Cristina, *bodas primeras comuniones cumpleaños aniversarios*. Era una quinta de paredes repelladas al revoque y pintadas de gris, con un porche de doble arco, y un tercer arco que correspondía al garaje sin puertas donde podía verse de trasero un BMW convertible color metálico. En el porche había cuatro mecedoras volteadas contra las rejas de las ventanas, con los balancines al aire, y un lampazo apoyado en la pared al lado de un cubo de plástico verde.

El inspector Morales, con un cartapacio ejecutivo colgando de la mano, como si fuera un vendedor se seguros de vida, empujó la cancela y avanzó por el sendero de ladrillos de barro. Pulsó el botón del timbre y muy al rato vino a abrirle una empleada de apariencia impecable, uniforme celeste y delantal almidonado, delante de ella un cochecito Evenflo de asiento reclinable donde dormía un niño poco mayor de un año, sin duda el mismo al que había oído llorar por el teléfono.

La muchacha desentonaba con el ambiente porque parecía la empleada de una casa rica y aquella no lo era, y desentonaba también por su edad, una adolescente a la que hubiera lucido mejor el uniforme escolar; pero también desentonaba el BMW convertible estacionado en el porche. Le informó que doña Cristina había salido al supermercado y ya no tardaba, si quería podía esperarla. No reparó en dejarlo solo en la sala en penumbra, y desapareció puertas adentro empujando el cochecito.

Los dos sillones y el sofá de la sala, forrados de cretona floreada en verde oscuro, tenían encima fundas de plástico transparente, y los mosaicos del piso imitaban los contornos y arabescos de una alfombra. Un corazón de Jesús de yeso presidía desde una pared, y a ambos lados de la imagen colgaban los retratos ovales de una pareja antigua, trasladados hasta allí desde alguna casona señorial ahora derruida, o clausurada. La mesa central de la sala con sobre de vidrio estaba colmada de otras fotografías familiares en marcos de pewter, salvo una retratera digital que mostraba fotografías cambiantes.

Otro arco, como los de la fachada, se abría al fondo de la sala, y en el espacio destinado al comedor al otro lado, una docena de sillas de altos espaldares entorchados se apretujaba alrededor de la mesa familiar de patas terminadas en garras de león, y había además un aparador de cristales para la vajilla que rozaba el techo, muebles todos pesados y oscuros que parecían provenir de la misma casona donde alguna vez habían colgado los retratos de la pareja antigua. E igual que aquellos muebles parecían no caber en el comedor, tampoco parecía caber en la sala un imponente televisor de plasma, de pantalla rectangular, colocado en una esquina. La empleada lo tenía encendido a bajo volumen, seguramente para no estorbar el sueño del niño.

Decidió por fin sentarse en uno de los sillones, y colocó el cartapacio a su lado. Una transmisión especial en vivo del Canal 12 mostraba la ceremonia de inauguración del edificio de la cancillería, recién construido en uno de los baldíos del viejo centro de Managua destruido por el terremoto, gracias a una donación del gobierno del Japón. Desde fuera, el edificio tenía cara de mausoleo.

La ceremonia se desarrollaba en el patio enclaustrado, pletórico de banderas, y por dentro el edificio no parecía ya un mausoleo, sino una casa hacienda colonial. Un panel de la cámara mostró al primer comisionado Canda en uniforme de gala azul oscuro con entorchados dorados; sabiendo que lo filmaban, sentía pudor de mirar hacia la cámara, aunque no ocultaba su satisfacción. El inspector Morales buscó el control perdido entre las retrateras de la mesa, y subió el volumen. Salvo la voz del locutor, que hablaba en sordina en respeto a la solemnidad del momento, todo era silencio, de modo que se oía flamear las banderas al viento, como si fueran a rasgarse.

El locutor, siempre en sordina, anunciaba ahora la inminente entrada del Presidente de la República, que no tardó en hacer su aparición bajo el solazo que obligaba a todos los presentes a arrugar la cara, montado en un caballo peruano retinto, lujosamente guarnecido. Encima del traje de sharkskin llevaba una ruana de alpaca color perla con listones en los bordes, que lo hacía sudar sin recato. Atravesó el patio a paso sofrenado, y en medio del mismo silencio general, roto sólo por el redoble de los cascos sobre las baldosas y el flamear de las banderas, fue a apearse con toda maestría, pese a su obesidad, frente al sitial de honor donde se hallaban la Primera Dama y el cardenal Obando y Bravo. Se despojó de la ruana y se acomodó ligeramente la corbata, pero no se quitó las espuelas de plata prendidas a sus botas de media caña.

La cámara hizo un plano general que recogía de manera inadvertida el rastro de cagajones dejado por el caballo, pero lo cortó apresuradamente, y en cambio se acercó al embajador japonés, que lucía alarmado. El presidente, que desbordaba el sillón episcopal acarreado para él en cada ceremonia, se secaba con el pañuelo la doble papada. El traje de sharkskin, mojado de sudor, le abundaba por todos lados, imposible para el sastre tallar aquella masa de lonjas inquietas. La Primera Dama no le iba de menos en abundancia de carnes.

Al inspector Morales le interesaba saber cómo iban a sacar el caballo del patio, pues había quedado suelto en la última toma, pero sonaron en eso las notas del himno nacional, y el camarógrafo no volvió a ocuparse de él.

Al empezar los discursos el inspector Morales volvió a bajar el volumen y desatendiéndose de la pantalla se inclinó para examinar las fotografías de la mesa. La retratera cambiante mostraba fotos del niño, unas de recién nacido, y las otras de la fiesta de su primer cumpleaños, en una de ellas cargado en brazos por Sheila, al lado el payaso Pipo; la reconoció sin dificultad, según la foto de pasaporte.

Entre las fotos convencionales había dos en un solo marco: una en colores pastel de una debutante peinada de bucles que miraba por encima del hombro desnudo, y otra en blanco y negro de un hombre de abrigo y bufanda, al pie de un farol, en la concurrida plaza de una ciudad extranjera cruzada por trolebuses y tranvías. La foto de un muerto, pensó. Los muertos se reconocen de lejos en las fotos. Las de Sheila eran tres: el día de su primera comunión, el día de su fiesta de quince años, y el día de su boda, los ojos fijos en el ramo de novia entre sus manos, reflejada en un espejo.

El ruido de un motor que se detenía en el patio lo sacó de su distracción. Se asomó a través de la celosía, y vio a Cristina bajarse de una miniván de reparto, cargando bolsas de provisiones. Era la misma debutante de la foto, sólo que en lugar de los bucles llevaba el pelo cortado a la varonil. Las canas entreveradas parecían más bien realzar su lozanía, y se veía bien en blusa y blujines, al hombro las correas de una cartera. Pero todo lo que tenía de apariencia juvenil venía a ser derrotado por los anteojos pendientes al cuello de una cadena dorada.

Se quedó de pie, en espera de que la empleada fuera a abrir al llamado del timbre, pero en cambio oyó manipular la cerradura, y de pronto la tuvo de frente, mirándolo con una mezcla de susto y extrañeza no exenta de altivez.

Un tenue halo que el inspector Morales no podía definir bien, pero que conocía, la bañaba de pies a cabeza. Había en ese halo cierta gracia esquiva, cierta altivez distante sin caer en altanería, cierta manera desenfadada de llevar la ropa. Era el halo que bañaba a las burguesas, se dijo, con algo de vergüenza y de incómodo rencor. Aprendió a presentirlo desde aquellos primeros meses de la revolución, cuando aún los mutilados como él, y sin gracias físicas, sacaron premios en aquella generosa lotería de niñas bien que querían verse en los brazos de un guerrillero, burguesas y proletarios del mundo unidos en la misma cama por una vez en la vida. *Thalamus omnia equat*, la cama todo lo iguala, solía repetir Lord Dixon, beneficiario también de aquella lotería que sólo se habían sacado antes los negros jugadores de beisbol contratados para la liga profesional de los años cincuenta, cubanos y dominicanos, paseados como trofeos en

Cadillacs descapotables por las princesas vástagas de los recién coronados reyes del oro blanco, el pródigo algodón que llenaba de olor a insecticida el aire.

Se identificó como investigador de la Policía, pero sin mencionar su especialidad. Ella, aún más extrañada y asustada todavía, no perdió sin embargo la compostura, defendida por su suave desdén. El impulso del inspector Morales fue aliviarla de las bolsas de compras, y se adelantó hacia ella estorbado por la prótesis que no pocas veces jugaba malas pasadas a sus afanes de cortesía. Ella se las dejó quitar. La siguió caminó hacia la cocina, las bolsas en una mano y el cartapacio en la otra, y con el hombro empujó la puerta batiente.

El suave aroma a vainilla y a rescoldo de horno le anunció que entraba en el escenario de la fábrica doméstica donde se mostraban en desorden los instrumentos del oficio, moldes de aluminio, sartenes, inyectores, batidoras eléctricas y pedestales de madera. En la pared, una pizarra acrílica indicaba en una lista escrita con plumón los encargos pendientes, mientras los ya cumplidos iban siendo tachados, y al lado de la pizarra colgaba una bolsa de plástico transparente con media docena de figuritas de parejas de novios de las que sirven para coronar los queques de bodas, revueltas en inocente promiscuidad.

De pronto se dio cuenta de que el desdeñoso susto de ella se había transformado en angustia, y parecía ansiosa de correr sin saber hacia dónde. De la cartera que aún colgaba de su hombro sacó urgida un paquete de cigarrillos Belmont, de esos que el color celeste desvaído de la cajetilla denunciaba ser del tipo light, y tras rebuscar a ciegas el encendedor en la misma cartera, sin hallarlo, vació el contenido sobre la larga mesa espolvoreada de harina donde habían quedado las bolsas del supermercado. Fue él quien vio de primero el encendedor. Le acercó la llama, y ella dio dos o tres chupadas ávidas antes de hacerle ninguna pregunta.

—¿Es sobre mi hija, verdad? —dijo al fin.

El inspector Morales asintió con lentos movimientos de cabeza.

—¿Algo malo? —preguntó, con miedo de su propia voz.

—Pudiera ser menos malo si usted nos ayuda, por eso que estoy aquí — respondió el inspector Morales.

Su boca no tenía huella de pintura. Le gustaban esas bocas de labios hinchados, aunque ahora eran de desconfiar porque en las clínicas cosméticas los falsificaban rellenándolos de colágeno. Pero los de ella eran los mismos de la foto de debutante. Te está dando el vicio por las mujeres mayores, tiene razón Lord Dixon, pensó, entre malicioso y molesto. Qué tendría Cristina, ¿cincuenta y tantos años?

Fueron a sentarse a la mesa del desayuno en un rincón de la cocina, una de esas mesas hace tiempo modernas, con patas de aluminio y sobre de vinilo nacarado, y sólo entonces, al tenerla de cerca, se fijó en las huellas de desvelo en su cara desprovista de afeites. Así como no había gota de pintura en sus labios, tampoco había trazo de lápiz en sus cejas descoloridas.

—Usted fue el que llamó anoche —dijo Cristina.

—Fue una llamada de verificación —respondió el inspector Morales.

—Cuénteme entonces —pidió Cristina.

Le dijo lo que debía decirle, ducho en la prudencia de no soltar nunca palabras de más, pero a la vez haciendo que cada una de las que soltaba llevara prendido un anzuelo. Sheila había entrado a Nicaragua en un yate de manera clandestina, lo más probable procedente de Colombia, pero no mencionó la sospecha de que hubiera sido asesinada.

Cristina lo escuchó sin parpadear, mientras dejaba consumirse entre sus dedos el segundo cigarrillo, que él había vuelto a encenderle, hasta que la ceniza amenazó con desmoronarse y ella la vertió entonces en los restos de una taza de café, que permanecía en la mesa seguramente desde la hora del desayuno.

—¿Me está diciendo que mi hija anda metida en tráfico de drogas? —preguntó Cristina, y la indignación en su voz resultó ahogada por el pánico.

—Le estoy diciendo lo que sabemos —respondió el inspector Morales.

—Y usted lo que de verdad investiga son asuntos de drogas —dijo Cristina.

—Digamos que sí —aceptó el inspector Morales.

—A mí Sheila me dijo que iba a Panamá a un seminario de entrenamiento de la compañía —dijo Cristina.

—¿Un seminario de la Caribbean Fishing? —preguntó el inspector Morales.

—Sí, la pesquera donde ella trabaja —respondió Cristina—. Los dueños son panameños, y tienen otra en Panamá.

El inspector Morales abrió el cartapacio, sacó el cuaderno escolar, y escribió: *"panameños" = colombianos*. Según los datos del registro mercantil, que le habían leído por teléfono los de Auxilio Técnico antes de salir, la Caribbean Fishing pertenecía a una empresa nodriza inscrita en Grand Cayman. Todo, empresas, yates, avionetas de trasiego, se perdía en aquel laberinto de sociedades anónimas registradas en los paraísos fiscales de Bahamas, Grand Cayman, Barbados, Curazao, Grenada, Panamá, sociedades que tenían por domicilio bufetes de abogados, y por socios a las secretarias, contadores y mensajeros de esos mismos bufetes.

—¿Alguna vez ha oído mencionar a Sheila el nombre de alguno de los dueños de la compañía? —preguntó el inspector Morales.

—No creo, pero tampoco soy buena para retener nombres —respondió Cristina.

—¿Cuánto tiempo tiene ella de trabajar para esos panameños? —preguntó el inspector Morales.

—Tal vez dos años, desde que se fue de Enitel —respondió Cristina.

—Poco después del problema aquella vez en Miami —dijo el inspector Morales.

Ella lo miró, con frialdad desdeñosa.

—Supongo que usted ya sabe lo del fin de su matrimonio —dijo Cristina.

—Estuvo de por medio el doctor Cabistán —dijo el inspector Morales.

—Una calumnia —dijo Cristina—. Porque esa persona, Giggo, es…

—Homosexual —dijo el inspector Morales—. Pero estaban hospedados en el mismo hotel.

—Podían haber dormido en el mismo cuarto —dijo Cristina—. Nunca me he explicado por qué Marcial, el marido, armó ese escándalo sabiendo lo que son las costumbres de Giggo.

—No hubo hijos de ese matrimonio —dijo el inspector Morales.

—Gracias a Dios, porque no se querían —dijo Cristina—. Fue un matrimonio de esos de muchachos que después se arrepienten.

—¿Y cuál es entonces la relación entre ella y Giggo? —preguntó el inspector Morales.

—Son primos —dijo Cristina.

—¿De verdad? —dijo el inspector Morales, y anotó otra vez en el cuaderno.

—Mi marido es el menor de los hermanos de la madre de Giggo —dijo Cristina.

—¿Su marido es el que está parado debajo del farol, en la foto de la mesa de la sala, junto a la de usted? —preguntó el inspector Morales.

—Esa foto se la tomaron en Bruselas cuando fue en una misión de algodoneros a buscar cómo colocar el algodón en Europa —respondió Cristina.

—¿Y cuándo murió? —preguntó el inspector Morales, sosteniendo el lapicero en la mano, como si se dispusiera a anotar el dato.

—No ha muerto, me dejó cuando Sheila tenía doce años, y se fue para Estados Unidos después que quebró en el algodón

—dijo Cristina, y se llevó a los labios el nuevo cigarrillo que acababa de sacar del paquete. Lo dejó allí, en espera de que el inspector Morales se lo encendiera.

De modo que aquel catrín que parecía enterrado hacía tiempos, más bien era un prófugo de su hogar. Casi estaba tentado de preguntarle: "¿se fue con otra mujer?".

—¿Sheila es hija única? —preguntó en cambio, y se alzó del asiento para darle fuego.

—No, está también Nora, que es la menor —dijo Cristina—. Se va a casar el mes que viene.

Por fin, como en las fotos Polaroid de las anticuadas cámaras policiales, desde el fondo oscuro del cuadro empezaba a aparecer la novia.

—¿Le hizo ella algún encargo a Sheila para la boda en este viaje? —preguntó el inspector Morales.

—Su vestido de novia —respondió Cristina—. Nora lo escogió por Internet, y Sheila se lo iba traer de Panamá, como regalo.

—¿Dónde está Nora? —preguntó el inspector Morales.

—En Matagalpa —respondió Cristina—, haciendo su práctica médica en el hospital. Le he insistido en que espere a sacar su título pero no me ha hecho caso; el novio también va a doctorarse.

Novia encontrada, anotó en el cuaderno. A esta mujer atribulada valdría la pena entregarle el vestido de novia para que su hija menor lo luciera en su boda. Una boda sin alegría, según todo indicaba. Un queque de tres pisos, hecho en esa misma cocina, una pareja de muñequitos sacada de la bolsa plástica para coronar el queque, y un vestido exclusivo, regalo de la hermana muerta.

—¿Sheila lee novelas? —preguntó el inspector Morales.

—Las que yo le presto —respondió Cristina.

El inspector Morales alzó la vista del cuaderno.

—No toda la vida me he dedicado a hacer queques —dijo Cristina—. Leo desde mis tiempos de colegio en Nueva Orleáns. Primero porque las ursulinas me obligaban, después porque me gustó.

—¿Le había prestado algún libro a ella últimamente? —preguntó el inspector Morales.

—*El cantor de tangos*, una novela que yo acababa de comprar —respondió Cristina—. Me dijo que necesitaba algo para leer en el viaje.

Aclarado cantor tangos, anotó el inspector Morales.

—¿El niño es de Sheila? —preguntó entonces.

—¿Juan Gabriel? Sí, es su hijo —respondió Cristina—. Pero esa es otra historia. ¿Se la tengo que contar también?

—Dejémoslo por último —dijo el inspector Morales—. Supongo entonces que su primo Giggo le consiguió el trabajo con los panameños. Él es el abogado de la compañía.

—Sí, Giggo se la recomendó al gerente, que se llama Mike Lozano, para el puesto de relaciones públicas —dijo Cristina—. Sheila es muy competente. También estudió con las ursulinas en Nueva Orleáns, y habla divino el inglés.

—¿Usted conoce a Mike Lozano? —preguntó el inspector Morales.

—Sólo por boca de Sheila —respondió Cristina—. Giggo se lo presentó en Miami esa misma vez que hubo el asunto.

—Entonces quiere decir que a ella no la corrieron de Enitel por exigencia de su marido —dijo el inspector Morales.

—Nada de eso —dijo Cristina—. Fue Sheila la que renunció, porque en el nuevo trabajo le pagaban el triple.

Apagó el cigarrillo en la misma taza, y el inspector Morales tomó el encendedor, como si de nuevo fuera a darle fuego, pero ella más bien alejó de sí el paquete.

—¿Nunca se le ocurrió a usted que el escándalo que armó el marido de Sheila en Miami pudo haberse debido a que el primo la estaba metiendo en el negocio de la droga, y por eso mismo la siguió hasta allá? —dijo el inspector Morales—. A lo mejor de allí vino también el divorcio.

—¿Meterla de qué manera? —preguntó Cristina.

—Probándola primero como mulas de carga —respondió el inspector Morales—. ¿Sabe lo que es eso?

—Las que transportan la droga a Estados Unidos —respondió Cristina—. He visto películas. Llevan escondidos los paquetitos de droga hasta dentro del estómago.

—Estoy seguro que la Caribbean es una empresa de fachada, y que los dueños no son panameños, sino colombianos —dijo el inspector Morales—. Pongamos que usaron a Sheila de mula, y que su primo Giggo estaba en Miami para recibir el encargo que ella llevaba. Querían probar si merecía confianza, y meterla así en asuntos más delicados.

—Pero ella no volvió a viajar a Miami desde esa vez —dijo Cristina.

—Precisamente —dijo el inspector Morales—. Pasó el examen con nota alta. ¿Y no le parece demasiada casualidad que Mike Lozano estuviera en Miami, listo para contratarla?

—Tengo la cabeza que me va estallar —dijo Cristina—, ¿cómo quiere que se me ocurra nada?

—¿Usted sabe de un casino de juego que se llama Josephine? —preguntó el inspector Morales.

—Uno de los socios de la compañía de pesca es el dueño —dijo Cristina—. Lo sé por mi hija.

—Tampoco se acuerda del nombre de ese socio —dijo el inspector Morales.

—Tampoco —respondió Cristina.

Pesquera-casino-colombianos, anotó en el cuaderno.

—¿Y su hija qué tiene que ver con ese casino? —preguntó el inspector Morales.

—Cuando tienen algún problema, he oído decir que les ayuda —dijo Cristina—. Si acaso sacan algo malo en los periódicos, por ejemplo, entonces visita a los periodistas, los invita a almorzar, les regala fichas para jugar en el casino —respondió Cristina.

—¿Sólo con los periodistas hace ese trabajo? —preguntó el inspector Morales.

—También los ayudó hace poco en la Asamblea a cabildear la ley de casinos —dijo Cristina—. Había artículos de la ley que ellos querían que no se pusieran, y Sheila, hablando con los diputados, lo logró.

—Con regalos más grandes —dijo el inspector Morales.

—Yo de eso no sé —dijo Cristina.

—Y a Sheila le pagan por esos servicios, claro —dijo el inspector Morales.

—Le pagan por caso —dijo Cristina.

—Y le hacen agradecimientos —dijo el inspector Morales—. Como ese BMW que está afuera.

—Se lo obsequiaron como estímulo —respondió Cristina.

—Son los estímulos que acostumbran dar los narcos —dijo el inspector Morales—. ¿No le llamó la atención eso?

—Qué sabía yo de narcos —dijo Cristina.

—Ahora ya lo sabe —dijo el inspector Morales.

Los ojos de Cristina habían enrojecido. Ahora parecía suplicar.

—¿Qué piensa usted que haya ido a hacer ella a Colombia? —preguntó.

—Para algo la necesitaban —respondió el inspector Morales.

—¿Pero por qué si ya volvió, ni siquiera llama para preguntar por su hijo? —preguntó Cristina.

—Todo eso es lo que estamos investigando —dijo el inspector Morales.

—Tengo que ver qué sabe Giggo —dijo Cristina, y mostró el impulso de levantarse a coger el teléfono adosado a la pared.

—No se le ocurra —la detuvo el inspector Morales—. Cualquier paso en falso puede poner a Sheila en más peligro del que puede estar ya.

—¿Usted la ve en peligro? —preguntó Cristina con candidez, volviendo a sentarse.

—Con los narcos nunca se sabe —respondió el inspector Morales—. Confiemos en que no.

—¿La ve secuestrada por ellos? ¿Habrá hecho algo que no les gustó? —preguntó Cristina.

—Es una probabilidad —respondió el inspector Morales.

—Yo le he dicho todo, y usted no me dice nada —se quejó Cristina, con algo de rencor.

—Mi oficio es nada más averiguar —dijo el inspector Morales—. Y entre los dos queremos que no le pase nada a su hija.

—Dígame qué más quiere saber, entonces —dijo Cristina.

—Ahora hábleme del padre de Juan Gabriel —dijo el inspector Morales.

—Es que prefiero no tocar ese asunto —dijo Cristina.

—¿Porque lo tuvo por la libre? —preguntó el inspector Morales.

—No soy tan anticuada —protestó Cristina—. Lo que pasa es que me da pena decir que no sé quién es ese hombre. Le conozco la voz, porque llamaba por teléfono, y lo espié una vez que vino a dejarla hasta la puerta. Es la única vez que lo vi.

Con la exaltada sensación del jugador de póquer que espera recibir del repartidor el as que necesita para formar escalerilla, el inspector Morales sacó del cartapacio la hoja de fax donde constaba el récord migratorio de Caupolicán que doña Sofía había pedido en su nombre a Auxilio Técnico. La foto de pasaporte agregada a la hoja era contrastada y borrosa, pero aún así decidió probar, y se le entregó. Ella se puso con todo cuidado los lentes que colgaban de su cuello, repasó la foto, y le devolvió la hoja en silencio.

—Es el mismo, entonces —dijo el inspector Morales.

Cristina asintió con rabiosos movimientos de cabeza.

—Y usted sabe quién es y cómo se llama —dijo el inspector Morales.

—Le repito que sólo lo he visto una vez —dijo Cristina.

—Claro que sabe quién es, doña Cristina —dijo el inspector Morales—. Lo vio en los periódicos, cuando el escándalo del secuestro del avión de La Costeña.

—Esto es horrible, horrible —dijo Cristina, y se llevó la mano a la boca, como si quisiera contener el llanto, o las palabras.

—¿De verdad nunca ha estado él en esta casa? —preguntó el inspector Morales.

—Eso no, nunca —negó Cristina con vehemencia—. Cuando me di cuenta de quién se trataba le reclamé a Sheila, tuvimos un gran pleito por eso, y ella sabía que yo nunca iba a dejar que pusiera los pies aquí.

—Así que él no conoce al niño —dijo el inspector Morales.

—Ese desgraciado ni siquiera se arrimó al hospital a la hora del parto —dijo Cristina.

—Tampoco sabe usted cómo se conocieron —dijo el inspector Morales.

—No sé, en el trabajo, parece que ese hombre maneja la seguridad del casino, algo así —dijo Cristina.

Caupolicán + Sheila + Josephine, anotó el inspector Morales en el cuaderno escolar.

—Después que nació el niño, ¿esa relación siguió? —preguntó.

—Siguió, pero hará cosa de dos meses se pelearon —dijo Cristina—. Me di cuenta porque la oí una noche hablar por teléfono con él, y oí que le decía que hasta aquí no más. Y él nunca volvió a llamar.

El inspector Morales la miró con curiosidad adelantada. A veces no podía evitar que sus golpes de efecto resultaran crueles, por mucho que se propusiera ser piadoso.

—Los dos salieron juntos de Nicaragua, en el mismo avión —dijo el inspector Morales—. Y casi puedo asegurarle que él volvió también en ese yate.

Ella buscó un cigarrillo, pero ya el paquete había quedado vacío. Lo estrujó, y lo tiró al suelo.

—Ojalá se le hubiera cumplido su deseo de irse a vivir a Estados Unidos antes de que pasara todo esto —dijo Cristina.

Las lágrimas que ahora le bañaban la cara parecían borrar sus rasgos.

—¿Quería ella irse del país? —preguntó el inspector Morales.

—Últimamente sólo de eso me hablaba, cambiar de vida, hacer que su hijo creciera lejos —dijo Cristina.

Iban a ser las tres de la tarde, y se había pasado la hora del almuerzo. Aquella mujer atribulada en lo que menos pensaba era en el almuerzo. Tampoco en los encargos de queques pendientes en la lista de la pizarra.

—Una última cosa —dijo el inspector Morales, cerrando el cartapacio—. Es necesario registrar el cuarto de Sheila. Usted me dice si lo puedo hacer ahora mismo, con su permiso, o si necesito la orden de un juez.

—Haga lo que quiera —dijo ella—. Pero tráigamela viva.

10. El jabón de la sanación

Cuando el inspector Morales manejaba de regreso a la Plaza del Sol y había dejado atrás el tobogán de vueltas traicioneras de la pista de circunvalación que atraviesa el barrio San Judas, iba sin nada en el estómago. De modo que al llegar a Villa Fontana se detuvo a comprar una bolsa de platanitos fritos y una lata de cerveza en el mercadito de una gasolinera, de esos que ahora llamaban *conveniences* en la jerga en inglés que invadía el país como una calamidad bíblica. Las súper gasolineras surgían ahora por todas partes, otra calamidad bíblica, construidas de la noche a la mañana en predios gigantescos, y aquella en la que se bajó a comprar su almuerzo era la misma que el día anterior había inaugurado el Presidente de la República. En un rincón de la inmensa playa de asfalto se alzaba aún el toldo verde de la ceremonia, y tampoco se habían llevado el podio adornado con el escudo nacional.

Cristina lo había dejado a solas en la intimidad del dormitorio de la hija, a pesar de su petición reiterada de que se quedara a presenciar el registro de las pertenencias. Se lo había pedido no como fórmula de cortesía, sino empujado por un viejo sentimiento de pudor. Cada vez que le tocaban aquellos registros de efectos personales no podía evitar la sensación incómoda de hallarse cometiendo un acto sacrílego, sobre todo si se trataba de las posesiones de una mujer. Se sentía mal aun si aquel trabajo lo practicaban entre varios, en medio de la falta de recato que conllevan procedimientos semejantes, cuando las mujeres policías eran quienes se comportaban de manera más irreverente, y hacían burla de las prendas íntimas. Pero obrar solo le resultaba peor, como ahora, y se preocupó de ponerse los guantes de látex que llevaba en el cartapacio, como si así se inmunizara frente a la profanación.

Al terminar repuso las prendas en las gavetas del closet tal como las había hallado, las blusas de algodón, las ínfimos pijamas, las mallas de gimnasia, los panties bikini de encaje. No había por ningún lado sostenes, de modo que podía concluir que no los usaba. Portabustos, tal como solía escribir el Profeta al enlistar las necesidades de las combatientes guerrilleras en las peticiones de abastos que se enviaban desde la montaña, una palabra anticuada que provocaba risas escondidas entre la tropa, aún la femenina.

Evitaba dejar huellas del manoseo, aunque según todos los indicios la dueña de las prendas jamás volvería a trasponer el umbral de aquella habitación en la que había un tenue olor a moho que el sol que tocaba los muebles filtrándose por las junturas de las cortinas veladas no alcanzaba a disipar. Un cuarto como un muestrario del tiempo. La angosta cama de quinceañera pintada de blanco, con su cobertor rosa, sobre el cobertor la familia entera de muñecas de la niña que luego fue la quinceañera, y luego la ropa de mujer adulta en el closet, entre la que él había metido con reprimida fruición las manos.

No había hallado ni chequeras, ni estados de cuenta, nada que lo ayudara a conocer los ingresos de Sheila, y nada tampoco acerca de sus relaciones con el Pierce Bank de Panamá, de donde habían salido los fajos de dólares ocultos en la valija. Y se hubiera ido con las manos vacías si no es porque en la bolsa de la chaqueta de un traje sastre colgado apretadamente en el closet entre muchos otros vestidos, encuentra un CD sin estuche, y sin anotación de contenido. Podía ser un tesoro, o podía ser nada.

Mientras pagaba en la caja del *convenience*, en la pantalla del televisor en lo alto de la pared, sintonizado en Telenica Canal 8, la hermana Aparecida, predicadora de la Iglesia Universal del Tercer Ojo, daba las gracias al Señor Jesús, las manos en alto, por haber obrado otra vez un milagro con el jabón de la sanación. La hermana Aparecida, vestida de color ciclamen, flaca y demacrada, agitaba sus abundantes pulseras al alzar los brazos, y llevaba cargados de anillos todos los dedos. A sus espaldas, sobre un telón de abigarrados colores, se destacaba el emblema de su iglesia, una inmensa mano abierta con un ojo en medio. Frente a ella había dos filas de personas. En una, los que llegaban a dar testimonio de la cura milagrosa obtenida después de bañarse con el jabón. En la otra, los que llegaban a obtener el jabón por la módica suma de diez córdobas.

Cuando el inspector Morales se encaminaba a la puerta, la voz de la hermana Aparecida, que ponderaba las virtudes del jabón con lirismo arrebatado, fue interrumpida por otra voz que él conocía, y se volvió de pronto. Doña Sofía, a la cabeza de la fila de quienes compraban el jabón, hacía preguntas una tras otra. ¿Cuántas veces necesitaba uno bañarse con el jabón? Una sola vez bastaba, y el Señor Jesús la habría curado de cualquier mal corporal. ¿Y también curaba el jabón los males del alma? Sí, sobre todo los del alma, el jabón quitaba la suciedad y la inmundicia del pecado. ¿A las mujeres infieles, por ejemplo, las sanaba? Mujeres en desliz, mujeres licenciosas, mujeres corrompidas, todas ellas, mi digna señora. ¿Cuál hora era mejor para bañarse con el jabón? Las horas nocturnas.

Doña Sofía había abandonado su puesto de vigilancia encubierta en el Josephine sólo para adquirir el jabón de la sanación, destinado sin ninguna duda a la Fanny. Al menos, había tenido la previsión de despojarse del uniforme del casino a la hora de hacer aquella obra de caridad, pero sabiendo que iba a salir en la televisión se había puesto un llamativo vestido a rayas que le daba el aspecto de una reclusa fugada del penal La Esperanza. Y el inspector Morales huyó del lugar, como si alguien fuera a pedirle cuentas.

De vuelta en su oficina, y mientras comía a puñadas las rodajas de platanitos fritos, porque la cerveza se la había bebido de camino, encendió la computadora. Los sábados descansaban hasta los remitentes de ofertas de fortunas de dictadores en fuga y magnates suicidas, y de cirugías para conseguir penes de tamaño colosal. Había un único correo, que contenía un pliego de instrucciones del comisionado Selva.

Los hermanos Cassanova se hallaban bajo custodia en el hotel Lulú. El propio inspector Morales debía interrogarlos, y conforme el resultado del interrogatorio resolver él mismo si se les permitía seguir viaje a Bluefields. Dejaba con el ordenanza la autorización de entrega del cadáver dirigida a Medicina Legal, debidamente firmada. El dibujante ya estaba trabajando con el agente del Rama que había visto a los pasajeros, y el inspector Morales recibiría los identikit apenas estuvieran terminados. Se iba al cine con sus hijos a ver el Hombre Araña, y no estaba localizable porque tendría apagado el celular.

La cerveza y los platanitos fritos, de los que sólo quedaban restos pulverizados en la bolsa de celofán, le habían producido acidez y se tragó la buchada amarga que subía hasta su boca. El generoso comisionado Selva le hacía el honor de dejarlo como su delegado plenipotenciario mientras se entretenía viendo al Hombre Araña escalar las paredes de los edificios, plácidamente sentado en compañía de sus cuatro hijos en una de las salas de los multicines de Metrocentro, cada uno con un enorme tarro de popcorns depositado en la argolla del brazo del asiento, y abrigado hasta la nariz para defenderse de los rigores del aire acondicionado, como si encabezara una excursión al círculo polar ártico. Pronto apareció el ordenanza trayendo la orden para Medicina Legal, y una carta que le había dejado personalmente una señora que no había querido identificarse.

La letra del sobre era de la Fanny. Ésa si era una novedad que no le gustaba, y mientras contenía una nueva buchada ácida, rasgó el sobre:

Amor, doña Sofía me solicitó venir a verte con el fin de comunicarte que nos reunamos para sesión de análisis a las diez en punto p.m. en su casa pues hoy su turno en el casino acaba más temprano, ya que aunque sea sábado, que es cuando los disolutos del vicio más juegan, la rotación así es dice ella. Se presentó a buscarme a Enitel costando que la dejaran entrar aquí los CPF pero ya ves cómo es de porfiada, expresándome que a continuación tenía consulta con el doctor, siendo más bien una doctora, no consulta para ella misma sino para conseguirme un jabón que dice que sana cualquier malestar y que me quería obsequiar a lo cual le agradecí preguntándole qué clase de malestares ella cree que yo tengo porque mientras tenga tu amor me siento muy sana, sin obtener de su parte respuesta, y díjome acto seguido que su petición de que viniera yo a buscarte personalmente fue porque por seguridad no puede ella darse a ver en la Plaza del Sol mientras tarda su misión ni quiere hablarte por teléfono también por seguridad, así que me ha nombrado su contacto y al no hallarte amorcito te dejo esta misiva. Aquel que te conté sigue en Ometepe.
Atentamente,
Fanny de Silva

Estrujó la bolsa de los platanitos y la lanzó a la papelera, pero erró el tiro, y el ordenanza la recogió y se mantuvo con la bolsa en la mano mientras esperaba instrucciones. El inspector Morales le ordenó llamar al hotel Lulú para que trajeran a los hermanos Cassanova a la Plaza del Sol, y que urgiera la remisión de los identikit. Iba a pedirle que le consiguiera una Alka-Seltzer, pero desistió ante el convencimiento de que no había posibilidad de hallar ningún remedo de remedio en aquel barco fantasma de oficinas vacías y escritorios enllavados anclado en la nada vespertina del sábado.

Metió el CD de Sheila Marenco en la bandeja, y en la pantalla se desplegó la lista de íconos del archivo. Eran fotos, seis en total. Fue pinchándolas de manera apresurada, y luego regresó a cada una con calma. En todas aparecían Sheila y Caupolicán juntos, o por separado, pero en ninguna faltaba el niño, Juan Gabriel. En dos de ellas, Caupolicán, algo más gordo que como lo recordaba, cargaba a Juan Gabriel en brazos, con la sonrisa satisfecha de un padre de familia hogareño que no espera sorpresas de la vida porque anda siempre por el buen camino. La fecha registrada en los cuadros era muy reciente, domingo 16 de julio.

Todas las fotos tenían por escenario el corredor de una casa de finca, que daba a una escarpada prominencia nutrida de árboles sobre los que se desgajaba en jirones la neblina. Era un cafetal. Debajo de la sombra de los caraos, guásimos y maderos negros brillaban las hojas pulidas de los arbustos de café, que se perdían por una pendiente. Detrás de la masa oscura de los árboles sobresalían en la distancia penachos de palmeras reales.

En una, donde Sheila posaba sola con el niño, aparecía en el extremo del corredor, un tanto fuera de foco, la muchacha de uniforme impecable que le había abierto la puerta ese mediodía, a su lado el mismo cochecito Evenflo. Qué finca era aquella, lo sabía sin duda la muchacha, que seguramente había tomado las fotos de pareja, pero no le pareció algo tan urgente de averiguar como para regresar ya mismo a la carretera sur. Tampoco era urgente mostrarle las fotos a Cristina, a no ser por perversidad, para proponerle que las metiera en el chip de la retratera electrónica.

Progresaba ya la anochecida cuando el ordenanza regresó trayendo el sobre que contenía los identikit de los pasajeros de la *Golden Mermaid,* y al mismo tiempo le informó que los hermanos Cassanova ya estaban allí.

El inspector Morales sacó los dibujos y los examinó. Uno era Black Bull, quedaba confirmado. Otro, sin duda, era Caupolicán. La pieza calzaba perfectamente. Administraba el plan de vacaciones, y tratándose de un visitante de alto calibre había ido hasta Colombia para acompañarlo en el viaje en yate. El tercero, de unos sesenta años, mofletudo, lucía un sombrero panamá de alas anchas, que demostraba lo melindroso que debía ser ante el sol. Y el cuarto, de unos cuarenta, ojos achinados y pómulos salientes, dejaba ver una incipiente barba entrecana. Entre los dos últimos uno el visitante, y el otro el que le había dado la bienvenida en Raitipura.

Hizo pasar a los hermanos Cassanova, y cuando los custodios se preparaban para quitarles las esposas, lo impidió con un gesto negativo de la cabeza, y con otro les indicó que salieran.

Esposados con las manos por delante, los reos permanecieron de pie frente al escritorio porque no les ofreció asiento. Francis era un calco de su hermano muerto, sólo que más joven y delgado, y tenía un tic en el ojo izquierdo, como si siempre lo estuviera cerrando por malicia. Ambos vestían camisa blanca de cuello y corbata de luto, sólo que Francis llevaba blujines que por lo engomado se notaban nuevos, y Sandy, el dueño del hotel Lulú, un anticuado pantalón de grueso casimir a rayas que debió pertenecer un día a un traje entero, las mangas de la camisa siempre demasiado largas. Escondido tras sus anteojos oscuros, era Ray Charles listo para un funeral.

El inspector Morales esperaba una rendición rápida. Sandy se adelantó. Era obvio que el hermano menor le dejaba el papel de vocero.

—Teniente, le queríamos decir antes que nada… —empezó.

—Inspector —dijo el inspector Morales, separando cada sílaba.

—Queríamos decirle, inspector, que tenemos derecho a esa valija y entonces la decisión que tomamos es reclamarla —dijo Sandy.

El inspector Morales no halló más que reírse para ocultar su desconcierto.

—Vamos a ver —dijo—. Barajámela despacio. Uno está acabando un día bien vergueado de trabajo, sábado para más señas, con ganas de mandarlo todo a la mierda y buscar la cama, y aquí vienen ustedes a ponerme la nota cómica. Es como para darles las gracias por alegrarme la noche.

—Esa valija era de mi hermano y aquí nosotros dos somos los herederos, porque él no deja esposa ni deja hijitos —dijo Ray Charles.

—La valija, y todo lo de adentro —dijo el inspector Morales.

—Usted lo ha dicho, todo completo —dijo Ray Charles.

El hermano contrabandista, desde atrás, parecía asentir con el guiño del ojo.

—Por supuesto que eso incluye los cien mil dólares que había en el forro —dijo el inspector Morales.

—Los dólares son propiedad legal del difunto Stanley Cassanova —dijo Ray Charles.

—Y el vestido de novia, también —dijo el inspector Morales.

—Ya te dije que todo lo que venía en la valija del difunto Stanley Cassanova —dijo Ray Charles, con cierta impaciencia.

Parecía mentira. Esposado y todo. Y aquel reflejo de los colmillos de oro, que ofendía la vista. Oro en los colmillos, oro en la oreja.

—La valija que ayer nada tenía que ver con tu hermano —dijo el inspector Morales.

—Fue un olvido mío, por el que te pido perdón —dijo Ray Charles—. Pero esa misma era su valija con la que andaba siempre.

—Entonces suponés que se iba a casar, y que la plata era para la fiesta de casamiento —dijo el inspector Morales—. ¿Me podés decir quién era la agraciada?

—No me vas a enredar —dijo Ray Charles—. Nada tiene que ver esto con casamiento. Él era comerciante, el vestido era para vender, y los dólares para comprar mercancía.

—Bueno, ¿qué les parece si les guardo la valija para mientras salen de la Modelo? —dijo el inspector Morales—. Vos, asociación ilícita par delinquir, complicidad en el tráfico de estupefacientes, además de extorsión y falso testimonio, todo da, flojamente, diez años. Y tu hermanito aquí presente, lo mismo, sólo que con ipegüe, porque hay que sumarle defraudación fiscal por contrabando.

—Ninguna prueba tenés de nada —dijo Ray Charles—. Sólo querés asustarnos.

El parpadeo involuntario en el ojo izquierdo del hermano se había acentuado de manera calamitosa, y el inspector Morales advirtió que aquel era su presa.

—¡Custodia! —gritó el inspector Morales, y los custodias acudieron—. ¡Sáquenme de aquí a Ray Charles!

Cuando iban a sacarlo volvió la cabeza hacia su hermano, y el inspector Morales adivinó que tras los anteojos oscuros intentaba dirigirle una mirada de aliento; y cuando por último se volvió hacia él, adivinó que aquella mirada oculta era de complacencia ante su propia astucia.

Ahora que se había quedado solo frente al inspector Morales, Francis parecía hacer un esfuerzo sobrehumano para no parpadear, y sus ojos fijos acusaban desasosiego.

—Fijate bien —dijo el inspector Morales—. Si estás aquí, es porque yo le prometí tu libertad a tu hermano Stanley. Soy hombre de palabra, pero a mí no me gustan las jugarretas. Ya me oíste. De contrabandista de babosadas te puedo convertir en contrabandista de drogas. Así que escogé. Tenés un minuto para escoger.

—Yo lo que quiero es ir a enterrar en paz a mi hermano, comandante —dijo Francis.

—No, comandante, no —dijo el inspector Morales, condescendiente—. Inspector.

—Stanley era como mi padre, inspector —dijo Francis. Y otra vez volvió el tic, sólo que ahora el ojo rebelde brillaba humedecido por las lágrimas.

—¿Era bueno con vos? —preguntó el inspector Morales, y mientras tanto rodeó el escritorio para arrimarle una silla. El otro se sentó.

—El papá de nosotros era buzo de pescar langostas en los cayos de Pearl Lagoon —dijo Francis—. Un día le faltó demasiado el aire allá abajo en la profundidad, y ya salió a flote muerto, bocabajo.

—Estabas vos chiquito entonces —dijo el inspector Morales.

—Diez años tenía, y Stanley se hizo cargo de mí —dijo Francis, y con las manos esposadas se secó la lágrima que había bajado hasta su boca—. Yo no tenía madre, porque no conocí madre.

—¿Y este otro hermano tuyo? —preguntó el inspector Morales.

—Vine a saber de él hasta cuando era yo grande, porque Stanley lo trajo un día a la casa de nosotros en Old Bank, allá en Bluefields —dijo Francis—; todos fuimos hijos de distinta madre.

—¿Sabía Stanley que andabas de contrabandista? —preguntó el inspector Morales.

—Él creía que me había ido a Costa Rica a buscar trabajo —dijo Francis—; me dio dinero para el viaje, y con esa plata me fui más bien a Honduras a comprar mercancía para cruzar de noche el río Guasaule —dijo Francis.

—¿Y cómo supo Stanley que habías caído preso? —preguntó el inspector Morales.

—Porque me dieron derecho a una llamada por teléfono —dijo Francis—; llamé a Sandy al hotel Lulú, y él me dijo que no iba a mover un solo dedo por mí, para que aprendiera. Pero se lo contó a Stanley.

—Me estás poniendo a tu hermano Stanley como un santo varón —dijo el inspector Morales.

—Nada más un hombre excelente conmigo —dijo Francis.

—Y no sabés nada de que anduviera en cosas turbias —dijo el inspector Morales.

—En su barco la *Golden Mermaid* vendía mercancía por el río Kukra, hasta Pearl Lagoon, y recogía a veces pasajeros —dijo Francis.

—Eso ya lo tengo claro —dijo el inspector Morales—. Pero aparte de la *Golden Mermaid*, ¿qué más me podés decir?

—Vendía provisiones para la flota camaronera de la Caribbean Fishing —dijo Francis.

El inspector Morales buscó su cuaderno escolar.

—Con ese negocio gordo en las manos, no tenía necesidad de andar comerciando chochadas por el río —dijo el inspector Morales.

—Lo de la flota camaronera no era fijo —dijo Francis—. Dependía de la voluntad de mister Lozano, el gerente.

—¿Eran muy amigos tu hermano Stanley y ese señor Lozano? —preguntó el inspector Morales, y ya estaba anotando.

—Mister Lozano le prestó el dinero para que pudiera hacer las remodelaciones en el hotel Lulú —respondió Francis.

—A ver —dijo el inspector Morales—. ¿Ese hotel de quién es?

—Era de Stanley, pero le dio la administración a Sandy —dijo Francis.

—¿Eran préstamos seguidos los que mister Lozano le hacía a Stanley? —preguntó el inspector Morales.

—Sé que también le financiaba las compras de mercadería para la *Golden Mermaid* —dijo Francis.

—¿Y para qué más le prestaba? —preguntó el inspector Morales.

—Le prestaba para jugar en el casino Josephine —respondió Francis.

—¿Jugaba mucho tu hermano? —preguntó el inspector Morales.

—Era su vicio —respondió Francis—, no tomaba licor, no mujereaba, pero amanecía jugando.

—¿Y tenía suerte, tenía buena mano? —preguntó el inspector Morales.

—Qué va a ser —dijo Francis—, negra su suerte, mucho perdía.

—¿Vos conocés a mister Lozano? —preguntó el inspector Morales.

—Lo vi una vez en Bluefields, hace tiempo— dijo Francis.

—¿Es alguno de estos? —preguntó el inspector Morales, y le mostró los retratos hablados de los dos pasajeros de la *Golden Mermaid* aún sin identificación.

Francis los examinó, y no tardó en devolverle las cartulinas.

—Ninguno de ellos es mister Lozano —dijo Francis.

El inspector Morales sabía que había terminado con el testigo. El olor de su inocencia se sentía de lejos.

—¿Tu hermano siempre va a ser enterrado en Bluefields? —preguntó el inspector Morales.

—Pensamos tenerlo hoy en el hotel, ya está arreglado todo con la funeraria, y llevarlo mañana a Bluefields por avión —dijo Francis—. Sandy quería que hiciera su último viaje en la *Golden Mermaid*, pero avisaron de Rama que el barco se quemó.

—Ya supe —dijo el inspector Morales, y fue a abrir la puerta para llamar a los centinelas.

Entraron, trayendo otra vez a Ray Charles. El inspector Morales pidió las llaves de las esposas, y él mismo se las quitó a Francis. Luego le entregó la orden para retirar el cadáver.

—Podés ir a buscar a Stanley a la morgue —le dijo.

El ojo de Francis se contrajo en una mueca peor que nunca. Se escurrió de la silla, y se fue sin despedirse de su hermano, seguido por los custodios que volvieron a desalojar la oficina.

El inspector Morales dejó a Ray Charles siempre esposado, y tampoco ahora le ofreció asiento. Lo rodeó, y le dio una palmada cariñosa en el hombro.

—Buena gente tu hermano, si así colaboraran todos —dijo—. Ahora, seamos breves. Si no me querés ayudar, allá arriba en el Chipote se hacen cargo de vos. No me llevo bien con esa gente que hace los interrogatorios, y si te recomiendo bien con ellos, va a ser peor.

—Olvidate si querés de la valija, ya no reclamamos nada —dijo Sandy, que sudaba como si se hubiera metido bajo una regadera con todo y ropa.

—Muchas gracias por el favor —dijo el inspector Morales—. Pero vamos a lo que vamos. Y rápido, que yo voy para el cine.

Fue lo primero que se le ocurrió, aunque nunca cometería la insensatez de ir a encerrarse en un cine para ver al Hombre Araña balanceándose en las alturas en una cuerda hecha de su propia baba, y así morir congelado. Tal vez si hubiera tenido hijos.

—Diga entonces qué quiere saber —dijo Ray Charles, y con las manos esposadas se quitó los anteojos de Ray Charles. Era su manera de entregarse, enseñar los ojos biliosos, que siendo tan pequeños parecían ahora naufragar en su cara. Y hasta los colmillos de oro se habían vuelto opacos, inofensivos, ya no se diga el arete en la oreja.

—Vos fuiste a recoger a tu hermano a Rama —dijo el inspector Morales.

—Es cierto —dijo Ray Charles.

—Y viste a los pasajeros que traía —dijo el inspector Morales.

—También es cierto —dijo Ray Charles.

—Decime entonces quiénes son estos dos sujetos —dijo el inspector Morales, presentándole los identikit.

—Este del sombrero se llama doctor Cabistán, al que le dicen Giggo, el que te dije ayer —dijo Ray Charles—. ¿No te dije ayer que él tiene amores con Black Bull?

—No me lo dijiste, pero veo que te ha entrado la sinceridad —dijo el inspector Morales.

—No son amores verdaderos —dijo Ray Charles—. Es un asunto de que Giggo le paga a Black Bull buenos billetes cada vez que lo complace.

—Gracias por el dato adicional —dijo el inspector Morales—. ¿Y el otro?

—Te hago saber que salvando esa vez en Rama, nunca lo había visto antes —dijo Ray Charles.

El inspector Morales anotó en el cuaderno: *Giggo, bienvenida, nuevo visitante, n/s. Black Bull mide aceite a Giggo.*

—¿Por encargo de quién recogía tu hermano Stanley a los extranjeros que llegaban en yate a Laguna de Perlas? —preguntó el inspector Morales.

—Por encargo de Mike Lozano —respondió Ray Charles.

—¿Y también las otras veces venía Giggo en el grupo que se bajaba en Rama? —preguntó el inspector Morales.

—A veces Giggo, a veces Mike Lozano —respondió Ray Charles.

—¿Y cuál era tu papel en eso, además de esperar cada vez a tu hermano en el puerto? —preguntó el inspector Morales.

—Ningún papel, hombre —respondió Ray Charles—. Yo sólo manejaba la Hilux para traerlo a Managua a Stanley, eso es todo.

—Y a los otros, ¿quién los recogía en Rama? —preguntó el inspector Morales.

—Se montaban en una camioneta Cherokee, de esas con vidrios oscuros, y supongo que también se venían para Managua —respondió Ray Charles.

—¿Cuánto le pagaba Mike Lozano a tu hermano por esos viajes? —preguntó el inspector Morales.

—Por cada uno, creo que cinco mil dólares —respondió Ray Charles.

—¿Un viaje cada cuánto tiempo? —preguntó el inspector Morales.

—Tal vez cada dos meses —respondió Ray Charles.

—Ahora quiero saber de la valija —dijo el inspector Morales.

—Esa valija es de una señorita Marenco —dijo Ray Charles.

—¿Por qué estaba esa valija en poder de tu hermano? —preguntó el inspector Morales.

—A mí nada más me participó que adentro había un vestido de novia propiedad de la señorita, y que una persona había quedado en pasar trayendo esa valija por el hotel —dijo Ray Charles—. Pero la persona no pasó a la hora que debía pasar, y me encargó que guardara la valija hasta que él volviera en la noche.

—Según mis averiguaciones la valija no venía con Stanley en el barco —dijo el inspector Morales.

—Así fue —dijo Ray Charles—; no bajó Stanley del barco esa valija en Rama.

—¿Entonces, cómo llegó la valija al hotel Lulú? —preguntó el inspector Morales.

—Tampoco tengo idea —respondió Ray Charles.

—Y eso es todo entonces respecto a la valija —dijo el inspector Morales.

—Quisiera saber más para ayudarte —dijo Ray Charles—. Quisiera saber cómo apareció la valija en manos de Stanley, quisiera saber quién metió los dólares debajo del forro. Pero nada de eso sé.

—Pero sabés otras cosas que no me has dicho, por ejemplo que el hotel Lulú no es tuyo —dijo el inspector Morales.

—Stanley puso a mi nombre el hotel en la escritura —dijo Ray Charles.

—Pues te sacaste la lotería, te felicito —dijo el inspector Morales—. Te quedó el hotel en herencia.

—No es alegría para mí —dijo Ray Charles—, ahora tengo que pagar la deuda a Mike Lozano.

—Me mentiste en lo del préstamo —dijo el inspector Morales.

—Fue un atrevimiento mío, sabiendo que era fácil para vos preguntar en los bancos —dijo Ray Charles.

—Mucho cariño le tenía Mike Lozano a tu hermano como para hacerle préstamos para todo, hasta para jugar en la ruleta —dijo el inspector Morales.

—No jugaba ruleta, hombre, lo que le gustaba era el póquer —dijo Ray Charles.

—Y estaba hasta el pescuezo de deudas —dijo el inspector Morales.

—Nunca entendió que lo que le daban con una mano se la robaban con la otra en las trampas del juego —dijo Ray Charles.

—¿Por qué creés vos que Stanley echó por delante a Black Bull? —preguntó el inspector Morales—. Desde el principio nos dio las pistas para llegar a él.

—Una noche que se quedó sin plata en el Josephine, Stanley llegó hasta jugar su barco, y apuesta tras apuesta lo perdió —respondió Ray Charles.

—¿Y qué tiene que ver Black Bull con eso? —preguntó el inspector Morales.

—Mike Lozano le adjudicó el barco a Black Bull, con papeles y todo, y Stanley tenía que entregarlo la semana que viene a su nuevo dueño —respondió Ray Charles—; no valieron súplicas. Todo era una trampa para quitarle el barco.

—¿Mike Lozano es el que manda en el Josephine? —preguntó el inspector Morales.

—Manda a través de su hijo Manolo, que es el gerente —dijo Ray Charles.

El inspector Morales anotó el dato en su cuaderno escolar.

—Esto está mejor —dijo—, el padre, el hijo… y el espíritu santo en Colombia.

—No meta la religión en esto, hombre —dijo Ray Charles, con severidad acobardada.

—Mil perdones, no sabía que eras tan creyente —dijo el inspector Morales.

—Lo digo por vos que te puede venir un castigo —dijo Ray Charles.

—Ya el colochón me ha castigado suficiente —dijo el inspector Morales—. Ahora decime: ¿Por qué razón le iban a querer quitar el barco a tu hermano?

—Alguien que juega tanto ya no es tan seguro, a lo mejor —respondió Ray Charles.

—Si te voy siguiendo bien, Stanley quería sacar de en medio a Black Bull para recuperar su barco —dijo el inspector Morales.

—Un disparate desesperado de Stanley meterlos a ustedes de por medio para que agarraran preso a Black Bull —dijo Ray Charles—; no midió que con eso empezarían a jalar la cadena que iba a dar hasta Mike Lozano.

—Creo que eso es todo, ya podés sentarte —dijo el inspector Morales, y se asomó a llamar a los centinelas.

—Quítenle las esposas —ordenó—. Y uno de ustedes búsqueme al ordenanza, que venga con su máquina, que vamos a tomar una declaración.

El ordenanza entró empujando una mesa de rodillos con una máquina de escribir que parecía resucitada de entre los muertos.

—Tengo la boca seca —dijo Ray Charles, mientras otra vez se ponía los anteojos oscuros.

El inspector Morales tomó el vaso de plástico que conservaba sobre el archivador, y que usaba para lavarse los dientes, y fue él mismo al pasillo a llenarlo al grifo de agua helada, que desde hacía tiempos había dejado de enfriar.

—Nombre, edad, estado civil y presente oficio o profesión —oyó al ordenanza recitar la consabida letanía mientras regresaba con el agua.

Ray Charles, los codos sobre las rodillas, tenía la cabeza entre las manos y el arete de oro en su oreja parecía falso.

11. Ese toro enamorado de la luna

Eran cerca de las diez de la noche cuando el inspector Morales llegó a su casa del barrio El Edén, a tiempo para la reunión solicitada por doña Sofía, que vivía a escasas dos cuadras. Por el rumbo en que atronaban los altoparlantes de una disco-móvil, adivinó que celebraban una fiesta en la cancha de básquet de la casa comunal mantenida por la misión alemana Miserere. Mala noche, pensó. Hasta la madrugada, aquellas letanías interminables del regatón resonarían dentro de su cuarto, y cuando el viento las alejara, siempre tendría en los oídos los golpes implacables de la batería electrónica.

Estacionó el Lada en el patio, bajo el cobertizo de palmas que servía de garaje, y se encaminó hacia la casa de doña Sofía cargando el cartapacio. A esa hora sin ningún tráfico podía ir por la media calle, dejando a uno y otro lado los pálidos fanales de los aparatos de televisión que se vislumbraban a través de las rejas de las ventanas, mientras cuidaba de que el tacón del zapato con la prótesis no se pegara en los huecos de los adoquines arrancados.

Doña Sofía sólo necesitaba cruzar la calle para asistir al culto porque el templo de la iglesia Agua Viva le quedaba enfrente. Era un exiguo cajón de cemento con ventanas ojivales en los costados y techo de zinc, coronado al frente por una torreta de madera rematada en aguja, un remedo de las iglesias del sur de Estados Unidos porque los misioneros fundadores venían de Alabama. Dos horas atrás todavía estaban los fieles batiendo palmas a Jesucristo al ritmo de una banda de hard rock, como le tocaba oírlo muchas veces, y los sermones del pastor salían al barrio por altoparlantes no menos poderosos que los de la disco-móvil del centro comunal.

El pastor gringo, enredado en las vicisitudes de su mal español, predicaba con voz de niño atemorizado, como si suplicara llorando, a la misma hora en que el inspector Morales comía en soledad su cena recalentada, y le encantaba extenderse sobre el castigo eterno que esperaba a la mujer adúltera:

¡Escuchen el fuego del averno que truena como un ventarrón! ¡Je-
hová fue muy bueno con ella, muy paciente, esperando su arrepen-
timiento! ¡Pero toda paciencia tiene su límite! ¡Así que Jehová, en
Su santa furia, lo alejó de este mundo en la flor de su belleza peca-
dora! ¡Una enfermedad terrible la devoró, llenándola de pústulas,
y vean dónde se halla ahora, la infeliz…!

No en balde doña Sofía la tenía agarrada contra la Fanny.

La puerta de la casa de doña Sofía se hallaba abierta, defendida por una reja de bartolina. El retrato de José Ernesto, el
hijo caído en El Dorado durante la insurrección de los barrios
orientales de Managua, colgaba en la pared del fondo, visible
desde la acera, una pálida ampliación hecha a partir de una
fotografía que dejaba ver las señas de la grapa con que había sido
pegada a un carnet escolar.

La casa había sido expropiada a un capitán de la Guardia
Nacional, y doña Sofía, como beneficiaria de la reforma urbana,
recibió una mitad, y la otra un talabartero viudo, desafecto al
sandinismo, que se negó siempre a participar en las reuniones
de los CDS y en las rondas de vigilancia revolucionaria, y más
bien acusaba de vagos sin oficio a los vecinos organizados que
se desvelaban haciendo posta en la cuadra. Era, sin embargo,
padre de otro combatiente caído en el barrio Riguero, cerca de
donde había caído José Ernesto. El Ministerio de la Vivienda se
había hecho cargo de levantar el muro que partía en dos la casa,
y que, sin revoque, enseñaba las piedras de cantera encadenadas
con mezcla.

Oyó que doña Sofía y la Fanny conversaban de manera
amena, según podía sacarse por el tono de las voces y el ensayo
de alguna carcajada, y como no lo habían sentido acercarse se
arrimó a la pared a un lado de la puerta, y así escuchó parte del
coloquio que versaba sobre el jabón de la sanación.

—Hay que enjabonarse sobre todo las partes pudendas
—estaba diciendo doña Sofía.

—¿Las partes qué? —preguntaba la Fanny.

—Bueno, las partes de una —contestaba doña Sofía.

—¿Y por qué? —preguntaba la Fanny—. Si yo no padezco de ningún malestar ni al orinar, ni con mi regla.

—Usted obedezca a la doctora —replicaba doña Sofía—,
y lo demás déjeselo al jabón, ya va a ver cómo se va a sentir del
cielo a la tierra.

—¿No puedo hablar yo con esa doctora, para que me
explique bien la receta del jabón?—preguntaba la Fanny.

—Vive ocupadísima —respondió doña Sofía.

El inspector Morales salió de la sombra e hizo repicar su
llavero entre las rejas. Doña Sofía vino a abrir, vestida con el
uniforme del Josephine.

—Pase adelante, compañero Artemio, que le tengo noticias
que van a ser de su agrado — dijo doña Sofía.

—¿Noticias de la doctora Aparecida? —dijo el inspector
Morales.

Doña Sofía le hizo señas apresuradas de que se callara.

—Déjese de misterios, va a que la saquen en la televisión
en vivo, y aquí me anda con pantomimas de que me calle —dijo
el inspector Morales.

—Vieras qué fina doña Sofía, amor —dijo la Fanny, mientras el inspector Morales traspasaba la puerta—, fue donde una
doctora a conseguirme este jabón que cura lo que vos querrás.

—Ya me contaste en tu carta —respondió el inspector
Morales—, mejor doblemos la hoja.

Fueron a juntarse a la Fanny que se había quedado sentada en una de las cuatro mecedoras de lámina metálica, cada una
pintada de un color diferente y bastante herrumbrosas, salvadas
del saqueo sufrido por la casa cuando la Guardia Nacional huyó
en desbandada. También eran pertenencias del capitán, un tapete de lana pendiente de dos clavos en la pared, con la figura
de un perro San Bernardo con su tonelito colgado del cuello, y
una bota de vino que decía *souvenir de España* en letras pirogra-
badas, igualmente colgada de la pared. Los adornos puestos por

doña Sofía eran el retrato de José Ernesto, un póster de la lejana Cruzada Nacional de Alfabetización, y una lámina de calendario enmarcada, que mostraba a Jesús junto a la samaritana sacando agua del pozo.

—Entonces, caimanes al estero —dijo el inspector Morales mientras se sentaba.

—Sí, doña Sofía, suelte prenda —dijo la Fanny, y empezó a recortarse las uñas de los pies con unas tijeritas que de pronto aparecieron en su mano.

—Primera cosa, ya tengo averiguado el paradero de Black Bull —dijo doña Sofía.

—¿Se metió por fin al aposento de Caupolicán en el segundo piso? —preguntó la Fanny, asombrada.

—Mucho más fácil que eso —dijo doña Fanny—, conocí al gerente del casino, y por él lo supe. Ya les cuento quién es.

—Eso es viejo para mí —la cortó el inspector Morales—. Se llama Manolo Lozano, hijo de Mike Lozano.

—¿No le interesa entonces que siga con mi informe? —respondió ofendida doña Sofía.

—No le haga caso a este hombre que sólo es groserías, continúe doña Sofía —dijo la Fanny.

Qué caballero más galante aquel gerente. Un niño, si se quiere, le calculaba 23 años, pero qué experimentado en todo lo mundano, qué fino su trato, y su soltura, la manera de vestirse, como en los figurines. Estatura mediana, nada de recio, nada de grosería en el semblante. Qué mano aquella tan delicada la que le extendió para saludarla, y qué sonrisa, encantada de conocerla, señora, Manolo Lozano es mi nombre, sé que acaba de ser incorporada al personal de esta casa, le doy la más cordial bienvenida. Si así la trataran a una en la Policía.

—Qué enamoradiza se ha vuelto doña Sofía con los implicados en los hechos —dijo el inspector Morales.

—Anoche se babeaba por Caupolicán, que hasta le vio estampa de novio que va a casarse, y ahora encuentra divino a ese chavalo culo cagado —dijo la Fanny.

—Respeten mis canas, jodido —dijo doña Sofía, de modo festivo.

—A ver, doña Sofía, deje a su galán y pase de una vez a Black Bull, que es lo que interesa —dijo el inspector Morales.

—Espérense que acabe con esta parte —dijo doña Sofía—. ¿Se acuerdan cuando entraban los comandantes a un lugar?

—Yo no, yo estaba muy niña para el tiempo de la revolución —dijo la Fanny.

El inspector Morales giró lentamente la cabeza para mirarla, y frunció el ceño, fingiendo un asombro desmedido ante aquella afirmación.

—Pues igualito entra ese muchacho —siguió doña Sofía—. Un revoloteo de guardaespaldas, y él que aparece, seguido de un guachimán que le lleva el cartapacio, y una secretaria que no se quita el celular del oído. Y no toca nunca una puerta, otro guachimán está listo para abrírsela.

—Miedo tiene su angelito para que lo cuiden tanto —dijo la Fanny.

—Y no hay sólo cosa de dulzura en su modo —dijo doña Sofía—. También le tiembla la quijada y se le pone verde el bozo cuando no le gusta alguna cosa.

—De verdad, ya deje en paz al Manolito catrín ése y vamos a Black Bull —dijo la Fanny, entregada a su operación de pedicure.

—A Black Bull lo tiene escondido Giggo —dijo doña Sofía con aire triunfante, mientras imprimía con el pie un lento movimiento de cuna a la mecedora.

Manolo Lozano se había acercado por detrás a Giggo, que jugaba en la mesa de black jack del salón VIP. Caupolicán, sentado a su lado, bebía despacito su whisky, reteniendo el hielo en la boca para masticarlo, mientras miraba al crupier repartir las cartas con toda solemnidad.

Giggo no se preocupó de volver la cabeza cuando sintió la mano en el hombro, pero sonrió, sabía de quién se trataba quizás por el perfume, o por lo fino de la mano. Esas personas así, de esos modos, como ese gordo Giggo, saben de contactos y de roces de mano. "¿Cómo anda de salud nuestro torito negro?", preguntó, y Giggo, siempre sin volver a ver: "cómo va a estar, encantado, buen zacate el de mi finca, buen pesebre, triste a veces porque todo encierro es duro, pero yo me esmero en divertirlo". "Eso ya lo sé, mi hermano, tan bonito que se divierten ustedes dos", dijo, sin quitarle la mano de encima, y, mirando a Caupolicán, dijo también: "unos días más, y el torito enamorado de la luna puede salir a comer su pasto afuera, hay que darle vacaciones, y de premio tendrá un par de vaquitas de paquete, cero kilómetros"; y a todo esto Giggo dijo: "no soy celoso", y si se rió fue con risa afligida, mientras Caupolicán revolvía el hielo de su vaso de whisky con el dedo, perdido en pensamientos, como si nada tuviera que ver en la plática.

—Pues yo no encuentro a Black Bull en esa foto —dijo la Fanny.

—El torito negro es Black Bull, niña, porque black es negro en inglés, y bull quiere decir toro —dijo doña Sofía, con suficiencia—. ¿Verdad, compañero Artemio?

—Tiene razón doña Sofía —dijo el inspector Morales.

—Lo decía por probarla —dijo la Fanny—, como que no supiera inglés yo, las operadoras tenemos que saber inglés.

—Así pongámosle —dijo doña Sofía.

—El torito negro, y Giggo, la vaca chichona, se divierten bonito —dijo la Fanny—. Eso de que se divierten bonito lo dijo su muchachito Lozano en español, no hay pierde.

—Eso a mí no me corresponde interpretarlo —dijo doña Sofía.

—No hay nada que interpretar, se refocilan en la misma cama —dijo la Fanny.

—Don Manolo Lozano no ha dicho "en la misma cama" —ripostó doña Sofía.

—Se sobrentiende, señora, se sobrentiende —dijo la Fanny, mientras terminaba de sacar un recorte perfecto de uña del dedo gordo, como una medialuna.

—¿Usted cree, doña Sofía, que Giggo tenga escondido a Black Bull en alguna finca? —terció el inspector Morales—. Es que hay de por medio una finca de café, después informo.

—Todo es lenguaje figurado —dijo doña Sofía—. Torito, finca, zacate, pesebre. De seguro lo tiene en su casa de Managua.

—Vean al gordo culón ése, contento con el querido metido en el aposento, a su más completa disposición —dijo la Fanny.

—Me parece que a esta señora se le está pasando la mano —dijo doña Sofía, en son de queja.

—Hay que saber más de las pláticas de Giggo—dijo el inspector Morales, y se retiró a hablar desde su celular con Auxilio Técnico para que pegaran los teléfonos de Giggo.

Como ya tenían el encargo de monitorear el tráfico de llamadas del Josephine, el oficial de turno le informó que respecto a ese punto de control no había nada hasta ahora. Se cuidaban.

—Espere —dijo el oficial—, perdone, aquí hay algo en las grabaciones de hoy, 11:33 a.m.: sujeto de sexo femenino que habla desde el casino con sujeto de sexo femenino con acento extranjero, pidiendo datos sobre un jabón milagroso. Suena como si fuera una clave.

—Saquen eso que es basura, no me lo pongan en el reporte escrito —dijo el inspector Morales, y al oficial le extrañó el enojo en su voz.

Apenas terminaba de hablar, entró otra llamada. Era el comisionado Selva. Pidió un informe breve de cómo iba todo, y oído el informe le comunicó que tendrían una entrevista con Chuck Norris para hablar del caso, en el lugar de siempre, siete de la mañana, mañana domingo. El lugar de siempre era una casa de seguridad de la DEA en la carretera vieja a León. Irían cada uno por su lado, pero puntualidad absoluta.

—Saludos a doña Sofía— dijo el comisionado Selva con falsa seriedad, antes de cortar, y el inspector Morales tarde pensó que debió haberle contestado: saludos al Hombre Araña.

—Doña Sofía, el comisionado Selva me pide presentarle sus respetos —dijo el inspector Morales al regresar a la rueda.

Le dio lástima al ver que ella se inflaba de orgullo gozoso. Aquel era un estímulo moral, de todos modos; con eso tendría cuerda para rato.

—¿No ha oído nada en el casino sobre la presunta muerta? —preguntó la Fanny, que ahora había abierto un frasquito de pintura de uñas y se aplicaba el pincel de la tapa, dedo por dedo.

—Nada, ni en lenguaje figurado —dijo doña Sofía—. Ese misterio sigue completo.

—Yo sí tengo noticias sobre Sheila Marenco —dijo el inspector Morales, y echó mano del cuaderno.

Apoyándose en sus notas las enteró en detalle acerca de la tensa reunión de la mañana con el comisionado Selva, de las averiguaciones de Lord Dixon en Rama, de la entrevista con la madre de Sheila Marenco, de las fotografías halladas en el CD, y de las informaciones aportadas por los hermanos Cassanova, para lo que se valió, además, de la copia mecanografiada de la declaración de Ray Charles que traía en el cartapacio.

Se quedaron en silencio, digiriendo todo aquello.

—La Sheila le entregó al asesino la novela con la tarjeta adentro, confiando en que iba a ayudarla llamando a alguien en el casino —dijo la Fanny—. Es una de las cosas que usted descubrió desde el principio, doña Sofía, mis felicitaciones.

—Nada tuvo eso que ver —dijo doña Sofía.

—Ideay —dijo la Fanny— una la defiende, y usted me deja colgada.

—Tenemos claro que la mató Black Bull —dijo doña Sofía—. ¿Qué auxilio le iba a pedir a su propio asesino?

—Entonces fue a otra persona a la que le entregó la novela, con la esperanza de que la ayudara —dijo la Fanny.

—¿A Caupolicán? —dijo doña Sofía—. ¿Para qué le iba a pasar escondido un número de teléfono que él mejor que nadie sabía de memoria?

—Y en esto se descarta también al visitante, que viene a ser el menos indicado para haber servido de intermediario —dijo el inspector Morales.

—Entonces, ¿para quién era la tarjeta? —preguntó la Fanny.

—Para nadie —dijo doña Sofía—. Ella la estaba usando para separar las páginas, y acordarse por donde iba leyendo.

—Bonita manera tiene usted de componerlo todo —dijo la Fanny—. ¿Y qué significa que el número del casino aparezca escrito a mano al otro lado de la tarjeta? No lo hizo ella por gusto.

—No significa nada —dijo doña Sofía—. Debió ser una tarjeta vieja, que al fin ya no le dio a algún cliente que por cualquier razón le había pedido el teléfono del casino.

—Pero por lo menos quedamos en que ella tenía el libro en la mano cuando la mataron, por eso es que se manchó —dijo la Fanny, que mantenía abierto el frasquito de pintura de uñas para olerlo.

—Quedemos por el momento en eso —dijo doña Sofía.

—Ahora no me va a negar que es de usted el mérito de haber adivinado que el yate no traía ningún cargamento de droga, sino a un visitante mafioso, doña Sofía —dijo la Fanny—. Y después adivinó también que el visitante no era el mismo Pinocho, sino otro que todavía no sabemos.

—Adivinar, no he adivinado nada, porque no soy adivina —dijo doña Sofía—. Yo lo que formulo son hipótesis.

—Muchas gracias, doña Sofía, cada vez que me hago de su lado, usted se da por ofendida —dijo la Fanny.

—Tape esa chochada, que el olor ya me tiene mareada —le dijo doña Sofía.

—Jesús, vaya pues —dijo la Fanny, y enroscó la tapa.

—Compañero Artemio —dijo doña Sofía, sin prestar más atención a la Fanny—, si me acuerdo bien, esa muchacha Sheila le dijo a su madre que iba para Panamá.

—Manera de disfrazar su viaje a Colombia —dijo el inspector Morales.

—Pero los dólares de la valija venían de un banco de Panamá, según los cintillos —dijo doña Sofía.

—El Pierce Bank —dijo el inspector Morales.

—Ya va doña Sofía otra vez con sus famosas hipótesis —dijo la Fanny.

—Entonces no le mintió a la mamá, fue a Panamá a sacar esa plata —dijo doña Sofía—. También compró en Panamá la valija, y el vestido de novia para la hermana, y después siguió para Colombia.

—Eso es, sacó los dólares de una cuenta de los narcos en la que ella tenía firma, o conocía la clave —dijo el inspector Morales.

—¿Le robó a los narcos, y por eso la mataron? —dijo la Fanny.

—¡Exactamente, compañera! —dijo doña Sofía, y el uso imprevisto de aquel término, tan sagrado en el viejo ritual revolucionario, sorprendió agradablemente a la Fanny.

—Y parece que aquí es donde entra Caupolicán en la película —dijo el inspector Morales.

—Porque si juntos salieron de Nicaragua, como ya sabemos, pues juntos se apearon en Panamá —dijo doña Sofía.

—¿Juntos, compañera? —preguntó la Fanny, alentada por la muestra de confianza política que había recibido.

—Juntos, compañerita —dijo doña Sofía—. Fue el propio Caupolicán el que hizo el embutido de los dólares en la valija. Para eso se necesita ciencia, y sólo Caupolicán conoce esa ciencia del escondite y el disimulo, no me a va desmentir en eso, compañero Artemio.

—Y después, siguieron los dos para Colombia con los dólares metidos en el forro de la valija, como si nada —dijo la Fanny.

—El único pegón está en que la valija no venía en el yate con su dueña —dijo doña Sofía—. Por lo menos no la bajaron del barco de Cassanova en Rama.

—Allí tenemos todavía un hueco del tamaño del cráter del volcán Masaya —dijo el inspector Morales.

—Imagínense, por haberse cogido esos reales la matan frente a Caupolicán en el yate, y él sin poder hacer nada —dijo la Fanny—. Tiene razón de andar tan triste, al fin y al cabo dormían empernados.

—Es natural —dijo doña Sofía—. ¿No se afligiría usted, compañero Artemio, si en frente suyo le pegaran un balazo a la compañerita aquí presente?

—¡Ay, doña Sofía!, qué ocurrencias más sin gracia las que tiene usted! —se quejó la Fanny.

—Eso de irse a meter a Colombia con cien mil dólares en efectivo, robados a los propios narcos, es una audacia que retrata a Caupolicán —dijo el inspector Morales.

—Lo que no me calza es que siendo tan fiera, pensara que no iban a darse cuenta —dijo doña Sofía.

—Vean lo fiera que fue, que es hoy y ni sospechan de él —dijo el inspector Morales.

—Se la jugó por su mujer, en todo caso, eso hay que reconocerlo —dijo la Fanny.

—Ya lo va dejando como si fuera chavalo de las novelas de la televisión —dijo doña Sofía.

—Pero está de por medio ese niño, que es de los dos —dijo la Fanny—, al menos reconozca que se la jugó por la criatura.

—¿No digo yo? —dijo doña Sofía—; sólo pónganle música con violines, y ya está.

—Es que por desalmado que sea, tuvo corazón para pensar en el beneficio de la criatura —dijo la Fanny.

—Qué clase de beneficio, puros dólares de la droga —dijo doña Sofía—. Volvía ella a Nicaragua con su plata en la valija, y enseguida huía con el hijo a Estados Unidos, a gozar de los frutos del vicio.

—Pobrecita, de todos modos —dijo la Fanny—. ¿Y cómo pudieron haberla descubierto tan rápido?

—Lo más seguro es que se dieron cuenta del robo cuando venían ya en el yate —dijo doña Sofía.

—¿Cómo va a ser eso de que se dieron cuenta ya en el yate? —dijo la Fanny—, ni que fueran sajurines.

—Les avisaron por medio de uno de esos chunches que se comunican por los satélites —dijo doña Sofía.

—Teléfono satelital —dijo el inspector Morales—. La pusieron en confesión, y no habló. Entonces, la ejecutaron.

—Y el amante no pudo meter ni las manos, qué horror —dijo la Fanny.

—"Amante" —se rió doña Sofía—, sigue hablando usted como en las telenovelas.

—¿Cómo iba él a meter las manos? —dijo el inspector Morales—. ¿Y hubiera querido hacer algo, además? Ya le había hecho un último favor, ayudarla con el dinero. No resultó, ni modo.

—En la cabeza de ese hombre todo es cálculo —dijo doña Sofía—. Para él, la contabilidad de ella estaba ya en rojo.

—Vean quién habla de telenovelas, óiganla qué bonita expresión ésa de la contabilidad en rojo —dijo la Fanny.

—¿Me está alabando o se está burlando? —dijo doña Sofía, de pronto sublevada.

—Ya mejor me callo —dijo la Fanny—. Iba a decir que dónde estará al fin ese cadáver que usted mandó que buscaran en la laguna, pero ni quiera Dios.

—Siguen buscándolo —dijo el inspector Morales.

—Pues en eso también me rectifico —dijo doña Sofía—. La mataron lejos de Nicaragua, y la echaron al agua, a medio mar.

Doña Sofía esperaba con cara de camorra cualquier alusión burlesca de la Fanny.

—Se la hartaron entonces los tiburones, pobrecita —dijo en cambio la Fanny—. Qué le costaba agarrar un avión y salir huyendo de Colombia antes de que la descubrieran.

—Me corto la otra pata si no la hicieron ir a Colombia sólo para que se viniera en el yate —dijo el inspector Morales—. A alguien de ellos se le ocurrió que así todo iba a aparecer menos sospechoso frente a una revisión de los guardacostas. El capo y ella, una pareja en gira de placer.

—Pudieron haber buscado una de allá —dijo la Fanny.

—¿Para qué? —dijo el inspector Morales—. Ella era nicaragüense, estaba legal aquí.

—Eso quiere decir que el visitante de este viaje era más importante que los anteriores —dijo la Fanny.

—Podría ser —dijo el inspector Morales—, mañana espero tenerlo identificado a través de la DEA.

—Y yo mañana sí que entro al dormitorio de Caupolicán con la ganzúa —dijo doña Sofía.

—¿Con qué necesidad? —dijo la Fanny asustada—. Si ya tenemos averiguado el paradero de Black Bull.

—Seguir detrás de Black Bull ya no es cosa mía, pero en ese aposento de Caupolicán qué cosas más interesantes no habrá —dijo doña Sofía.

—¿Tiene turno en domingo? —le preguntó el inspector Morales.

—Allí no respetan domingos —dijo doña Sofía.

—Tenga mucho cuidado —le dijo el inspector Morales—, quién quita y detrás de esa puerta le sale la mano pachona.

—No le tuve miedo a la Guardia de Somoza cuando andaba en la resistencia urbana… —se jactó doña Sofía.

—Una vez vi en la televisión una película de terror de esas viejas, donde salía una mano cortada que andaba sola sobre los cinco dedos, y se le iba al pescuezo a las víctimas, y las estrangulaba —dijo la Fanny.

—Ésta es una parecida, sólo que peluda —dijo el inspector Morales.

12. Domingo en la madriguera

Pocos minutos antes de las siete de la mañana el inspector Morales detuvo el Lada frente al portón mecánico de la casa de seguridad de la DEA. Para llegar hasta allí era necesario separarse de la carretera Sur, y tras bordear la laguna de Nejapa seguir por la carretera vieja a León, que llena de baches se abría rumbo a occidente, dejar atrás el tramo de moteles de parejas clandestinas venidos a menos, y meterse luego un centenar de metros por un camino de tierra.

Tras los pitazos del claxon el portón se deslizó aparatosamente sobre sus rieles, y el Lada, la palanca en primera, subió heroicamente la curva empedrada hasta la rotonda frente al portal, para ir a ponerse al lado de la Four Runner del comisionado Selva. En un sendero, a un costado, se divisaba escondido el Chevrolet Corvette de Chuck Norris, como si tuviera años de hallarse allí y la vegetación abundante hubiera terminado por cubrir su carrocería roja.

El abandono exterior de la casa, sin una sola mano de pintura reciente, la grama crecida y los matorrales que ahogaban el tronco de los árboles frutales, mangos, anonos, tamarindos, y la piscina cubierta de una nata de hojas, hacían parecer el lugar deshabitado, pero esa impresión resultaba contradicha por las dos ostentosas antenas parabólicas instaladas al lado mismo de la piscina.

Chuck Norris vino a abrir la puerta, y le extendió la mano sin decir palabra. Requeneto, los brazos velludos más largos de lo conveniente, su paso oscilante, y la barba rojiza desordenada, le daban el aspecto de gorila enano que tanto divertía a Lord Dixon. Era de los que todavía usaban aquellas corbatas con collar elástico, que ya traían hecho el nudo; y así, siempre de corbata, aunque fuera domingo, en mangas cortas, y de sandalias, cualquiera lo hubiera tomado por un profesor de química del Colegio Americano, uno de esos gringos que no hallan nada contradictorio entre la corbata de rayón y las sandalias de cuero crudo que dejaban ver los garfios de las uñas en los pies lechosos.

El inspector Morales lo siguió hasta la sala de reuniones. El silencio de Chuck Norris, más que muestra de descortesía, dejaba en evidencia una deformación profesional, porque buscaba siempre que le informaran, más que ofrecer información, y eso lo llevaba a no tomar nunca la iniciativa de hablar de primero.

Al momento en que se sentaban el comisionado Selva salió del baño de visitas, y fue a ocupar su sitio en la mesa frente al vaso de cartón lleno de café, que servido hacía ratos había dejado de humear. Todo revelaba que se había dado cita con Chuck Norris antes de la siete, para hablar los dos a solas.

—Ponte un café —dijo, por fin, Chuck Norris, dirigiendo al inspector Morales una amplia sonrisa que mostró sus dientes manchados de nicotina, herencia de sus tiempos de fumador empedernido. Ahora sobraban en la sala los carteles que prohibían fumar.

En una repisa había una cafetera eléctrica, cucharitas de plástico y sobres de Nutrasuit y Cremora, y al lado, adosado a la pared, un dispensador de aluminio con vasos de cartón. El inspector Morales se sirvió, y volvió a la mesa con el vaso que le quemaba la mano. Aquí el café era verdadero, no como la infame poción soluble que doña Sofía preparaba; pero como nada es perfecto, debía endulzarlo con Nutrasuit, que parecía más bien un polvo digestivo.

El comisionado Selva empezó a enterar al inspector Morales de lo tratado en la sesión previa, mientras Chuck Norris mantenía la vista ausente, como si nada tuviera que ver con lo que estaba oyendo.

De acuerdo al reporte de la DEA-Bogotá, el *Regina Maris* había zarpado al amanecer del sábado 22 de julio del puerto colombiano de Turbo, en la costa este del golfo de Urabá, una de las rutas clave para la salida de la droga procesada. Toda aquella zona del departamento de Antioquia se hallaba en disputa entre las guerrillas de las FARC y los paramilitares de las FAD, precisamente porque ambas querían el control del tráfico de los estupefacientes, y por tanto el cobro del peaje. El rol de zarpe establecía que el yate, con dos tripulantes y sin pasajeros, se

dirigía al puerto de Necocli, y de allí debía seguir a Puerto Barrios, al otro lado del golfo, donde nunca atracó. Ni los nombres
de los tripulantes ni el destino final tenían importancia porque
siempre resultaban falsos. Lo más seguro era que los pasajeros
llegaron por avión a Necocli, donde hay un aeropuerto habili-
tado, y allí embarcaron ilegalmente para salir a mar abierto,
dejando en tierra a los tripulantes.

—Dame los retratos hablados —dijo el comisionado Selva, y el inspector Morales abrió apresuradamente el cartapacio,
como si se sintiera en falta, y le entregó el fólder.

El comisionado Selva seleccionó el identikit del visitante,
devolvió los otros al inspector Morales, y se lo pasó a Chuck
Norris, al que siguieron hacia el cuarto Cero, que el inspector
Morales ya conocía. Era uno de los dormitorios de la casa, convertido en centro de comunicaciones, donde reinaba una computadora siempre encendida, armada de dos monitores.

Chuck Norris la llamaba "la tía Terencia", por vieja y pasada de moda, y trataba de disuadir siempre a sus visitantes de
que fuera ninguna maravilla, como lo eran de verdad las de las
estaciones de la DEA en Tijuana, Ciudad Juárez, Cali o Medellín.
Esta tía Terencia pertenecía a una generación lenta y melindro-
sa, a la que había que explicar con calma las cosas; en todo ob-
soleta, bastaba fijarse afuera en sus antenas parabólicas, cuando
ahora esas antenas eran del tamaño de un plato de comer.

Puso el retrato hablado en una bandeja que se perdió si-
lenciosamente en las entrañas de la tía Terencia, y de inmediato
apareció reproducido en la pantalla de uno de los monitores. Se
colocó unos anteojos de media luna sobre la nariz, escribió las
instrucciones en el teclado, y la tía Terencia empezó a rastrear
los archivos centrales de la DEA en Pentagon City. En el monitor
vecino iban surgiendo pequeñas fotografías hasta formar una
galería que llenó la pantalla por completo, y pocos segundos
después fueron desapareciendo una a una, hasta que una mano
invisible amplió la última que quedaba, lado a lado con el identikit en el otro monitor, y ofreció la filiación seleccionada.

—Esta es la que hace match —dijo Chuck Norris, acercándose a la pantalla para leer la filiación—: *Wellington Abadía Rodríguez Espino, alias El Mancebo. 34 años, sobrino de los hermanos Rodríguez Orejuela, fundadores del cártel de Cali. Jefe de Apoyo Logístico. Tres cargos de asesinato, cinco de extorsión, cuatro por lavado de dinero. Paradero desconocido por los últimos tres años.*

La tía Terencia fue preguntada acerca de Caupolicán, Giggo y Black Bull, los acompañantes del visitante. Caupolicán aparecía encartado por el caso del secuestro del avión de la Costeña, pero su historia era corta, no tomaba más que cuatro líneas. Ni Giggo, ni Black Bull tenían ni fotos ni registro de antecedentes en los archivos de la DEA.

—Vea qué hay de Mike Lozano —pidió el comisionado Selva.

Chuck Norris tecleó con habilidad de mecanógrafo de oficina de impuestos. No sabían nada de Mike Lozano en los registros de Pentagon City. Tampoco nada acerca de la Caribbean Fishing.

Tampoco habría nada, en ese caso, de Manolo Lozano, ni del casino Josephine, supuso el inspector Morales.

—Desde la caída de los hermanos Rodríguez Orejuela el cártel de Cali se cuida más —dijo Chuck Norris, mientras devolvía el identikit al inspector Morales.

Se extinguían en el cártel de Cali los narcos extravagantes, de aquellos incubados por el cártel de Medellín, que hacían peregrinaciones a Jerusalén y coleccionaban cuadros de Botero y momias egipcias, que comían con la mano en vajillas de porcelana antigua rematadas por las viejas familias cachacas venidas a menos, que eran dueños de harenes y zoológicos particulares donde se hacinaban hipopótamos enanos de Gambia, elefantes de Borneo y tigres de Bengala, y que vivían en castillos de Disney World rodeados de fosos rebosantes de caimanes. El folclore de los corridos, el ruido de las balaceras en plena calle, los retretes de oro macizo y la coronación de reinas de belleza, se lo dejaban ahora a los barones de los cárteles mexicanos. Y al tiempo que desaparecían de las letras de los vallenatos, se rodeaban de ejecutivos monógamos sin antecedentes penales, ejemplares padres de familia afiliados al Opus Dei, y miembros de los clubes de servicio, como era el caso de Mike Lozano.

—Antes de que llegaras estuvimos conversando sobre la hipótesis del plan de vacaciones de los capos —dijo el comisionado Selva—. La DEA cree que es una buena hipótesis.

Enfrente de Chuck Norris, el comisionado Selva hablaba de la DEA como de un poder temporal sagrado. Era como si aludiera al Vaticano en presencia de su nuncio apostólico.

—Y no sólo vienen por yate —dijo Chuck Norris, mientras echaba a andar la impresora silenciosa para darles copias de la foto y de la filiación de El Mancebo.

—La DEA piensa que usan también la vía aérea para traer visitantes —dijo el comisionado Selva—. Por ejemplo, el aterrizaje nocturno de la avioneta en plena carretera vieja a León, entre Izapa y Puerto Sandino, hace tres meses. La carretera está deshecha, pero en una sola noche repararon con maquinaria pesada el trecho que necesitaban.

—La avioneta se accidentó, pero ni rastro de los ocupantes —asintió Chuck Norris.

—Eso suena más bien a trasiego —dijo el inspector Morales.

—No se halló rastro de droga en la avioneta —dijo el comisionado Selva.

—El Ioscan dio positivo —dijo el inspector Morales.

—Bueno, igual que dio en el *Regina Maris*, que ya sabemos que no traía carga —dijo el comisionado Selva, con muestras de impaciencia.

—De todos modos, no creo que traigan visitantes en los aviones —insistió el inspector Morales.

No sabía de dónde le salía aquella repentina testarudez. Sería porque había dormido mal, o porque la primera parte de la sesión había transcurrido a sus espaldas. Hasta el café, tan alabado por él mismo, estaba empezando a saberle a calcetín remojado.

—Recuerda el avión de La Costeña —le dijo Chuck Norris, con toda cordialidad, mientras se llevaba la mano a la boca en el gesto de sostener un cigarrillo entre los dedos, para luego exhalar una bocanada fantasma. Su vicio ahora era virtual.

—Nada tiene que ver —dijo el inspector Morales—. Esa vez fue un secuestro debido a una emergencia para sacar a Pinocho, que había entrado por yate según piensa el mismo comisionado Selva aquí presente.

—Es lo mismo, sólo que con variantes —dijo Chuck Norris—. Nosotros cargábamos hace tiempo con esa incógnita, movimientos de medios de transporte desde Colombia, sin carga. Ahora todo calza.

—Medios acuáticos y aéreos —recalcó el comisionado Selva, mirando con reproche al inspector Morales.

—La agencia de viajes tiene un programa ambicioso, y cuida a su clientela —dijo Chuck Norris—. Tomando en cuenta los varios puntos y medios de transporte, y las frecuencias, estamos hablando de unos veinte visitantes por año.

—Distintos visitantes, o a veces los mismos —dijo el comisionado Selva—; algunos tendrán varios descansos por año porque necesitan enfriarse más.

—Divisas frescas para Nicaragua el narcoturismo—dijo Chuck Norris, y volvió a enseñar los dientes manchados de nicotina.

Aquel comentario terminó de sublevar al inspector Morales. Gringos de mierda. Si no fuera porque Estados Unidos era el gran consumidor de drogas, y la DEA estaba infiltrada por los cárteles, no existiría el narcotráfico, leyó en sus ojos el comisionado Selva, y le hizo una advertencia muda de que guardara silencio.

—Bueno, también hay que bromear, la vida no es sólo angustias —dijo Chuck Norris—. Me ha dicho el comisionado que tienes unas fotos de una finca de café.

El comisionado Selva hizo una señal de asentimiento. El inspector Morales sacó del cartapacio el disco y se lo entregó a Chuck Norris, que lo depositó en otra de las bandejas silenciosas de la tía Terencia. Fue examinando despacio las fotos en la pantalla, otra vez los anteojos de medialuna sobre la nariz, y se detuvo en una de ellas. Hizo varios acercamientos de detalle hacia el fondo, donde se veía el cafetal bajo los árboles añosos. Entre el follaje se adivinaba el trazado gris de una línea. Siguió ampliando el detalle. El comisionado Selva y el inspector Morales se habían aproximado a observar la imagen en el monitor.

—Un cable de transmisión eléctrica —dijo el comisionado Selva.

—No, un cable de canopy —dijo Chuck Norris, y arrimó la punta de un lápiz a la imagen—. Esto que se ve aquí es un arnés suspendido a medio camino, sin pasajero.

—Si localizamos el canopy, localizamos la finca —dijo el comisionado Selva—, no hay muchos de esos en este país.

—No le veo la importancia —dijo el inspector Morales.

—La tiene, tiene importancia —dijo Chuck Norris, y volvió a exhalar otra bocanada invisible—. Podemos estar en presencia del lugar donde los capos llegan a tomarse sus vacaciones.

—La DEA piensa que se trata de un único lugar, aislado y bien custodiado —dijo el comisionado Selva.

El inspector Morales miró con encono al comisionado Selva. La DEA, la DEA…

—Un ambiente de paz —dijo Chuck Norris—. Había pensado en una playa, pero ahora veo que escogieron el verde de la clorofila.

—Hay uno en Rivas, entre Brito y el Astillero —dijo el comisionado Selva—. Un lugar perfecto, playa y montaña.

A pesar de que aquellos dos seguían mostrándose tan ofensivamente de acuerdo, el inspector Morales descubrió que todo el rencor que sentía contra ellos se había vuelto de pronto contra su misma ineptitud. ¿Servía para aquel oficio alguien que, como él, no había sido capaz de reparar en algo tan evidente, que Caupolicán había llevado a pasear a Sheila y a su hijo al propio refugio de descanso de los narcos, mientras se ocupaba de los preparativos para recibir al siguiente huésped?

—Pero allí no hay cafetales, según entiendo —dijo Chuck Norris.

—Bueno, fácil averiguarlo con el Instituto de Turismo —dijo el comisionado Selva.

—Si es un lugar de máxima seguridad, no iba usarlo Caupolicán para un paseo familiar —dijo el inspector Morales, muy a pesar de la amarga reflexión en contrario que acababa de hacerse.

—Depende— dijo Chuck Norris—. La gente que rodea a los capos comete esa clase de deslices. Como los sirvientes que se deleitan en defecar en el excusado de los patrones.

El nuevo comentario volvió a sublevarlo. Sirvientes, patrones. Además, siempre le había parecido hipócrita y presuntuosa aquella palabra defecar. Su abuela Catalina, que había tenido un puesto de venta de chinelas y botas de hule en el mercado San Miguel, y apenas sabía hacer las cuentas, en lugar de cagar decía "dar el cuerpo".

—Desliz o no desliz, hay que hallar ese lugar —dijo el comisionado Selva.

Chuck Norris se llevó a los labios los dedos en los que sostenía el cigarrillo imaginario, y miró con aire socarrón al inspector Morales.

—¿Qué pasa, socio? ¿No se anima a buscarnos el dato de la ubicación de ese retiro bucólico? —dijo.

El inspector Morales no hizo más que alzarse de hombros, con manifiesto desdén.

—Vamos a tener ese dato tan pronto como sea posible, no se preocupe —se apresuró a decir el comisionado Selva, y se puso de pie, sin ocultar su disgusto.

El inspector Morales también se puso de pie. Que se disgustara. ¿Para qué le había dado acceso a Chuck Norris a las fotos del disco de Sheila? Era una gran pendejada. Los satélites de la DEA iban a empezar a registrar pulgada a pulgada los lugares donde hubiera instalaciones de canopy, y una vez identificada la finca tomarían centenares de fotos de la casa y sus alrededores, vehículos estacionados y en movimiento, guardias armados, gente que entraba y salía. De manera que pedirle a él que buscara la ubicación "de ese retiro bucólico" no era más que una burla solapada. De todos modos, iba a hacer lo suyo. Le bastaba regresar a la casa de Cristina y sacarle la información a la china del niño. Pero no iba a decirlo delante de Chuck Norris. No le daba la gana.

Y también, desde el principio, mientras el inspector Morales todavía no había llegado, el comisionado Selva, sin tener todavía la película completa, se había adelantado a hacer partícipe a Chuck Norris de las intimidades del plan de investigación. Le había regalado, sin más ni más, la hipótesis de los visitantes. Gracias a aquella otra solemne pendejada, de ahora en adelante todo empezaría a aparecer como resultado de las investigaciones de la DEA, que es lo que Chuck Norris siempre buscaba con su silencio matrero.

Y él, por su parte, negando lo que era obvio. Porque en el fondo estás defendiendo tu migaja, se dijo, mientras se dirigía a la salida. El asunto mismo del yate, aun el asesinato de Sheila Marenco, pasarían a ser nada más episodios de poca monta al estallar el escándalo de la gran agencia clandestina de turismo que se encargaba de las visitas de los capos colombianos, con todas sus ramificaciones en los círculos de poder del país. Provocaría ondas expansivas por semanas, y él no estaría en la foto, y a lo mejor ni el propio comisionado Selva alcanzaría en ella. ¿De qué servía entonces defender su migaja?

En un trabajo como aquel, las iniciativas personales dejaban de tener dueño cuando pasaban a manos de los superiores, y a veces sólo merecían la categoría de insumos, con lo que quedaban disueltas en el anonimato. Pero se consoló pensando que, de todos modos, una brasa encendida de ese tamaño era suficiente para quemar las manos de muchos, y acalambrar a los mandos superiores, empezando por el primer comisionado Canda, que se cagaría literalmente de miedo.

Se despidieron de Chuck Norris en la puerta, y caminaron en silencio hasta el estacionamiento. Ya dentro de su vehículo, el comisionado Selva bajó el vidrio, y lo llamó.

—Ya sé que estás pensando que les estoy regalando el caso —le dijo—. Sólo imaginate de qué tamaño es el muñeco, y decime si lo podemos cargar entre los dos.

—Capaz y nos hunde el peso, tiene razón —contestó el inspector Morales, con una leve sonrisa. Los dos se habían aplacado.

—Entonces, que lo carguen los gringos, aunque se lleven el mérito —dijo el comisionado Selva—. No es lo mismo la DEA puyando al primer comisionado para que descabece al muñeco, que lo haga yo.

—¿No le va a informar todavía del caso? —preguntó el inspector Morales.

—Anda muy ocupado con los quince años de su hijita —respondió el comisionado Selva.

El cardenal Obando y Bravo iba a oficiar a las siete de la noche de ese domingo una misa solemne de revestidos en la catedral de Managua, en acción de gracias por las quince primaveras de Glendilys María, la hija menor del comisionado Canda, que era viudo, y la Primera Dama estaría presente como madrina de honor. El inspector Morales había visto la mañana anterior la tarjeta de invitación en el escritorio del comisionado Selva, impresa en tinta rosada, una muñequita de porcelana junto a la tarjeta, vestida también de rosado. Tras la misa, habría una fiesta danzante en el hotel Intercontinental Metrocentro.

El inspector Morales, sentado ya en el asiento de conductor del Lada, se esforzaba en acomodar la prótesis, cuando Chuck Norris apareció en la puerta agitando unos sobres. Había olvidados darles copias de las fotos del corredor de la hacienda; iban aparte las ampliaciones que detallaban las instalaciones del canopy.

—¿Cuánto era el dinero encontrado en la valija? —preguntó, de paso.

—Cien mil dólares —dijo el comisionado Selva—. Es lo que entregué al mando superior.

—Pues acaban de enviarme un facsímile del escrito de consignación de la Fiscalía, y van a ser cincuenta mil —dijo Chuck Norris.

—Ojalá no se hayan robado el vestido de novia —dijo por lo bajo el inspector Morales.

El comisionado Selva, sombrío, arrancó sin decir palabra.

13. Aroma de vainilla

Iban a ser las nueve de la mañana de aquel domingo cuando el inspector Morales salió a la carretera vieja a León, dejando atrás el refugio de Chuck Norris. Una tribunada de lluvia se había puesto en el cielo hacia el oriente y avanzaba con segura lentitud oscureciendo el paisaje, como si apenas empezara a amanecer. Las luminarias se habían encendido, y las ráfagas de viento sacudían el ramaje de los malinches que asomaban tras los cercos. Había bajado la temperatura, y el frescor del viento que entraba por la ventanilla del Lada le golpeó la cara.

Como si el día siguiera retrocediendo, tras la penumbra no tardaron en imponerse las tinieblas de la noche cerrada. Una derrengada camioneta de acarreo llena de jaulas de gallinas ateridas venía a contramano, con los focos encendidos, y en la cabina vislumbró a un viejo huesudo, de lacio pelo ceniciento, que mientras conducía encorvado hablaba con entusiastas ademanes, tantos que soltaba el timón, a una muchachita de uniforme escolar sentada a su lado, seria y modosa, que lo escuchaba sin dejar de mirar hacia el parabrisas. Su nieta que lo acompañaba a entregar las gallinas, pensó. Pero, de pronto, el viejo sacó la mano para pedir vía, y dejó ir rauda la camioneta por el terraplén en descenso que llevaba al portón abierto en pampas del Motel Éxtasis. La cola de vehículos delante suyo no le permitía avanzar más que lentamente, y así pudo ver como la camioneta desaparecía tras la cortina de lona del garaje de uno de los cuartos del motel.

Ahora las gruesas gotas de lluvia caían sobre el techo del Lada, con ruido de granizo. El manubrio de la ventanilla se trabó, y el agua empezó a remojarlo mientras la corriente, que parecía haber salido de la nada, ganaba impetuosa la carretera y se desbordaba sobre el pavimento agujereado. Los limpiabrisas trabajaban demasiado despacio como para despejar el vidrio, y los surtidores de agua alzados por las llantas de los vehículos que pasaban en sentido contrario le bañaban la cara cada vez. Estorbado de ver, siguió manejando a paso de tortuga hasta el empalme de la carretera Sur, y fue a estacionarse bajo la cornisa de la estación Esso. La lluvia, que le había empapado las nalgas, le había ensopado también las partes nobles, como habría dicho su abuela Catalina.

Se quedó dentro del vehículo, al abrigo de la cornisa, y en medio de la lluvia se sintió melancólico. Era algo que le ocurría desde niño. La sensación desvalida, y a la vez dichosa, de hallarse solo, arrullado por el ruido sostenido del aguacero mientras el mundo se borraba, perdiendo sus contornos. En el descampado de la gasolinera, sellado con asfalto, extrañó el olor a tierra mojada. De repente, una lejana descarga de truenos anunció que la lluvia se alejaba, y el cielo cerrado se deshizo en nubarrones bajos que cruzaban veloces hacia el mar deshechos en hilachas. Entonces puso proa hacia la fábrica de queques que distaba de allí muy poco.

Cuando entró al callejón de grava el agua aún saltaba a borbotones por las bocas de los tragantes de las cunetas, y se descargaba de pronto desde las copas de los chilamates estremecidas con los golpes de viento, pero las tejas mojadas de las quintas resplandecían ya bajo el sol que empezaba a calentar el paisaje. Supo que Cristina se hallaba en la casa porque vio la furgoneta estacionada delante del BMW que seguía en el garaje.

Ella misma vino a abrirle, jadeante, vestida con una sudadera. En el televisor estaba puesto un casete de ejercicios aeróbicos Batuka, con música flamenca, y los sillones de la sala habían sido arrinconados para colocar una colchoneta. Al verlo aparecer así embebido, pero sin faltar en su mano el cartapacio, juzgó aquella una visita de urgencia relacionada con Sheila, y su rostro otra vez se llenó de inquietud.

—Nada, todavía nada —dijo el inspector Morales, adelantándose a serenarla—. Pero tengo que hablar con la muchacha del servicio.

—¿La Wendy? —preguntó ella.

En tiempos de la revolución, las niñas solían ser bautizadas con nombres de heroínas sandinistas, y aun con nombres de parajes y montañas donde se había librado la lucha guerrillera, Iyas, Yaosca. Zinica. Ahora les ponían nombres de personajes de telenovelas, Marisela, Estefanía, Marcela, o de marcas comerciales. Wendy era un personaje de Peter Pan, pero también una marca de hamburguesas. O raras combinaciones de sílabas que resultaban difíciles de escribir y pronunciar, Maydelyn, Johanndery, o Glendilys, como la quinceañera hija del comisionado Canda.

—La que cuida al niño —respondió el inspector Morales.

—De todas maneras no hay otra —dijo Cristina—. ¿Qué tiene que ver la Wendy?

—Sólo preciso de unos datos secundarios que tal vez ella me puede dar —respondió el inspector Morales.

—Dígame a mí, yo le pregunto —dijo Cristina.

—No es ese el procedimiento, lo siento mucho —dijo el inspector Morales—. Necesito hablar nada más con ella.

—¿A mí no me necesita? —preguntó Cristina.

—Después que hable con ella —respondió el inspector Morales.

Cristina se fue por el pasillo que llevaba a los cuartos y regresó con una toalla.

—Séquese —le dijo, como quien da una orden—. Ya viene la Wendy.

Y tras apagar el televisor, volvió a desaparecer.

El inspector Morales se secaba el pelo con enérgicas sacudidas, cuando llegó Wendy arrastrando el cochecito. El niño, que se hallaba ahora despierto, lo miraba fijamente, con curiosidad. Luego, manoteando con entusiasmo, le sonrió. Era un desastre para entenderse con los niños. No recordaba haber cargado a uno solo en su vida. Lo único que se le ocurrió fue arrodillarse al lado del cochecito, y acariciarle con porsimonia la cabeza.

—Nada más quiero que veás esto —le dijo a Wendy al ponerse de pie, y abriendo el cartapacio le alcanzó la foto donde ella aparecía en el corredor frente al cafetal.

La muchacha, con los ojos clavados en la foto, parecía sin embargo reacia a examinarla.

—No me digás que esa no sos vos —dijo el inspector Morales.

Ella apartó la vista de la foto, y siguió en silencio.

—Vamos, mamita, que no tenemos todo el día. ¿Dónde queda esa finca? —preguntó el inspector Morales con la voz falsamente cariñosa de un padre severo que ha decidido utilizar primero la persuasión.

—En el volcán Mombacho, es la finca Santa Eulalia —respondió Wendy por fin, como si se tragara las palabras, mientras devolvía la foto.

El inspector Morales sintió de pronto sobre su cabeza el revoloteo de la inspiración. Era como una paloma huidiza, y bastaba siempre con dejar que se acercara lo suficiente para cogerla aunque fuera de una sola ala. Lo importante era no permitirle escapar, así siguiera en su revoloteo.

La muchacha, nerviosa, empujaba el carrito hacia atrás y hacia delante porque el niño, que se sentía abandonado, había empezado a lloriquear.

—¿Por qué no llegaste a recoger la valija al hotel? —preguntó.

Ella no se mostró sorprendida ante la pregunta, pero no alzó los ojos.

—Porque los policías devolvieron al taxi en que yo iba cuando llegamos a la calle del hotel Lulú —respondió Wendy—. Dijeron que había un muerto.

—¿Quién te mandó a traer esa valija? —preguntó el inspector Morales, y supo que podía adivinar la respuesta. La paloma seguía en su mano, cogida por el ala.

—Doña Cristina —respondió Wendy, en el momento en que alzaba al niño porque, ahora sí, lloraba con desconsuelo.

La toalla, que el inspector Morales se había colocado en el cuello, olía fuertemente a detergente, aunque aquel olor no era capaz de disipar el otro, el olor a vainilla que llegaba desde la fábrica donde se horneaba algún queque, y llenaba la casa hasta embriagar sus narices.

—Ya te podés ir, muchas gracias —le dijo.

Wendy se llevó cargado al niño, que seguía llorando, y el inspector Morales puso la toalla húmeda sobre la manivela del cochecito. Después, como si se hallara en su casa, se decidió a restablecer el orden. Fue a retirar la colchoneta, que enrolló con diligencia, y repuso en su sitio los sillones antes de ir a sentarse en el sofá.

Abrió el cartapacio, sacó el cuaderno escolar, y en una página limpia se dedicó a trazar flechas que buscaban conectarse unas con otras sin encontrar su destino. Madre e hija habían mantenido comunicación por algún medio que no era el teléfono, después de la salida de Sheila del país, y la valija había sido tema de peso en esas conversaciones. Pero este era un día de no soltar la inspiración. Correo electrónico, estúpido, se dijo, con cólera impotente, y repintó con fuerza, hasta desgarrar el papel, una de las flechas perdidas.

Cristina salió al rato, recién bañada, el pelo húmedo, en shorts y blusa. Sonrió de manera discreta al ver que todo había vuelto a la normalidad en la sala por obra de su imprevisto visitante, y se sentó también en el sofá, las rodillas muy juntas, como seguramente le habrían enseñado en Nueva Orleáns las monjas ursulinas.

—No hay un solo paquete de cigarrillos en toda la casa —dijo Cristina y sonrió con impotencia.

—Yo se los puedo ir a comprar —dijo el inspector Morales, amagando con levantarse.

—No, qué locura —dijo Cristina, y lo detuvo acercando apenas la mano a su rodilla.

Era la rodilla de la prótesis. Sintió pasar el roce de aquella mano como un hálito, apenas una sombra furtiva que se disolvió en el silencio del domingo.

—¿Hay correo electrónico en la casa? —preguntó.

—La única computadora es la laptop de Sheila, y se la llevó en el viaje —respondió Cristina.

Ninguna computadora portátil había aparecido entre el botín recuperado a los pescadores de Raitipura. No resultaba raro, una computadora era fácil de vender en corto tiempo. O los narcos se habrían quedado con ella, para examinarle las tripas.

—Entonces usted tuvo que estar yendo a un cibercafé para comunicarse con su hija —dijo el inspector Morales.

No era fácil notar la palidez que emergía en el rostro de Cristina, apenas como si una tenue luz se apagara por debajo de su piel tan blanca. Había que buscar esa palidez en el bozo descolorido, en la boca de labios demudados que no articularon palabra.

—¿Se comunicó con ella en el cibercafé por correo electrónico, o fue de voz? —preguntó el inspector Morales, con amable firmeza.

—Por correo electrónico —dijo Cristina—. Era sobre el vestido de novia que nos escribimos varias veces.

—Usted estaba evadiendo un chequeo telefónico —dijo el inspector Morales—. Nadie esconde lo que habla si solamente se trata de un vestido de novia.

Ella sonrió, con algo de amargura, y se tocó las puntas del pelo húmedo, que, si hubiera sido aquel un domingo cualquiera, estaría ahora dedicada a secar con la pistola eléctrica tras la ducha que seguía a sus ejercicios matinales sobre la colchoneta.

—Era sobre el dinero que venía escondido en la valija que se comunicaban —dijo el inspector Morales.

—Sheila necesitaba ese dinero para irse del país con su hijo —dijo Cristina—. Tenía listos los boletos, las visas. Cuando volviera de ese viaje a Panamá, se iba para Baltimore, allí vive su padre, y él la iba a ayudar a instalarse.

—Entonces usted estaba clara que su misión en Panamá era retirar el dinero del Pierce Bank —dijo el inspector Morales.

—No retengo el nombre del banco, pero me dijo que había una cuenta del Josephine en la que ella tenía firma, y que iba a hacer un retiro —dijo Cristina.

—¿No le advirtió usted lo peligroso que era robarle a los narcos? —preguntó el inspector Morales.

—Yo no sabía que eran narcos —protestó Cristina—. Acuérdese que ayer hablamos de eso, ni siquiera sabía yo que eran colombianos.

No le advirtió entonces a su hija que iba a cometer un delito al robarle a sus empleadores, supuestamente honrados para usted, debió decirle. Pero él no era cura para dar sermones. Su ropa olía a sotana ahora que se oreaba, pero no era cura.

—Sheila le mandó correos desde Panamá, y después desde Colombia —dijo el inspector Morales, que no había cerrado el cuaderno escolar, y se apoyaba sobre el cartapacio para escribir.

—Solamente desde Panamá, nunca supe nada de ese viaje a Colombia —dijo Cristina—. Eso se lo puedo jurar.

—Mejor no jure —dijo el inspector Morales—. Vea todas las mentiras que me dijo la vez pasada, aquí las tengo apuntadas.

—Sólo escondí lo de la valija —dijo Cristina.

—Y que la valija traía cien mil dólares ocultos en el forro —dijo el inspector Morales.

—¿Tanto era? —dijo Cristina—. Ella nunca me dio ninguna cantidad concreta.

—Bueno, cincuenta mil —respondió el inspector Morales, acordándose que la Fiscalía iba a consignar al día siguiente sólo la mitad, y que el resto ya se lo habrían repartido—. ¿De qué modo le explicó Sheila que la valija tenía que ser recogida en el hotel Lulú?

—Debía llamar y preguntar por el pasajero del cuarto número 5, ese señor Cassanova, él me iba a explicar —dijo Cristina—. Varios días estuve llamando, pero él no aparecía. Hasta el viernes.

—Llamaba desde el cibercafé, no desde esta casa —dijo el inspector Morales—. ¿De quién tenía miedo, de la policía o de los narcos?

—En nada de eso de secretos me puse a pensar —dijo Cristina—. Fueron las instrucciones de Sheila, yo sólo obedecía lo que ella me ordenaba.

—¿Y qué le explicó Cassanova cuando apareció? —preguntó el inspector Morales.

—Sólo me dijo que me presentara en el hotel a la una de la tarde a retirar la encomienda —dijo Cristina—. Yo le di entonces el nombre de la Wendy, que iba llevar un papelito mío.

—Mandó a la empleada a recoger cien mil dólares en un taxi —dijo el inspector Morales.

Cincuenta mil, metete en la cabeza que son cincuenta mil, se dijo, ya los otros cincuenta mil pasaron a mejor vida. Y dibujó un gran número cincuenta en una hoja limpia del cuaderno.

—Sheila no quería que nadie me viera en el hotel —dijo Cristina—. La Wendy no despertaba sospechas. Pero la fatalidad fue que hubo un atraso.

—¿Qué atraso? —preguntó el inspector Morales.

—Tenía que hacer la entrega de un queque para un almuerzo de bodas de oro en Las Colinas, y no daba con la dirección —dijo Cristina—. Despaché a la Wendy en el taxi hasta cuando volví, pero ya no pudo ella pasar, ya estaba la policía.

—Despreció toda esa plata por lo que vale un queque —dijo el inspector Morales.

—Eso se me ocurrió hasta que estaba perdida en Las Colinas, y me di cuenta que el tiempo se me iba —dijo Cristina.

—Lo que todavía no entiendo es cómo llegó esa valija a manos de Cassanova —dijo el inspector Morales.

—Vino por avión, consignada a su nombre —respondió Cristina.

—A ver, barájemela despacio —dijo el inspector Morales, y sintió que esta vez la inspiración se había ido a revolotear lejos, y lo que estaba recibiendo era un regalo de sorpresa.

—Sheila la manifestó en Copa a nombre de ese señor Cassanova —dijo Cristina—. Él tenía el número de la guía para retirarla, y me dijo que hasta ese mismo viernes había podido cumplir el encargo.

Debajo del entramado de flechas sin punto de partida ni destino, anotó en el cuaderno escolar: *Valija llegó por avión, nunca viajó con occisa en yate, abrí mejor los ojos, o acogete al plan de retiro.*

—Usted sí que me puede dar lecciones en este oficio —dijo el inspector Morales—. Se cubre del chequeo telefónico, la valija llega por carga a nombre de un tercero, y no va personalmente a recogerla, sino que manda a la muchacha del servicio.

—No son cosas mías, hice nada más la voluntad de Sheila, ya se lo dije —dijo Cristina.

—De todas maneras se estaba metiendo usted en un juego delicado —dijo el inspector Morales en tono protector—. Esa valija ya costó una vida.

—Mientras no sea la vida de mi hija —dijo Cristina, alzando la cabeza con altanería, pero su voz se quebró en un leve falsete.

Cómo estaba de equivocada. Si una vida había costado la valija, era la de Sheila. A Cassanova no lo habían matado por eso, sino por poner en peligro a la red del cártel de Cali en Nicaragua.

Sacó del cartapacio el juego de fotografías del corredor de la hacienda, y se las fue pasando una a una. La tía Terencia había sacado las copias en un papel fotográfico brillante, de primera calidad, y el registro de los colores era perfecto.

—¡Qué horror, Dios mío, qué horror! —exclamó Cristina, devolviéndole las fotos, como si quemaran—. Ese hombre siempre en el camino de mi hija, y yo creyendo que ya lo había dejado. Y la Wendy, ¿cómo es posible que me haya traicionado así?

—No me mienta otra vez —dijo el inspector Morales, con acritud deliberada—. Está claro que el amante de su hija no sólo la sacaba a pasear los domingos con el niño, sino que visitaba esta casa, y que se quedaba a dormir aquí. Una familia feliz, incluida usted.

—¡Eso no es cierto! —protestó Cristina con un destello de indignación en los ojos—. ¿De dónde saca eso? ¡Primero muerta!

—Está bien, cálmese —dijo el inspector Morales, y metió las fotos en el cartapacio—. Ahora quisiera revisar el BMW, si no es molestia.

Cristina se levantó para ir a la cocina, donde guardaba las llaves del vehículo. Él se puso de pie, sin saber con claridad adónde lo llevaban sus pasos, y fue tras ella, furtivo, el cartapacio siempre en la mano. Sintió que la pierna con la prótesis se negaba a seguirlo, y tenía que forzarla.

Ella buscaba en la gaveta de un mueble cuando el inspector Morales entró, apartando la puerta voladiza. Dejó el cartapacio en el piso, y antes de abrazarla por detrás pareció medir con las manos el espacio que los separaba.

—Déjeme, qué se ha creído —dijo ella, y, sin volverse, trató de librarse de su abrazo con los codos. El olor a shampoo de manzanas de su pelo húmedo era casi medicinal. El de sus propias ropas oreadas, un olor a perro viejo.

La llevó contra la pared, y para cubrir el asalto no se le ocurrió otra cosa que abrir la refrigeradora. Ocultos detrás de la puerta, ella luchaba con sinceridad, ahora de frente, aporreándole el pecho con los puños, en el escaso espacio de maniobra que le dejaba su abrazo. De pronto ya no olía más a shampoo sino a mantequilla, a claras de huevo, y sintió como si las manos suaves, que de pronto le envolvían el cuello, estuvieran espolvoreadas de harina. El elástico de los shorts permitió que sus manos entraran con facilidad para apretar las nalgas que sintió erizarse bajo el tacto.

—Aquí no —suplicó Cristina—, ahora no.

No sabía si hacer caso de aquella súplica. Lo único que pensó es que, la próxima vez, le traería aquel vestido de novia para la boda de su segunda hija. Se lo merecía.

14. Tatuaje de escarapela

El inspector Morales almorzó tarde ese domingo en una fritanga del barrio el Edén, instalada en la acera de un cine que sólo pasaba películas pornográficas anunciadas en la marquesina de mejores tiempos con letras dispares, a veces una mayúscula a media palabra en el rótulo, o una letra ausente, o una letra colgando patas arriba. Ese día presentaban *La banana mecánica.* Los cines de barrio eran ahora templos evangélicos, o antros de pornografía visitados por una clientela subrepticia formada por choferes de buses y taxistas, conserjes, guardianes nocturnos, ancianos perláticos, y adolescentes en uniforme escolar, macilentos de tanto masturbarse al amparo de la oscuridad, sin que hubiera poder humano que los salvara de morir tísicos, según los augurios fatídicos de su abuela Catalina.

La clientela del cine era rala para la tanda de las tres, y la acera se hallaba despejada. Escogió a su gusto de las panas que ofrecía la fritanguera, conocida suya, y comió de pie, servido en una hoja de higuera de la que cogía los bocados con la mano, obligado a toser por el humo del fogón. Chancho colorado a punta de achiote, tajadas fritas de plátano maduro, queso también frito, y aún agregó una moronga, coronado el montón por

una ensalada de repollo picado, tomate y chile congo. Soñolien-
to por las tres cervezas con que acompañó el almuerzo, caminó
hasta su casa. Parecía mentira, pero bajo el sopor de las cervezas
era cuando mejor andaba, el paso aligerado y sin tropiezos, como
si la prótesis no existiera y la pierna le hubiera retoñado.

Ya en calzoncillos, y despojado de la prótesis, se sentó en
una de las mecedoras de mimbre de la sala, y se puso a hacer za-
pping con el control del televisor. Trescientos córdobas mensuales
por el servicio de cable, un desperdicio, o un consuelo. El cam-
peonato de golf por el trofeo Firestone en el Oaktree Country
Club de Atlanta, unas lagunas tan azules y unas colinas tan verdes
y tan bien rasuradas que parecían de mentira. Miles de cabezas
barridas por los reflectores en un concierto de Juanes que cantaba
al aire libre en Coral Gables *tengo la camisa negra hoy mi amor está
de luto* entre aullidos de mujeres que se quitaban los calzoncitos
bikini para lanzarlos al escenario. Los Pokémon: Metapod, Pica-
chu, Kakuna, y el deseo de aplastarlos con el pie. Una leona pa-
rida en una reserva de Masai Mara en Kenia, y la voz de marica
contento del presentador de Animal Planet que daba el biberón
a los cachorros. La Hora del Chef, tortas de cumpleaños fáciles
de preparar, huevos, mantequilla, harina. Se quedó en el Clan de
la Picardía de Televicentro Canal 2, y el acordeón de Carlos Me-
jía Godoy fue desvaneciéndose en sus oídos.

Debió haber tocado por accidente el botón que eliminaba
el sonido, porque cuando despertó se halló frente a la pantalla
muda. El primer comisionado Canda, en su uniforme de gala,
el quepis debajo del sobaco, salía por la puerta mayor de la catedral entre el relampagueo de los flashes llevando del brazo a
Glendilys María, frágil como un pollito entre las envolturas de
tul del vestido rosado que se arrastraba en vueltas espumosas por
el piso. Delante de ellos marchaba el cardenal Obando y Bravo,
apoyándose en su báculo y revestido con sus atuendos rojo escarlata, mientras dos monaguillos agitaban los incensarios, y
detrás iba la Primera Dama arrastrando su traje largo constelado
de chaquiras.

Repuso el volumen, y ahora el primer comisionado Canda, que insistía en no parpadear a pesar de los flashes, los ojos abiertos como los de un muñeco de ventrílocuo, daba unas breves declaraciones antes de subir a una carroza descubierta donde ya se hallaba instalada Glendilys María. Se puso el kepis tras acomodarse en la carroza, y fue cuando el inspector Morales reparó en que llevaba puestos guantes de cabritilla, con lo que debía estar cocinándose las manos.

Los caballos del tiro, rozagantes de bien comidos, iban acicalados con lazos de organdí rosado a manera de penachos, y el inspector Morales, que necesitaba de manera urgente otra cerveza, se preguntó de dónde habrían sacado la carroza descubierta. Sólo conocía las carrozas fúnebres de Granada que parecían vitrinas de botica antigua, tiradas por unos magros caballos con los lomos cubiertos por velos de tela de mosquitero. El único parentesco entre ambas, la carroza fúnebre y la carroza descubierta, era el cochero instalado en el pescante, fuete en mano, vestido con el mismo uniforme gris, más que holgado, de galones negros en las mangas, y el mismo quepis de visera de charol.

Sonó en eso el celular desde algún lugar del dormitorio. La última vez la Fanny le había instalado al aparato la musiquita navideña de Jingle Bells, que ahora repetía insistente sus acordes de trineo en marcha, y al fin lo halló en una de las bolsas del pantalón. El reloj de la pantalla del celular marcaba las seis y veinte. Era doña Sofía reportándose desde una cabina en la calle. Caupolicán había pasado el santo día encerrado en su cuarto, seguramente durmiendo, y se las había ingeniado para ser ella quien le llevara el desayuno ya cerca del mediodía. Ahora acababa de oír que a las siete tenía una reunión en la casa de Giggo, apenas se fuera aprovechaba y se metía.

Le pidió otra vez prudencia, pero por respuesta lo que hizo ella fue reírse. Su turno terminaba a las nueve de la noche, como a las diez iba a pasar contándole los resultados.

Pocos minutos después, entró otra llamada.

—Aquí estoy en el aeropuerto frente a la televisión, viendo el paseo triunfal en carroza de nuestro querido jefe —dijo Lord Dixon—. El locutor dice que mañana parte en viaje de recreo, pues le obsequia a la quinceañera una visita a Disney World.

—¿Te fijaste en lo gordos que están esos caballos? —dijo el inspector Morales.

—Gordos y nalgones, y por el moño coquetón que les pusieron, deben ser caballos de costumbres pervertidas —dijo Lord Dixon.

—¿Dónde vas a dormir? —preguntó el inspector Morales.

—En el Morales Hilton, como siempre —respondió Lord Dixon—. Pero antes quería saber si no perturbo sus placeres físicos.

Cuando le tocaba quedarse en Managua, Lord Dixon se alojaba en casa del inspector Morales, y dormía en una colchoneta tendida en el piso. Si es que llegaban a acostarse, pues casi siempre les daba el amanecer entregados a una plática desconcertada que se alzaba al punto de la controversia, aunque una controversia sin exaltaciones debido a la renuencia proverbial de Lord Dixon a elevar la voz, y todo terminaba resolviéndose en risas.

—Pasate comprando unas cervezas —dijo el inspector Morales.

—Apareció el cadáver de la mujer en la laguna —dijo Lord Dixon—. Nos avisaron los zopilotes.

La respuesta, tan ajena a la petición, le causó una sorpresa vacía. Entonces no la habían matado en alta mar, según había pasado a creer doña Sofía.

—Te felicito, ya salimos de eso —fue lo único que dijo.

—Felicite mejor a los zopilotes —dijo Lord Dixon.

Un rato después comenzó la fiesta de quince años en el hotel Intercontinental, y el primer comisionado Canda bailaba el valse *Fascinación* con Glendylis María, aplaudidos en primer plano por la voluminosa Primera Dama. El televisor volvió a quedarse sin volumen porque el inspector Morales pulsó el botón de mute cuando el salón se fue llenando de parejas, y el baile prosiguió entonces en vueltas fantasmas hasta que las imágenes de los danzantes fueron sustituidas por un reprise de los Simpson.

Lord Dixon llegó en un taxi, cargado de provisiones, y a los pitazos el inspector Morales salió a la acera para ayudarlo a bajar las bolsas, sin importar que se hallaba en calzoncillos, su pierna falsa a la vista. Además de tres six packs de cerveza había en las bolsas un pollo rostizado que destilaba grasa en su envoltorio, una bolsa gigante de papas fritas, una lata de sardinas, otra de carne del diablo, un vaso de encurtido y una marqueta de pan. La compra equivalía más o menos al valor de sus viáticos por hospedaje, que de todas maneras iba a cobrar.

Las cervezas estaban tibias, pero antes de meterlas en la refrigeradora el inspector Morales destapó una de las latas y bebió aprisa, chorreándose el cuello y el pecho desnudo. Desde el patio, donde había ido a orinar, Lord Dixon empezó a contarle sobre el hallazgo del cadáver. Había sido descubierto esa madrugada del domingo gracias a las bandadas de zopilotes que planeaban sobre la laguna para ir a congregarse en los manglares desiertos de la isla del Puerco, hasta donde había sido arrastrado por el reflujo al bajar la marea.

Traía consigo fotos Polaroid del cadáver. El inspector Morales las repasó al descuido, pero fue suficiente para identificar en aquel rostro, deformado por el avance implacable de la descomposición, los rasgos que conocía por las otras fotos que habían pasado por sus manos, sobre todo el firme trazo de las cejas pobladas, y el respingo de la nariz. Vestía jeans anaranjados y una blusa corta, sin mangas; llevaba el pelo recogido en una cola de caballo, y se hallaba descalza, las manos amarradas por detrás con una cuerda de nylon.

La lancha había hecho un viaje adicional a Bluefields para traer al médico forense, que trabajó la autopsia dentro del pequeño cuartel de policía del poblado de Laguna de Perlas, mientras las calles se llenaban de aquella pestilencia dulzona que hizo a todo el mundo cerrar sus puertas. Junto con las fotos y las plantillas de las huellas digitales, venía el dictamen de la autopsia.

El proyectil solitario, probablemente de una pistola .357 Mágnum, había penetrado el hueso frontal del cráneo, y tras desflorar la masa encefálica siguió su trayectoria de salida hacia el hueso occipital. Las marcas de pólvora del tatuaje de escarapela revelaban un disparo a muy corta distancia. El juez local de Laguna de Perlas había ordenado enterrar el cadáver en el sitio, debido al avanzado estado de descomposición, y el ataúd fue hecho allí mismo en Laguna, cuatro tablas apenas descortezadas a formón, claveteadas por un carpintero de ribera.

—También traigo el correspondiente recibo por el costo del ataúd —dijo Lord Dixon, que ahora despegaba una cajilla de cubitos de hielo del congelador de la refrigeradora, con ayuda de un cuchillo de cocina. Aquella manera de beber cerveza poniendo hielo en el vaso, por muy tibia que estuviera, repugnaba al inspector Morales.

Lord Dixon fue a sentarse en la colchoneta ya extendida. El inspector Morales se sentó frente a él, en el puro piso, las viandas colocadas en medio de los dos sobre una toalla de baño a manera de mantel.

La vajilla del inspector Morales era de lo más dispar que pueda pensarse. Había ido a la alacena de pino a sacar dos platos de china, uno estampado en azul, con motivos holandeses, y el otro con una orla de violetas diminutas. Lo mismo los vasos de vidrio. Lord Dixon bebía su cerveza con hielo en uno adornado con anillos de todos los colores, y él en otro con un logotipo de aniversario de la Policía.

El inspector Morales abrió la lata de sardinas, bañadas en salsa de tomate picante, y las distribuyó equitativamente en los dos platos. El pollo, siempre envuelto en su sudario de papel espermado, esperaba.

Entre bocados y sorbos de cerveza, Lord Dixon fue puesto al día. La primera visita del inspector Morales a la casa de la madre de Sheila Marenco, las fotos halladas en el CD, las confesiones de los hermanos Cassanova, la entrevista con Chuck Norris en su madriguera, la segunda visita a la casa de la madre de Sheila, salvo el episodio de la refrigeradora abierta, el fin del misterio de la valija. Y los hallazgos de doña Sofía en el Josephine. Había hilos que faltaban por trenzar, pero eran más numerosos ahora.

—Manifestó por avión la valija en Panamá, antes de seguir su viaje para Colombia —dijo Lord Dixon—. No era pendeja la joven dama.

—Doña Sofía piensa que sólo Caupolicán pudo haber hecho el embutido en la valija, y tiene razón —dijo el inspector Morales.

—Lógico, tenía que ser su cómplice necesariamente en eso —dijo Lord Dixon—. Pero si el plan de ella era huir de Nicaragua, también iba huyendo de él.

—Ella huía de él, y él ponía la cabeza por ella —dijo el inspector Morales—. ¿Será así esa historia? Nunca lo conocimos por sentimental.

—Hasta ahora no le han pedido cuentas por el robo —dijo Lord Dixon.

—Porque ha sido más astuto que ellos —dijo el inspector Morales.

—A ver cuánto le dura la astucia —dijo Lord Dixon.

—¿Qué clase de relación creés que hubo entre Stanley Cassanova y Sheila Marenco, como para que ella lo encargara de la valija? —preguntó el inspector Morales.

—Favores de juego, de seguro —dijo Lord Dixon—. Gestiones de ella para que le prestaran dinero los narcos para apostar, enredos de esos.

¿Llegaron periodistas? —preguntó el inspector Morales.

—¿Adónde? —dijo Lord Dixon.

—Pues a Laguna de Perlas, adónde va a ser —dijo el inspector Morales.

—Dos en la lancha con el médico forense, y al rato apareció otro bote con dos más, televisión y todo —dijo Lord

Dixon—. Me imagino que sólo porque no hay noticieros hoy domingo, no lo han sacado.

—Te voy a pedir un favor —dijo el inspector Morales—. Marca aquí en mi celular este número.

—¿Y a quién voy a llamar? —preguntó Lord Dixon.

—Preguntás por doña Cristina, y le informás de parte mía que apareció el cadáver de su hija.

—Con gusto —dijo Lord Dixon—, pero es una petición muy rara.

—No hay nada de raro —dijo el inspector Morales—; se trata de que ella no se dé cuenta por la televisión o por los periódicos de mañana —dijo el inspector Morales.

—Los periodistas no saben la filiación, no va a conocerse oficialmente hasta que se haga el match de las huellas digitales —dijo Lord Dixon.

—No hay cómo no la reconozca cuando la vea en las tomas —dijo el inspector Morales—, y más cuando mencionen el lugar donde la hallaron.

—Su intención me parece muy considerada —dijo Lord Dixon—; ¿pero por qué no la llama usted mismo?

—No sé, me da como lástima —dijo el inspector Morales.

—¿Qué edad tiene la interfecta? —preguntó Lord Dixon.

—¿Me estás haciendo interrogatorio? —dijo el inspector Morales.

—Al final de la segunda visita, usted le pidió a la testigo las llaves para inspeccionar el BMW de la occisa —dijo Lord Dixon.

—¿Y qué? —dijo el inspector Morales.

—¿Cuál fue el resultado de esa inspección? —preguntó Lord Dixon.

—Nada, no había nada importante en el carro —dijo el inspector Morales.

—No hubo inspección —dijo Lord Dixon—. No tiene caso seguir ocultándolo.

—Bueno, llamo yo, pero dejá de joder —dijo el inspector Morales.

—Implicarse en relaciones indebidas con los testigos en el curso de una investigación de un caso, está considerado una infracción de alta gravedad —dijo Lord Dixon.

—¿Me vas a hacer el favor o no? —dijo el inspector Morales.

—A ver el número —dijo Lord Dixon.

15. Una dama perfecta

Sentados otra vez en el suelo, la toalla de baño por mantel, el inspector Morales y Lord Dixon desayunaron en silencio esa mañana del lunes después de repasar los canales locales de la televisión. Las tomas del cadáver, expuesto sobre la arena en un claro del manglar bajo el sol que relumbraba en las aguas de la laguna, estaban en todos los noticieros de la mañana, y tras la rápida revisión, Lord Dixon había apagado el aparato desde la colchoneta, pulsando con desdén el comando.

Ellos mismos le habían sacado lustre a los zapatos, y vestían nítidamente de uniforme, listos para salir hacia la Plaza del Sol, en extraño contraste con el desorden de trastos sucios del ambiente doméstico donde todo olía a sobras de sardina y pollo frito.

La historia del lance detrás de la puerta de la refrigeradora había salido por fin a flote la noche anterior. Una vez que Lord Dixon cumpliera con el encargo de la llamada, el inspector Morales se había confesado con él de manera voluntaria, de modo que Cristina tenía un relieve material y parecía hallarse ahora sentada en el piso entre ellos, callada y llorosa, mientras hacían uso de los restos de la provisión de la noche, y comían carne del diablo untada sobre rodajas del pan de barra que olía a viejo dentro del empaque plástico. De la olla misma que hervía en el fuego, abollada y ennegrecida, Lord Dixon fue a servir en las tazas el agua para disolver el café soluble, endulzado al exceso.

El inspector Morales, tras vigilar de cerca la llamada, había hecho repetir a Lord Dixon las respuestas de Cristina. Casi nada. Como una máquina descompuesta había pronunciado la palabra "gracias" de manera estentórca a cada nuevo detalle que escuchaba, como hacen los sordos que se ven obligados a gritar, y cuando al final Lord Dixon le dijo que si quería realizar la exhumación para trasladar el cadáver a Managua estaba a sus órdenes en todo lo que pudiera ayudarla, también había respondido mecánicamente "gracias", en voz aún más alta.

Tampoco había preguntado en ningún momento por el inspector Morales, dónde estaba que no la llamaba personalmente. Y el inspector Morales pensó, con un sentimiento de derrota, que aquella era una página volteada en su vida. Si era por la investigación, no había ningún pretexto para regresar donde ella, y la idea misma de llamarla más tarde de ese día para darle el pésame le parecía ridícula. Y más ridículo le parecía el acto de seducción al renguear detrás de ella como un animal viejo e inválido de pelambre apelmazada, el olor de la lluvia oreándose en la pelambre junto con el olor de los años. En adelante sería mejor borrar aquel recuerdo y sustituirlo por otro en que ella se resistía y le cruzaba la cara con una bofetada, como en las películas en que Libertad Lamarque defendía su honra.

Doña Sofía no se había presentado la noche anterior, y el inspector Morales no lo recordó sino cuando iban por la pista de la Resistencia a bordo del Lada. Seguramente se había echado atrás en sus intenciones de entrar al cuarto de Caupolicán, y no tenía por tanto nada nuevo que informar; siempre le había parecido a él una operación demasiado peligrosa y de pocas oportunidades, frente a la que doña Sofía iba a terminar por aflojarse, y no la culpaba.

Cerca de la rotonda Santo Domingo se hallaron otra vez a los antimotines que bajaban de dos camiones recién estacionados en la playa asfaltada de la gasolinera Shell, al borde de la propia rotonda. Partidas de estudiantes universitarios, algunos armados con lanzamorteros de feria, de los que se habían hecho célebres durante la insurrección indígena de Monimbó en los finales de la dictadura, iban y venían gritando consignas y se extendían hasta la Plaza del Sol, y más allá hasta la rotonda Rubén Darío, en tanto un piquete de encapuchados, unos con pasamontañas y otros con sus propias camisas, había prendido fuego a un bus de la ruta 114 que ardía desde dentro, filmado por los camarógrafos. Los pasajeros, desalojados a la fuerza, contemplaban desde las aceras el incendio que iluminaba las ventanillas. En los brazos abiertos del tosco Cristo Rey de cemento alzado al centro de la rotonda sobre una bola que representaba el globo terrestre, colgaba una manta contra el alza de los pasajes y contra las cooperativas dueñas de los buses.

El tráfico comenzaba a embancarse y crecía el coro insistente de las bocinas. Los buses buscaban retroceder, y así le cerraban el paso al camión de bomberos que, impotente, dejaba oír de vez en cuando los bramidos sincopados de la sirena. Y cuando por fin el Lada logró trasponer el portón de la Plaza del Sol, sonaron las detonaciones de las bombas lacrimógenas y de los fusiles disparando otra vez balas de goma, respondidos por las descargas de los morteros de los estudiantes. En el estacionamiento bajo las acacias todo el mundo corría buscando huir de la nube de gases que se acercaba rasante desde la calle.

Entraron lagrimeando al edificio. La recepcionista vestida de policía tenía sobre el pupitre un pequeño radio de baterías sintonizado en la Nueva Radio Ya, partidaria acérrima de los estudiantes, que informaba desde el lugar de los hechos. Un morterazo había alcanzado en la cara a un policía de tráfico, y se lo estaban llevando en una ambulancia. Los disparos y las detonaciones de los morteros sonaban afuera, en la calle, y en la caja del radio.

La recepcionista alcanzó al inspector Morales antes de que comenzara su penosa tarea de subir las escaleras, para informarle que había un visitante que esperaba desde que se habían abierto las puertas. Quería hablar con alguien sobre el caso de Laguna de Perlas.

El visitante, que se hallaba sentado entre el público de esa mañana, como quien espera su turno con el dentista, vino hacia ellos para presentarse. Era el ingeniero Marcial Argüello, el marido divorciado de Sheila Marenco. Se trataba de un hombre menudo, de talante nervioso, de esos que al apenas pasar los treinta años comienzan a dejar el pelo en el peine, y su calvicie progresaba desde la frente hacia arriba. Llevaba un escapulario colgado de una simple tira de cuero al cuello, lo que dejaba ver en él a un católico militante, de aquellos que claman abriendo los brazos al rezar el Padre Nuestro en la misa.

Desde que iban subiendo el ingeniero Argüello se puso a contar, de manera apurada y sin que viniera al caso, chistes de esos que los curas acostumbran en los retiros espirituales para entrar en confianza con el rebaño. Su risa, que era como un gorjeo, sonaba cada tanto en el hueco de la escalera. Pero era obvio que más que una excentricidad, su intento de ser gracioso buscaba disfrazar su cortedad, y su congoja, y solamente lograba causar embarazo en los dos agentes que subían tras él, el inspector Morales a la zaga, lidiando con la prótesis.

Ya en la oficina, después que se había sentado en la silleta que el inspector Morales le ofreció, el ingeniero Argüello siguió en su charla extravagante, mientras imprimía un tembloroso baileteo a su canilla cruzada, pero de pronto se interrumpió.

—¿Es ella, verdad? —preguntó, tras parpadear, como deslumbrado.

Aquel parpadeo dejaba ver el susto que le causaba su propia pregunta, tanto así que el sobresalto lo llevó a ponerse de pie.

El inspector Morales, las nalgas apoyadas en la delantera del escritorio, de frente al ingeniero Argüello, asintió. Lord Dixon, que se había sentado en otra de las silletas, de cara al espaldar, con los brazos apoyados sobre el travesaño, asintió también.

—Yo pienso que la Sheila, pobrecita, cayó en esto porque fue Giggo el que la metió —dijo el ingeniero Argüello—. ¿Saben quién es Giggo?

El inspector Morales volvió a asentir, y el ingeniero Argüello se dejó ir como por un tobogán:

—Se hizo de mucho imperio sobre ella aprovechándose de que era una criatura, él fue el que le enseñó a fumar, no sólo cigarros corrientes, le enseñó a fumar marihuana, a aspirar polvo, eso lo descubrí ya casados, era Giggo el que le conseguía el polvo, una raya decían entre ellos, y si la enseñó a consumir cocaína, después la fue convenciendo de meterse en las redes del negocio, hoy que la vi en la televisión pensé al principio en muerte natural, todavía no dicen en la televisión que es ella, pero claro que ya sabía yo que era ella, cómo no iba a reconocerla, muerte natural como mi hermano, que murió muy jovencito de un aneurisma, estaba viendo una partida de boxeo en el Polideportivo España cuando cayó muerto y la gente lo vulgareaba creyendo que estaba borracho, nada de borracho, estaba muerto, pero el locutor viene de inmediato y dice que la mataron de un balazo en la cabeza, y vengo yo y me digo mientras la estoy viendo allí tendida en la arena: la matan en Laguna de Perlas, y dice el mismo locutor que lo más seguro es que ella venía en un yate que apareció abandonado en la misma laguna, no, en ese yate no andaba paseando, ese era un yate de la droga, así que mi suposición es que si alguien la mató, fue por andar metida en eso, hasta allí la llevó Giggo, se lo dije a doña Cristina, mi suegra, la llamé de inmediato por teléfono, si es por ella, mi suegra, mujer excelente, nunca hubiera habido divorcio, suegra, le dije, todo esto es culpa de Giggo, nunca tuvo composición ese hijo de la gran puta, con perdón de la palabra.

—¿El divorcio por qué vino? —preguntó Lord Dixon.

—¿Ustedes ya se dieron cuenta de lo que pasó en Miami? —preguntó el ingeniero Argüello.

—Tenemos una idea —dijo el inspector Morales.

Le había prohibido terminantemente ese viaje a Miami con Giggo, un hombre de hogar y religión no iba a estar conforme en que su esposa por la iglesia anduviera en paseos con un depravado, de todos modos se fue porque se había vuelto libertina sin hacerme caso en nada nunca más, pero no me hubiera ido a Miami tras ella si mi suegra no me suplica que buscara cómo salvar el matrimonio aunque no quedaba ya nada que salvar, en primer lugar no podíamos tener hijos, cuando después salió embarazada de otro me di cuenta que era yo el que no podía, qué se le va a hacer.

—Entonces llegó usted a Miami, tras los pasos de ella —dijo Lord Dixon.

—Fui a hospedarme al mismo hotel donde averigüé que estaban ellos, el Marriot de Dadeland, y ya desde que me subí en el avión en Managua oré a Dios que me librara de escándalo, pero la noche de mi llegada que empecé a buscarlos en todos los metederos del hotel para ver si los veía, entré al bar y los divisé a los dos sentados cerca de la tarima del pianista en compañía de una tercera persona, un hombre bien vestido que yo no conocía, me acerqué, saludé con toda educación y le pedí a la Sheila un minuto aparte. Giggo se puso entonces hecho un energúmeno, interponiéndose entre ella y yo, y me exigió que me retirara inmediatamente, con qué derecho, le reclamé, ella era mi esposa legítima, y qué es lo que pasaba, no quería él que la viera en aquel estado, perdida de droga, los ojos como de vidrio, ni me reconoció, y entonces el otro bien vestido que estaba sentado con ellos se paró a darme excusas.

—Mike Lozano —dijo Lord Dixon.

—Exactamente, Mike Lozano, así se me presentó, un perfecto caballero en su trato, me explicó que Giggo estaba borracho, que no hiciera caso, que por favor me retirara, y para que no hubiera más bochinche dije que sí, ya la gente de la seguridad del hotel se había acercado a ver qué pasaba, y muy nervioso y deprimido me fui a mi cuarto sin cenar ni nada, y a la mañana siguiente que la busqué para tener la conversación ya no estaba, se habían venido para Nicaragua en el vuelo de American que sale temprano.

—¿Usted ya conocía a Mike Lozano? —preguntó el inspector Morales.

—Primera vez en mi vida que lo veía —dijo el ingeniero Argüello—. Después supe que era gerente general de la Caribbean Fishing y que la Sheila estaba trabajando con él, y me dio mucho gusto, por tratarse de un perfecto caballero.

—Aunque también Giggo trabajara con él —dijo Lord Dixon—; era el abogado de la compañía.

—Malo eso, por supuesto, pero nada podía hacerse de todos modos —dijo el ingeniero Argüello—. Lejos o cerca que estuvieran él la dominaba, es como si tuviera un poder de hipnotismo sobre ella.

—¿Cuándo fue la separación entre ustedes dos? —preguntó el inspector Morales, de camino al sillón de su escritorio.

—Al volver de Miami ella se fue directo a la casa de mi suegra, y ya no volvió más conmigo, allí empezó la separación —dijo el ingeniero Argüello.

—¿Y no volvieron a pasarse palabra? —preguntó Lord Dixon.

—Doña Cristina me invitaba a almorzar buscando cómo arreglar el matrimonio —dijo el ingeniero Argüello—; yo llegaba puntual, pero la Sheila se levantaba de la mesa con cualquier pretexto, que tenía reunión con periodistas, que tenía cita en el salón de belleza. Cuando no hay amor, no hay amor.

—Se había vuelto una mujer muy ocupada —dijo el inspector Morales.

—Por ese lado me alegraba, que hubiera hallado un buen trabajo con un perfecto caballero como Mike Lozano —dijo el ingeniero Argüello.

El inspector Morales escribió en su cuaderno escolar la frase *ingenuo esférico: por donde se le vea*, después que el ingeniero Argüello se refirió por tercera vez a Mike Lozano como un perfecto caballero.

No podía, de todos modos, librarse de la simpatía que sentía por aquel hombre locuaz a fuerza de nerviosismo, que llevaba el escapulario sin trazas de hipocresía, que no tenía que jurarlo para creerle que jamás en su vida se había fumado un churro ni se había tirado una raya, y que a pesar del horror por los pecados del mundo que transpiraba en él, había pasado su rato en el vecindario del infierno, divisando aunque fuera de lejos las llamas.

—Cuéntenos lo que sabe de Giggo —dijo el inspector Morales.

El ingeniero Argüello se dispuso a contestar de manera tan complacida, que la sonrisa se demoró en dibujarse su rostro hasta animarlo por completo. Era un experto en Giggo. El desprecio que sentía por él lo había llevado a abrirle un expediente en su memoria, en la esperanza de que alguna vez sería su testigo de cargo. Esa oportunidad había llegado.

Nadie sabía de dónde venía aquel sobrenombre de Giggo, tal vez por gigoló, pero no era más que una suposición. Lo que era cierto es que se gozaba de considerarse una dama perfecta. Una dama de té canasta, de modales entre jocosos y pendencieros, divertida en el trato, tufosa y encumbrada, ingeniosa para herir y severa en sus sarcasmos, al punto que sus juicios lapidarios pasaban a ser verdaderas frases célebres en las tertulias. Perfecta en su gusto por las historias subterráneas que adornaba antes de repetirlas, exagerada en sus furias de celos, extravagante en sus caprichos y sus odios, célebres sus estrictas listas negras formadas por todos aquellos que no tenían alguna rama u hoja en los frondosos árboles genealógicos que se encargaba de elaborar y custodiar, y sobre los que ofrecía consulta oral y escrita, negando aquella sombra protectora con una piadosa risita a quienes, según su sentencia, no cabían debajo de ella.

El padre de Giggo era dueño de una ferretería en la calle Real de Granada, con fama de maniático, por ejemplo porque colocaba en la pared los serruchos por orden de tamaño, del mayor arriba al menor abajo, y si alguien llegaba en busca de comprar alguno, se negaba a venderlo para no deshacer la armonía del arreglo. En busca de corregir el carácter melindroso del hijo, decidió pasarlo a régimen de internado en el Colegio Centroamérica que abría sus predios frente al lago Cocibolca, donde ya estudiaba como alumno externo, en la confianza de que la permanente vecindad con los padres jesuitas daría fortaleza a su carácter. Ocurrió, sin embargo, lo contrario, y a los catorce años fue expulsado.

—¿Lo expulsaron por qué? —preguntó Lord Dixon.

—Actos contra natura en connivencia con otros internos de mayor edad —dijo el ingeniero Argüello triunfante, aunque bajando la voz.

El padre, enfurecido, fue a traerlo en el coche de caballos de la familia mientras un carretón cargaba atrás sus bártulos, y al no más bajarse en la acera de la casa, donde también funcionaba la ferretería, arrebató el látigo al cochero con las intenciones de azotarlo, pero se interpuso la madre, siempre de parte de Giggo, quien recibió en el rostro el primero y único latigazo de aquel castigo. Fue a terminar su bachillerato en el exilio del colegio salesiano de Masaya, donde no iban los aristócratas, a pesar de que el fundador de aquella orden era el propio San Juan Bosco, al que Giggo había sido encomendado. La madre, ya viuda, siguió abonando sus extravagancias.

—¿Extravagancias como cuáles? —preguntó el inspector Morales.

—No se agachaba a amarrarse los zapatos, tenía un criado para eso, y así aprovechaba para acariciarle la cabeza —dijo el ingeniero Argüello.

—Eso es más bien cochonería —dijo Lord Dixon.

—También le encantan las fiestas de disfraces —dijo el ingeniero Argüello, y bajó de nuevo la voz—. Una vez se vistió de odalisca, y la pobre señora tuvo que empeñar un anillo sofocante para pagar el disfraz, que llevaba un velo bordado con lentejuelas, y unos calzones largos, de seda transparente, también bordados. Pero lo más caro era la diadema de pedrería.

—El que nació para maricón del cielo le cae la vaselina —dijo Lord Dixon.

—Peor no hemos llegado a lo peor —dijo el ingeniero Argüello.

—Cuando le declaró a la madre que quería ser abogado, pero no abogado de aquí, sino de universidades europeas, otra vez la señora empeñó el alma y lo mandó a estudiar a la Universidad de Lovaina, pero siendo siempre sus gustos tan caros el giro mensual no daba para caviar del Volga ni para filetes a la Strogonoff, así que hacía excursiones periódicas de robo a los supermercados, y su temporada preferida para esas excursiones era el invierno porque le había cosido bolsas en todo el forro al abrigo holgado que usaba donde iba metiendo latas de foie gras, anchoas, trufas, bolas enteras de queso, alcachofas, chuletas de cordero, botellas de vino, todo lo que era deleite para su pico, ayúdenme a contar.

—Con dificultad sabemos de rice and beans, no le somos de mucha ayuda —dijo Lord Dixon.

—Sabemos de sardinas del Indio Azteca, y de carne del diablo, no te rebajés tanto —dijo el inspector Morales.

—Una vez, además del abrigo llevaba puesto un sombrero de fieltro, y como ya no alcanzaba nada más en las bolsas del forro del abrigo, se metió debajo del sombrero un filete de res, y a la hora en que hacía fila en la caja, llevando en la mano un mísero repollo que era lo único que pensaba pagar, como la calefacción estaba puesta al máximo, del sombrero empezó a chorrearle por la frente la sangre del filete, y cuando estuvo frente a la cajera, la mujer, espantada, pegó el grito, y él entonces se palpó, se vio las manos ensangrentadas, y no se le ocurrió otro recurso que poner cara de agonizante y dejarse caer al suelo, pero atento de agarrar el sombrero por las alas para que no se le volara. Llamaron a una ambulancia, y cuando llegaron los camilleros y quisieron quitarle el sombrero y el abrigo para ventilarlo, el hecho de que forcejeara con tanto encono para no dejarlos hacer lo denunció, y en lugar de la ambulancia lo metieron en una furgoneta de la policía, con toda la mercancía como cuerpo del delito.

—Un ladrón de película —dijo Lord Dixon.

—Y aún así, fue nada menos que miembro del cuerpo diplomático —dijo el ingeniero Argüello.

—¿Embajador adónde? —preguntó el inspector Morales.

—Embajador no, ministro consejero —dijo el ingeniero Argüello—. Su padrino, el doctor Lorenzo Guerrero, que ocupaba el puesto de canciller de Somoza, le dio el nombramiento, por gestión de la mamá. Y de Bélgica se fue a Francia, hasta que después vino a ocurrir el escándalo del Nilo.

Venía preparado. Se puso de pie y se sacó del bolsillo del pantalón un recorte del diario *La Prensa* del 18 de julio de 1977, lo desdobló, y leyó:

DIPLOMÁTICO NICA EN ESCÁNDALO DE PERVERTIDOS EN EGIPTO

De acuerdo a despachos cablegráficos combinados la policía de El Cairo entró sorpresivamente hace dos noches en el Queen Boat, un barco de esos que sirven de restaurantes y salones de baile y que se encuentran anclados de manera permanente en las riberas del río Nilo, y se llevó detenidos a los asistentes de una fiesta, todos varones extranjeros que departían con egipcios del mismo sexo señalados como prostitutos profesionales.

El tribunal del distrito de Qsar el Nil condenó a los involucrados a sufrir el castigo de "la falaka", que consiste en tres docenas de azotes con una vara en la planta de los pies, penalidad reservada a las personas culpables de injurias a la religión, tales como borrachos, homosexuales, chulos, travestís, y bailarinas de vientre. Entre los detenidos y posteriormente deportados, se encuentra un diplomático nicaragüense asignado a nuestra delegación en París, cuyo nombre nos reservamos por respeto a su honorable familia.

—Yo hubiera puesto su foto vestido de odalisca —dijo el inspector Morales, tomando en sus manos el recorte.

—Callaron el nombre por gestiones desesperadas de la mamá, que se valió de su amistad con los dueños del periódico —dijo el ingeniero Argüello.

A las pocas semanas Giggo estaba de vuelta, y en desagravio dio una fiesta financiada por la mamá, que llamó "fiesta de descalzos", en la terraza del hotel Balmoral, uno que estaba en la avenida Bolívar y que se cayó en el terremoto. La tarjeta decía que había que llegar sin zapatos.

—Esa señora era una alcahueta —dijo Lord Dixon.

—Una madre es una madre —respondió el ingeniero Argüello.

—¿Y cómo es que se hizo por fin abogado? —preguntó el inspector Morales.

—Trajo un título falsificado de la Universidad de Lovaina, y en la Corte Suprema de Justicia se lo inscribieron —dijo el ingeniero Argüello.

—Y a la mamá la dejó por fin en la calle, me imagino —dijo Lord Dixon.

—Cuando murió, a la señora sólo le quedaba una finca de café en el Mombacho, que se llama Santa Matilde, y se la heredó a él —dijo el ingeniero Argüello—. Matilde se llamaba la señora.

—¿Y todavía es dueño Giggo de esa finca? —preguntó el inspector Morales, recurriendo de prisa al cuaderno escolar.

—La fue cargando de hipotecas, y la perdió —dijo el ingeniero Argüello.

—¿Y ahora quién es el dueño? —preguntó el inspector Morales.

—Él mismo —dijo el ingeniero Argüello—. Cuando pasó a ser abogado de la Caribbean Fishing, cosa de hace pocos años, volvió a comprarla por razones sentimentales, según dijo.

—¿Una finca que tiene uno de esos cables donde pasean a los turistas por las copas de los árboles? —preguntó el inspector Morales, que ya anotaba.

—Tiene eso, un canopy, pero no está abierto al público, es sólo para diversión de sus amigos —dijo el ingeniero Argüello—. Ustedes saben, esa clase de amigos que él prefiere.

—No sabe las ganas que tengo de conocer esa finca —dijo el inspector Morales, y cerró el cuaderno.

—¿Tienen bien vigilado a Giggo? —preguntó el ingeniero Argüello.

El inspector Morales se sonrió apenas ante la impertinencia.

—Dentro de lo que nos permite la ley —respondió.

—Pues por si les sirve el dato, sé a qué horas sale a pasear con su perro por las calles de la residencial de Los Altos de Santo Domingo donde ahora vive —dijo el ingeniero Argüello.

—¿Tiene perro? —preguntó el inspector Morales.

—Un Pit Bull Terrier negro, que se llama Tamerlán —dijo el ingeniero Argüello—. Da miedo pero se queda en la apariencia, porque le faltaba un huevo por defecto de nacimiento.

—Un perro chiclán —dijo Lord Dixon.

Como el Profeta, iba a decir, pero se contuvo, y miró al inspector Morales.

El Profeta era chiclán, y no admitía bromas al respecto. Una vez en la casa de seguridad de León, Lord Dixon, en presencia suya, con ánimo de jugarreta, había leído en voz alta de un diccionario: "Chiclán, ciclán: el macho mamífero al que falta uno de los dos testículos", y el Profeta lo había llevado al comité de base para obligarlo a una autocrítica.

—Y si quieren más datos, Giggo está encargado de dirigir una fiesta hawaiana hoy en la noche en los jardines de la piscina del hotel de la Pirámide —dijo.

Aquella fiesta de beneficencia la patrocinaba la Primera Dama con motivo de las celebraciones de Santo Domingo de Guzmán. Hombres y mujeres debían ir vestidos con pareos amarrados a la cintura, y a todos les iban a entregar a la entrada collares de flores traídos de Miami en un avión refrigerado.

El ingeniero Argüello se puso de pie para despedirse.

—¿Usted va a ir? —le preguntó el inspector Morales.

—Estaba invitado, pero tengo que guardar luto —respondió, de pronto compungido.

16. Una monja sin hábito

El comisionado Selva los esperaba a las diez de la mañana en su despacho, y cuando entraron lo hallaron asomado con curiosidad a una de las ventanas que daban a los predios de la catedral metropolitana, la secretaria y el ordenanza asomados a la otra. Les hizo señas de que se acercaran, y fueron a asomarse también.

Aquellos predios extendidos al norte de la rotonda Rubén Darío estaban sembrados de hileras de palmeras reales transportadas ya adultas desde Miami, y creaban la apariencia de un extenso oasis. Un sendero de grava se abría entre sus troncos hasta la puerta mayor de la catedral, que con su torre desnuda en forma de minarete y sus múltiples cúpulas en forma de tetas parecía una mezquita en medio del oasis. Había sido donada por Glenn Müller, el magnate mundial de las pizzas Dominó.

En el atrio había un forcejeo. Unos hombres vestidos de túnicas de manta cruda, con los pies descalzos, intentaban penetrar por la puerta mayor, pero un grupo de monjas sacristanas les cortaba el paso. Las monjas revoloteaban alrededor de los intrusos buscando detenerlos, y el que iba a la cabeza alzaba el brazo, en señal de bendecir a las guardianas.

—Se ve más gordo —dijo el comisionado Selva.

—Tenía tiempos de no aparecer —dijo el ordenanza.

—Es Jesús de los pobres con sus discípulos —informó la secretaria a los recién llegados.

Jesús de los pobres había sido un vendedor de cohetes y otros abalorios de pólvora en el Mercado Oriental de Managua, que un mediodía, en plenas horas de comercio, se sintió transfigurado y echó a andar por los callejones y vericuetos predicando que era el Nazareno y llamando al arrepentimiento, con lo que dejó abandonada su trucha, y así le robaron la mercancía. Se dejó crecer las crenchas del pelo y lo mismo la barba, que no resultó generosa, se enfundó en una bata de manta, y se quedó descalzo, sin importarle si metía los pies en los charcos y corrientes de aguas negras, comunes en los dominios del mercado. Consiguió discípulos entre los carretoneros, estibadores y mozos de cordel, que igual se vistieron de cotones de manta, y seguido por aquel cortejo salió de los límites del mercado para andar por los barrios, sin faltar quien los proveyera de comida, y daba sus sermones en los atrios, pues siempre le negaban el acceso a las iglesias. En efecto, se notaba más gordo después de una larga ausencia, y la barriga se repintaba bajo la bata, que por eso mismo parecía más corta.

Jesús de los pobres y sus discípulos habían perdido la batalla frente a las monjas, y se batían en retirada por el camino de grava cercado por las palmeras. La secretaria y el ordenanza salieron de la oficina.

—Y usted, ¿qué hace aquí en Managua? —preguntó el comisionado Selva a Lord Dixon, mientras volvía a su escritorio.

—Reportándome, conforme sus instrucciones —respondió, al tiempo que se cuadraba.

—¡Puta, qué cabeza la mía! —dijo el comisionado Selva—. Lo que pasa es que desde el sábado que hablamos, ya todo se hizo antiguo. El cadáver de la muchacha esa ya apareció hasta en el periódico.

—Le traigo el informe completo —dijo Lord Dixon, y le entregó la bolsa.

El comisionado Selva recibió la bolsa, la puso en el escritorio, sin amago de abrirla, y fue a sentarse al sofá, hasta donde lo siguieron.

El inspector Morales, acudiendo a las notas de su cuaderno escolar, puso al tanto al comisionado Selva de los hallazgos de doña Sofía el sábado en el Josephine, de su segunda visita a la casa de Sheila Marenco, y de la reciente entrevista con el ingeniero Argüello. Entre otras cosas, la finca estaba localizada, y se sabía que Giggo era su dueño.

El comisionado Selva no hizo comentarios, y en cambio se dirigió a Lord Dixon.

—¿Ya te contó Artemio la plática de ayer con el capo de la DEA? —le preguntó.

Era uno de los raros momentos en que el comisionado Selva recurría a los viejos seudónimos de la guerrilla, como si sus estados de impotencia, cuando la insatisfacción se convertía en pesadumbre, arrastraran desde el fondo del olvido aquel trato clandestino. Entonces los seudónimos reaparecían como muñecos a los que había que dar cuerda para que pudieran andar, desconcertados y torpes, por un paisaje que les era desconocido.

Artemio. Para el inspector Morales su seudónimo pasado de moda había venido quedando relegado a la terquedad de doña Sofía, mientras a él le costaba recordar el del comisionado Selva. Mauricio. El de Lord Dixon había sido Asdrúbal, lo más lejos posible de un nombre costeño.

—Ahora que ya tenemos la ubicación exacta de la finca, se puede hacer un plan operativo —dijo el inspector Morales.

—Ya me había dado desde anoche esa ubicación tu Chuck Norris, en la fiesta de los quince años —dijo el comisionado Selva, y fue al escritorio a sacar de una gaveta una bolsa con un juego de fotos de satélite.

—No me diga que Chuck Norris fue a la fiesta —dijo el inspector Morales, recibiendo las fotos.

—Para ponerse smoking tuvo que quitarse las sandalias —dijo el comisionado Selva.

Una foto panorámica enseñaba el perímetro montañoso de la finca en la falda occidental del volcán Mombacho, visible el camino de tierra que serpenteaba en ascenso desde el tramo de carretera asfaltada entre Nandaime y Granada, y visible también el recorrido del cable del canopy marcado con un trazo rojo. Las otras fotos, tal como el inspector Morales lo había previsto, mostraban acercamientos de la casa de corredores rodeada por los cafetales, los patios de secar café, una bodega, y los vehículos estacionados frente a la casa, cuatro en total, que en una siguiente aproximación era posible identificar, dos camionetas Cherokee, un jeep Mercedes Benz, y una pick-up Toyota. En otra, varios círculos marcados también en rojo señalaban a las personas que vigilaban los alrededores de la casa armadas con fusiles automáticos y escopetas, trece en total.

—Ahora sí tenemos a Giggo en la mira —dijo el inspector Morales—; ya ve que la finca es de él.

—Ya lo sabía la gente de la inteligencia en Granada —dijo el comisionado Selva—; estuve anoche mismo para armar la coordinación operativa de vigilancia del lugar con el comisionado Baquedano.

—Se tuvo que salir de la fiesta —dijo el inspector Morales.

—Cumplí con hacer acto de presencia, y a las nueve estaba en Granada —dijo el comisionado Selva.

El inspector Morales sentía que cada vez sobraba más, como si lo empujaran fuera del cuadro. La sensación de sentirse inútil, era peor que la soledad.

—Antes que se me olvide, los Cassanova no fueron al entierro —dijo el comisionado Selva—, mandaron el cadáver a Bluefields por avión ayer domingo.

—Estarán pensando en viajar hoy —dijo Lord Dixon.

—Nada de eso, se borraron del mapa —dijo el comisionado Selva—; el hotel Lulú está cerrado a piedra y lodo.

—Es lógico, se fueron del país —dijo Lord Dixon—, no van a quedarse a esperar a que los narcos les pasen la cuenta.

El inspector Morales sintió una ligera punzada de remordimiento. Había lanzado a los hermanos Cassanova a la calle, sin ninguna protección, sobre todo Ray Charles. Se habrían ido del país, y no podía culparlos. Aunque desaparecido Ray Charles, su declaración policial no valía nada ya que no podía ser confirmada delante de un juez.

—Entonces, Baquedano va a tomarse la finca —dijo el inspector Morales.

—La gente de Baquedano en Granada no puede hacer eso sola —dijo el comisionado Selva—; bien sabés que para eso necesitamos a las tropas especiales.

—Perdone mi ignorancia —dijo el inspector Morales, y la irritación le subió a la garganta como una buchada de acidez.

—Sabemos que hasta ahora nadie ha entrado ni salido de esa finca —dijo el comisionado Selva—. Baquedano tiene que presentarme un informe cada media hora, salvo novedad.

—En este patio de asolear café puede aterrizar un helicóptero —dijo Lord Dixon, que examinaba las fotos del satélite.

—Tenemos vigilado el espacio aéreo —respondió el comisionado Selva—. No ha habido ningún vuelo en las cercanías.

Lord Dixon también sentía que sobraba. Cuando el comisionado Selva hablaba en plural y decía sabemos, tenemos, hacemos, no los incluía a ellos dos.

—Todo eso quiere decir que el nuevo visitante, El Mancebo, se halla metido dentro de la casa —dijo Lord Dixon.

—Que en las últimas horas nadie haya entrado ni salido, no nos demuestra que el Mancebo esté adentro —dijo el comisionado Selva.

—No andará comprando artesanías en el mercado Roberto Huembes —dijo el inspector Morales.

—La única manera de saberlo es tomándose la finca —dijo Lord Dixon.

—Imagínense un operativo de semejante tamaño, y que después no hallemos a nadie —respondió el comisionado Selva.

—Toda esa guardia de hombres con armas indica que está adentro —dijo Lord Dixon, volviendo a las fotos.

—Hay que seguir vigilando —dijo el comisionado Selva—; si Giggo, que según la policía de Granada es el dueño de la finca, aparece por allí, ya sería un indicio.

El inspector Morales tragó otra buchada ácida. Según la policía de Granada. Ahora sí estaba siendo borrado por completo del cuadro.

Pero Lord Dixon se dio cuenta de que no eran sólo ellos los que sobraban, sino también el propio comisionado Selva, que de tan impotente que se sentía se atrincheraba en la inmovilidad.

—En lugar de esperar que Giggo llegue de visita, hay que caerle a su casa aquí en Managua —dijo el inspector Morales.

—¿Y si no hallamos nada tampoco allí? —dijo el comisionado Selva.

—¿Cómo si no hallamos nada? —respondió el inspector Morales—. Giggo tiene metidas las manos en la masa, es el abogado de los narcos, le da la bienvenida a los capos visitantes, es el dueño de la finca… según la policía de Granada.

—No es tan fácil, no tiene antecedentes, ya oíste ayer a la DEA, ni él, ni Mike Lozano —dijo el comisionado Selva, sin reparar en el deje irónico que el inspector Morales había puesto al final de la frase—; no me van a dar así no más una orden de allanamiento.

—Tiene hospedado a Black Bull en su propio dormitorio —dijo Lord Dixon.

—Eso no es más que una presunción —dijo el comisionado Selva.

—Probemos —dijo el inspector Morales.

—Como no sos vos el que se va a hacer cargo del escándalo —dijo el comisionado Selva.

—¿Cuál escándalo? —preguntó el inspector Morales.

—¿Qué no sabés quién es ese Giggo? —dijo el comisionado Selva.

—Un cochón de mierda, que le hace los mandados a los capos de la droga, y se los cobra a precios de oro —dijo el inspector Morales.

—Te metés allí, y tocás un avispero, tocás a la oligarquía —dijo el comisionado Selva.

—Nos quedamos impotentes —dijo el inspector Morales—. Impotentes quiere decir que nos quedamos sin huevos.

—Estás ofuscado, y por eso no ves bien las cosas, eso es lo que pasa —dijo el comisionado Selva, y se quedó mirando las manos asentadas en las rodillas.

—No lo dejan, seamos sinceros —dijo el inspector Morales—. Usted me dijo ayer que este era un muerto muy pesado, y ya veo que no ha hallado quién ayude a cargarlo.

—Cerrá la puerta —le pidió el comisionado Selva a Lord Dixon.

Lord Dixon obedeció a paso rápido, como si por fin encontrara algo útil que hacer que justificara su presencia en aquella oficina. La puerta, mal cerrada al salir la secretaria y el ordenanza, había vuelto a abrirse al empuje del viento.

—¿Ya saben arriba de qué se trata todo esto, que no es solamente asunto de un yate abandonado donde mataron a una mujer? —dijo el inspector Morales.

—Le di un informe verbal anoche al primer comisionado en la fiesta —dijo el comisionado Selva.

—Que ahora anda en Disney World visitando al Ratón Mickey —dijo el inspector Morales.

—Me pidió que esperara a su regreso —dijo el comisionado Selva.

—¿Qué esperara hasta su regreso para entrar en la finca? —preguntó Lord Dixon.

—Para tomar cualquier medida —respondió el comisionado Selva.

—¿Y le va a hacer caso? —dijo el inspector Morales.

—Vaya a hablar con la Monja —dijo Lord Dixon.

La Monja era la comisionada Violeta María Barquero, segunda jefa de la Policía Nacional. Había hecho los primeros votos con las Hermanas Franciscanas de los Sagrados Corazones, y mientras servía como maestra en la escuela de párvulos Fe y Alegría del Open Dos, el inmenso barrio al occidente de Managua nacido como un campamento de refugiados del terremoto de 1972, y que al triunfo de la revolución se llamó Ciudad Sandino, empezó a colaborar con las células sandinistas, primero como correo, y luego transportando armas, valiéndose de la impunidad que le daba su inocente hábito gris de falda a la rodilla, por todo tocado un pañuelo de fajina de la misma tela.

Por fin dejó el hábito para pasar a la clandestinidad, y de allí a las barricadas, la cruz pectoral de madera pendiente de un cordón de zapatos escondida bajo la camisa verde olivo.

Recaló en la policía metida en el mismo torbellino arbitrario que había arrastrado hasta sus filas a otros guerrilleros, y su primera asignación de mando fue como jefa de la cárcel Modelo de Tipitapa, donde tuvo que lidiar con los guardias somocistas presos, centenares de ellos hacinados en las crujías donde ya sobraban los delincuentes comunes. En aquellos primeros tiempos en que las mujeres policías no dejaban de maquillarse, trazos gruesos de lápiz en las cejas, y bocas y mejillas a veces demasiado encendidas, como una manera de defenderse del rigor masculino del uniforme, en ella las marcas de su procedencia se hacían patentes en el rostro sin afeites y en el cabello cortado a navaja por encima de las orejas, lo mismo que en su amable intransigencia, dueña de su autoridad escolar de maestra de párvulos, como si siempre tuviera la tiza en la mano.

Que seguía siendo monja aun sin el hábito, y lo seguiría siendo hasta el fin de sus días, célibe como se había quedado, lo comprobó un domingo en la playa de Masachapa durante un paseo organizado por la recién establecida oficialidad. Iba a entrar al agua en modoso vestido de baño de nagüilla de una sola pieza, cuando una pelota rodó hasta sus pies; la alzó, y se la entregó al niño que venía tras ella, quien la aceptó con una reverencia diciendo: "gracias, sor".

—No la quiero comprometer —dijo el comisionado Selva—; si se mete en esto sus adversarios aquí adentro la van a indisponer con el comisionado Canda.

—Es al revés —dijo el inspector Morales—; si no le informa, ella es la que se va a indisponer en contra suya. Imagínese que llegue a saber algo de esto mientras está al mando, y que no sea por boca de usted.

—Para ir a hablar con ella debo llevarle una propuesta concreta —dijo el comisionado Selva.

—Caerle de inmediato a la finca con las tropas especiales, y caerle al mismo tiempo a las oficinas de la Caribbean en Bluefields, al casino Josephine, y a la casa de Giggo —dijo el inspector Morales—. Cateo y captura, esa es la propuesta.

—¿Se les ofrece algo más? —dijo el comisionado Selva.

—Eso incluye la casa de Mike Lozano en Bluefields —dijo Lord Dixon.

—Y la de su hijo Manolo en Managua —dijo el inspector Morales.

—No hay droga de por medio, nada físico —dijo el comisionado Selva—. Me gustaría saber cuáles van a ser los cargos al pasar el caso a la Fiscalía.

—Una vez que tengamos agarrado al Mancebo ese, van a sobrar los cargos —dijo Lord Dixon.

—No se lo pinte de esa manera lúgubre a la Monja, que entonces nos manda a comer mierda a todos —dijo el inspector Morales.

—¿Y mientras tanto yo hablo con ella, qué van a hacer ustedes? —preguntó el comisionado Selva, puesto ya de pie.

—Sólo queremos visitar a Giggo en su casa —dijo el inspector Morales—; una visita de cortesía.

—¿Y vos, qué no tenés nada importante que hacer en Bluefields? —le dijo el comisionado Selva a Lord Dixon.

—Déjelo por el día de hoy, así me acompaña —dijo el inspector Morales.

El comisionado Selva lo miró, fingiendo impotencia.

—Sólo falta que me pidás autorización de sacar el vestido de novia del depósito judicial, para que la hermana de la muerta lo luzca en su casamiento —dijo.

—No es mala idea —dijo el inspector Morales.

—Y usted la llevaría al altar —le dijo al oído Lord Dixon, ya cuando el comisionado Selva salía delante de ellos para subir al despacho de la Monja.

17. La pistola de juguete

Antes de salir hacia Los Altos de Santo Domingo, el inspector Morales llamó a Auxilio Técnico para preguntar si tenían algo del chequeo telefónico de Giggo. Nada que valiera la pena. Estaban registradas, además, unas llamadas al despacho de la Primera Dama sobre los preparativos de una fiesta hawaiana, pero era prohibido grabar las comunicaciones de la Casa Presidencial.

Abordaron el Lada, y se hallaban detenidos en el portón occidental de la Plaza del Sol, aguardando a que el centinela alzara la pluma, cuando de entre el grupo de gente que esperaba junto a la garita el permiso para entrar en las instalaciones salió de pronto un hombre que se acercó corriendo hacia ellos por el lado de la ventanilla del conductor con una pistola en la mano, y mientras el inspector Morales buscaba al tanteo la Makarov en el tahalí amarrado a la prótesis, se dio cuenta que su sentido del tiempo se había descuadernado porque de pronto Lord Dixon estaba ya a las espaldas del hombre, y apuntándolo a la cabeza le exigía soltar el arma.

El centinela de la garita, que al fin había entendido lo que estaba pasando, también encañonaba ahora al hombre. La pistola cayó sobre los adoquines, y cuando Lord Dixon la recogió, miró con desconcierto al inspector Morales. Era una pistola Mágnum, igual a la que habían usado para asesinar a Sheila Marenco, sólo que de juguete.

La gente se agolpaba en tumulto al otro lado de la pluma, pues a los solicitantes se habían sumado los transeúntes, y desde dentro llegaban corriendo policías, unos blandiendo sus armas, y los que andaban francos rodeaban el Lada con cara más bien de curiosos. El hombre, que había sido esposado y puesto de rodillas, lloraba de manera convulsa. Lord Dixon hizo al inspector Morales un divertido gesto de desconcierto, y el inspector Morales, que no había apagado el motor, iba a decirle algo en respuesta, cuando en eso un taxi frenó al lado de la acera, y una mujer se bajó a toda prisa sin acordarse de cerrar la puerta. Era la Fanny, vestida con el uniforme de las operadoras de Enitel, y mientras el chofer le reclamaba el pago, ella, sin atenderlo, buscaba con movimientos urgidos de la cabeza en dirección a la entrada donde cada vez había más espectadores, y al descubrir al hombre esposado y arrodillado, traspuso la pluma y se abalanzó hacia él con los brazos abiertos.

El inspector Morales miraba fijamente al parabrisas, desatendido del hervidero de curiosos y de la escena que ocurría a su lado, como si nada fuera de su incumbencia. La Fanny, abrazada al hombre, lo acompañaba en el llanto. La suya era la indiferencia fatal de los condenados que esperan la hora de subir al cadalso, y sólo pensaba en la inminente aparición del cardumen de reporteros y fotógrafos, y en los focos de las cámaras de televisión que vendrían a cegarlo. Quién dudaba que aquel era el topógrafo engañado.

Lord Dixon entendió que debía dejar sus burlas maliciosas para después, aunque los amagos de risa amenazaban su compostura, y tomó control de la situación. Ordenó que quitaran las esposas al hombre y que despejaran la entrada, hizo subir a la pareja en el asiento trasero del Lada, y subió por último él mismo. Desde atrás, la Fanny, abrazada al marido al que protegía como a un enfermo grave, ordenó al inspector Morales, como si se tratara de un taxista, que los llevara a su domicilio, Barrio Cristo del Rosario, de la cantina Bagdad en Llamas dos cuadras al lago media abajo, casa amarilla a mano izquierda.

El inspector Morales tomó rumbo al lago bordeando los predios de la catedral, pero al llegar a las vecindades del reparto Serrano el hombre recuperó su compostura, se secó los restos de lágrimas con movimientos enérgicos, y exigió detener el vehículo para bajarse, lo que hizo, y cuando la Fanny quiso bajarse tras él le tiró la puerta con violencia.

—Es Freddy, mi marido —dijo la Fanny mientras veían al hombre alejarse por la acera de las oficinas de la Dirección General de Ingresos, y perderse entre la bulla de tramitantes y buhoneros.

—Gracias por la información —dijo el inspector Morales.

—Ahora ya no hago nada con ir a la casa, lleváme por favor a Enitel, así no pierdo mi turno del todo —dijo la Fanny.

El inspector Morales obedeció, y cambió el rumbo para regresar a la Plaza del Sol, y de allí seguir hasta la rotonda Rubén Darío. De todas maneras, Enitel le quedaba en el camino a Santo Domingo, si subía por Villa Fontana.

—Amor —dijo la Fanny, y su mano alcanzó desde atrás el hombro del inspector Morales— fue mi culpa, yo le confesé todo lo nuestro apenas regresó de Ometepe.

—El jabón de la sanación —dijo el inspector Morales.

—Pero él lo agarró a mal —dijo la Fanny—; me amenazó con esa pistola que le quitaron para que le revelara tu nombre, y no tuve más remedio.

—Dígale que no ande jugando con pistolas de mentira porque lo pueden matar —dijo Lord Dixon, mirándola por el espejo retrovisor.

—Perdone que no me haya presentado, Fanny de Silva —dijo la Fanny.

—Mi nombre es inspector Dixon —dijo Lord Dixon, y se llevó la mano a la sien.

—Muy bien sé quién es usted —dijo la Fanny, y con la manga del uniforme se secó los restos de lágrimas.

—Déjense de mierdas y presentaciones —dijo el inspector Morales.

—Antes de que pasara este suceso había tomado la decisión de escribirte una cartita que incluso aquí la ando cargando en el brassier —dijo la Fanny, otra vez la mano en la espalda del inspector Morales.

—Está bien, pero no me la vayas a leer —dijo el inspector Morales.

—En esa carta te decía que lo nuestro no podía ser, pero que si mis aportaciones en el caso pendiente te eran útiles, siempre te las ofrecía con todo gusto —dijo la Fanny.

—¿Qué aportaciones? —preguntó Lord Dixon.

El inspector Morales no respondió, y se detuvo al lado de la gasolinera de Petronic, frente al edificio de Enitel, para que la Fanny se bajara.

—Lo mejor es que queden ustedes dos como amigos, y así ella sigue ayudando a resolver el caso —dijo Lord Dixon.

—Vos no sigás jodiendo —dijo el inspector Morales.

La Fanny ya se alejaba cuando el teléfono celular del inspector Morales sonó con sus alegres campanillas de trineo navideño. Era el comisionado Selva que les ordenaba volver a la Plaza del Sol, los esperaba en la oficina de la Monja.

Eso quería decir que los planes del asalto a la finca en el Mombacho marchaban, que la Monja daba su bendición al operativo. El ánimo del inspector Morales se había despejado, y no le importó que durante todo el trayecto de regreso Lord Dixon se diera un festín a sus costillas con la historia del atentado, pidiéndole, además, noticias sobre la Fanny.

El comisionado Selva mismo vino a abrirles la puerta del despacho de la Monja. Y si la escena con la que se encontraron al trasponer el umbral no era para alentarles el júbilo, en el caso del inspector Morales resultó peor, pues lo que sintió fueron ganas de escapar a la carrera. La Monja, de pie, le daba de beber un vaso de agua a doña Sofía que se hallaba sentada en el filo de un sofá con forro de terciopelo morado, parte de un juego de sala gemelo al que el comisionado Selva tenía en su propio despacho, como si ambos hubieran sido salvados del naufragio de la misma casa de citas.

—Se fugó del casino, querían matarla —dijo el comisionado Selva al oído del inspector Morales—. Aquí me la hallé, y apenas he podido informarle a la comisionada del asunto, porque se ha dedicado a ella. Pero ya sabe lo suficiente.

—¿Y por qué vino a dar aquí? —preguntó el inspector Morales, también en voz baja.

Pero ya no esperó por la respuesta porque la Monja, dejando el vaso de agua en manos de doña Sofía, pasaba por delante de ellos de vuelta a su escritorio, y tanto él como Lord Dixon se vieron precisados a ponerse en posición de firmes.

Doña Sofía había intentado tres veces avanzar sobre la historia de su fuga pero su crisis de nervios la llevaba al llanto, y volvía cada vez al punto de partida.

—Empiece, quiero que la oigan los dos oficiales —dijo la Monja, como si le tomara de nuevo la lección.

Desde el sofá, que hubiera lucido mejor a media luz, doña Sofía saludó al inspector Morales y a Lord Dixon con una mohína inclinación de cabeza, bebió un sorbo de agua, y se puso a llorar otra vez.

—Vamos a hacer una cosa —dijo el comisionado Selva, acercándose a doña Sofía—. Cuéntele a los oficiales el resultado de su misión, como si ni yo ni la comisionada estuviéramos aquí.

—De acuerdo —dijo la Monja—, así se va a sentir más en confianza, al fin y al cabo son ellos los que la mandaron a meterse en la boca del león.

—Fue un acto irregular y yo me hago personalmente responsable, comisionada —dijo el inspector Morales, adelantándose un paso—. El inspector Dixon nada tiene que ver.

—Eso vamos a resolverlo después —dijo la Monja—, ahora lo importante es saber dónde estamos parados.

—Permiso, comisionada, ¿puedo hablar yo con la compañera? —dijo Lord Dixon.

La Monja cruzó los brazos como en espera, lo que era una señal de asentimiento, y Lord Dixon fue a sentarse en uno de los sillones frente a doña Sofía.

—Hable despacio, y cuando se confunda, se detiene —le dijo Lord Dixon.

—Mi turno ayer domingo en el VIP terminaba a las nueve de la noche, entonces entraba otra afanadora a sustituirme —dijo doña Sofía.

—¿Ya ve? —dijo Lord Dixon—. Siga adelante.

No había tenido ningún chance de buscar cómo meterse al cuarto de Caupolicán durante toda la mañana porque él seguía durmiendo, hasta que como a las once oyó que había que subirle la bandeja del desayuno, y ella se ofreció. La puerta la había dejado abierta para que entraran con el desayuno mientras él se bañaba, se oía el agua de la regadera cayendo. Avanzó con la bandeja, y sin soltarla, por si acaso él salía de pronto del baño, hizo un reconocimiento.

—¿Y qué encontró? —preguntó Lord Dixon.

—Por el momento nada, fue un reconocimiento con la vista, desde el mismo lugar donde estaba parada —dijo doña Sofía.

Lo que hizo fue fijarse en lo que había en el cuarto. La cama que era inmensa, como para que cinco personas se acostaran juntas en ella, un closet con la puerta descorrida donde estaba colgada su ropa, una mesa con una silleta, y una valija de cuero en un rincón. Eso era todo.

—Entonces, puso la bandeja en la mesa y se fue —dijo Lord Dixon.

—No, esperé a que terminara de bañarse —dijo doña Sofía—; y cuando salió me hice como si acabara de entrar, y hasta entonces fui a poner la bandeja en la mesa.

—¿Hablo con él? —preguntó Lord Dixon.

—Salió desnudo, con una gran toalla en la cintura —dijo doña Sofía.

—¿Pero habló con él? —insistió Lord Dixon.

—Le dije que a qué horas quería que le arreglara su cama, con la intención de volver a entrar cuando él no estuviera —dijo doña Sofía—; pero me contestó que como yo era nueva, no sabía que esas cosas las hacía él mismo, que de todas maneras muchas gracias.

—Entonces, ya no tenía usted otro chance —dijo Lord Dixon.

—Claro que sí, para eso estaba la ganzúa especial que me dieron en Auxilio Técnico —dijo doña Sofía.

—Después me explican eso de la ganzúa —dijo la Monja—, ahora siga.

—Pasó la tarde en vano, porque él se quedó siempre metido dentro del cuarto —dijo doña Sofía—; no sé qué tanto puede una persona estar haciendo en un encierro donde no hay ni televisión. Pero como a las seis oí a uno de los choferes decir que a las siete tenía que llevarlo a una reunión.

—¿Una reunión adónde? —preguntó Lord Dixon.

—En la casa de Giggo, en Los Altos de Santo Domingo —dijo doña Sofía.—¿Quién es ese Giggo? —preguntó la Monja.

—El doctor Juan Bosco Cabistán, abogado de la Caribbean Fishing —respondió el comisionado Selva.

—Entonces me salí a la calle para llamar al compañero Artemio y darle el informe —dijo doña Sofía.

—¿Quién es Artemio? —preguntó la Monja.

—Soy yo, comisionada, es mi seudónimo de la guerra —dijo el inspector Morales.

—¿Al fin logró entrar, o no logró entrar, doña Sofía? —preguntó Lord Dixon.

—Apenas el hombre salió para su reunión, estaba subiendo yo esas escaleras —dijo doña Sofía.

Se valió de que a esa hora la bulla era grande con los clientes que entraban en tropeles al casino, y nadie estaba poniendo mente a lo que pasara arriba, sobre todo porque esa noche iban a rifar un carro Subaru que lo tenían encima de una tarima giratoria, adornado con un moño de regalo, y al lado unas muchachas en bikini con unos sombreros de copa en la cabeza listas para darle vueltas a la manigueta de la tómbola cuando llegara el momento.

—No se me desvíe —le dijo Lord Dixon.

—Quiero más agua —dijo doña Sofía, y extendió el vaso.

La Monja se acercó con el botellín que tenía sobre el escritorio para servirle.

—Entonces, usted entró de nuevo al cuarto —dijo Lord Dixon.

—Entré tranquila, con mi ganzúa especial, una maravilla esas ganzúas —dijo doña Sofía, en tono de reconocimiento.

Encendió la luz y de inmediato empezó con el registro. Se fue directo al closet, y lo primero que se le ocurrió examinar fue el vestido ese de solapas brillantes que Caupolicán se pone de noche en el casino, y que estaba colgado de su percha. Acabó de registrar el vestido, y cuando iba ya con otro, sintió una presencia a sus espaldas. Se dio vuelta, y se topó con uno de los meseros que cargaba una bandeja de platos, botellas, vasos y ceniceros que venía de recoger de uno de los salones que hay arriba, donde temprano se habían encerrado a jugar póquer unos turistas yankis; el mesero vio la raya de luz debajo de la puerta, y entró.

—¿Usted dejó sin llave la puerta? —preguntó Lord Dixon.

—No me había percatado de eso —dijo doña Sofía.

—Y el mesero, ¿qué hizo? —preguntó Lord Dixon.

—Se le metió que yo estaba robando, y que le tenía que dar la mitad —dijo doña Sofía.

Cuando ella le insistía que andaba aseando el cuarto más bravo se ponía, que dónde estaban el lampazo y la escoba, y que nada, mitad y mitad, sino se iba directo a denunciarla, allí fueron sus angustias, pero algo tenía que hacer en vez de darse por perdida, y lo que decidió fue írsele encima al mesero puñetero que cayó al suelo con todo y bandeja, y entonces ella aprovechó para salir corriendo, pero al ruido del trastal de vasos y platos quebrados ya venían subiendo los de la seguridad, se topó con ellos en la escalera y uno la agarró por el brazo y la detuvo para mientras los otros iban arriba a ver qué pasaba.

—¿Y adónde la llevaron? —preguntó Lord Dixon.

—Me llevaron otra vez para arriba, a uno de los salones, porque no querían escándalo abajo —dijo doña Sofía.

Allí la carearon con el mesero que ahora estaba más furioso, todo bañado de suciedad, repitiendo como desaforado la acusación de ladrona contra ella. Empezó negándose, ofendida de que la creyeran una delincuente, pero fue acatando que si no era por robo, no tenía otra razón que dar para haber entrado al cuarto. Entonces reconoció con toda humildad que era cierto que se había metido para ver qué robaba, y hasta la prueba les dio, entregándoles la ganzúa; pero les declaró que no había encontrado nada valioso que llevarse, y si querían, que la registraran.

—¿Y la registraron? —preguntó Lord Dixon.

—Fui desnudada —respondió doña Sofía.

Mandaron a llamar a una de las mujeres que sirven de crupieres, se salieron todos, la mujer le ordenó que se quitara el uniforme, y lo revisó costura por costura, lo mismo que revisó los zapatos. Ella se ofreció a quitarse también la ropa interior, pero la mujer dijo que era suficiente. Salió limpia, y así lo informó la mujer a los de la seguridad. Empezaron a aconsejarse, y uno, que según se veía era el jefe por las órdenes que daba, dijo que lo mejor era llamar a la policía, y era eso mismo lo que ella estaba buscando, que la llevaran presa porque así quedaba a salvo. Pero en eso entró don Manolito con el celular en el oído, hagan cuenta que entraba Dios padre, todo fue reverencias y silencio, y mientras seguía hablando no se fijo en ella, pero cuando cerró el celular y se lo metió en la bolsa de la guayabera le sonrió con una sonrisa de culebra.

—¿Qué don Manolito es ése? —preguntó la Monja.

—El gerente del casino, comisionada —respondió el inspector Morales.

Cuando le comunicaron a don Manolito que la decisión era entregarla a la policía, más enseñó su sonrisa de culebra, quién era el genio que quería meter a la policía dentro del casino, y se encaró con ella, "a ver, abuela", le dijo, con falso cariño, "tú no andabas robando, tú andabas en busca de algo que ya mismo me lo dices, porque lo que es por recomendación del cardenal Obando y Bravo no has venido aquí, acabo de hablar por teléfono con doña Chepita, la secretaria del cardenal, y no sabe ni quién eres tú, de modo que esa carta tan bien hecha que tú trajiste, con sello y todo, es una carta falsa, y tú no tienes fábrica de cartas de recomendación, así que detrás de ti hay alguien, y eso mismo es lo que quiero que me digas en confianza".

Doña Sofía, dejada atrás su crisis de nervios, se había ido animando, tanto que ahora era capaz de remedar el deje cubano de don Manolito.

—Y esa carta, ¿de dónde salió? —preguntó la Monja.

—También de Auxilio Técnico —dijo el comisionado Selva.

Allí ella se cerró, doña Chepita es cierto que no la conocía, pero la carta era auténtica, se la había conseguido un sobrino que era sacristán de la iglesia de San Francisco en Bolonia. "Ay, abuela, que haré yo contigo", dijo entonces Manolito, "si no quieres platicar conmigo que te he tomado cariño, tal vez quieres contarle tu vida a Caupolicán, él sabrá mejor lo que tú buscabas en su habitación, ya viene en camino".

—La estaba probando a ver qué más le sacaba, pero la historia del sacristán era creíble doña Sofía —comentó Lord Dixon.

—Pero la amenaza de que ya venía ese hombre en camino no era juguete —dijo doña Sofía—; así que no me quedaba más que me diera un ataque, y me tiré al piso.

Ella había visto una vez hace tiempo en el mercado San Miguel, antes del terremoto, a un vendedor de lotería que almorzaba tranquilo en un puesto de comida y de repente le agarró un ataque de epilepsia y ya estaba en el suelo revolcándose y mordiéndose la lengua, así que ella, mientras fingía sus estertores se mordió la lengua de verdad, y cuando don Manolito vio la sangre, parece que se asustó. La mujer que le había hecho el registro corporal dijo que conocía esos ataques porque su mamá los padecía, y le metió un pañuelo en la boca, pero no iba a serenarse con las convulsiones hasta no oír decir a don Manolito algo favorable. "Cuando se recupere esta vieja ladrona coño de su madre dejen que se vaya", fue lo que dijo, y salió con todos los demás. Y entonces ella se aflojó y se quedó quieta, como desmayada.

—¿No le dije? —dijo Lord Dixon—. A fin de cuentas le creyó la historia de su sobrino el sacristán.

—Más bien me creyó el número —dijo doña Sofía.

—¿La dejaron sola? —le preguntó la Monja, que había venido a sentarse a su lado en el sofá.

—Quedó conmigo nada más la mujer que me había desnudado, y entonces terminé con mi teatro haciendo que me despertaba —respondió doña Sofía.

Bajó con pasos convalecientes la escalera, la mujer detrás pero ya desatendida de ella, y entonces, ya fuera del salón VIP, se perdió entre la bolina de gente porque era la hora en que iban a rifar el carro, ya estaba don Manolito con el micrófono en la mano y las del bikini dándole vueltas a la tómbola.

—Vean qué curioso, hasta entonces me entró el verdadero miedo, que hasta me quería orinar —dijo Doña Sofía, y se rió, apenada, tapándose la boca.

—Así pasa —dijo la Monja—, es cuando se acaba la descarga de adrenalina.

—Pero en eso divisé al pastor Wallace que iba saliendo por la gran boca abierta de la mujer, y lo seguí hasta el parqueo —dijo doña Sofía.

—¿Qué boca de qué mujer? —preguntó la Monja.

—Es la puerta del casino —dijo doña Sofía—. Unos labios rojos abiertos, y la alfombra es en forma de lengua.

—¿Ese no es el pastor de la iglesia Agua Viva de allá del barrio? —preguntó el inspector Morales—. ¿Qué andaba haciendo allí?

—Jugando —dijo doña Sofía—, siempre va a jugar los domingos a los casinos la limosna, para multiplicarla.

Y justo en el momento en que Caupolicán se bajaba de su carro, y le entregaba las llaves a un guachimán, ella alcanzó a subirse a la camioneta del pastor Wallace antes que arrancara.

—El pastor me la vino a dejar, lo conocí en una de las reuniones del plan de control de pandillas en los barrios —dijo la Monja.

—¿Por qué no me fue a buscar a mi casa anoche, como habíamos quedado, doña Sofía? —preguntó el inspector Morales.

—El pastor Wallace dijo que me veía en gran peligro, ni siquiera quiso que me cruzara a dormir a mi casa, y por eso me quedé a pasar la noche dentro del templo, él me llevó una colchoneta —dijo doña Sofía.

—¿Por qué la veía el pastor en peligro? —preguntó el inspector Morales—. ¿Usted le contó acaso sobre el asunto en que andaba?

—Claro que no, sólo le dije que venía de cumplir una misión secreta —dijo doña Sofía—. Él sabe que trabajo en la policía.

—Una misión que al fin y al cabo no sirvió para nada —dijo la Monja—, esta señora fue a exponerse de balde.

—Claro que sirvió —dijo doña Sofía—, aquí está este papel.

La Monja recibió la hoja de papel doblada en cuatro que doña Sofía le extendía.

—Pero usted dijo que la habían desnudado para registrarla —dijo Lord Dixon.

—Ese papel lo escribí yo anoche, en el templo—dijo doña Sofía—. Me grabé bien en la memoria lo que leí en una libretita que hallé en la bolsa del saco con las solapas brillantes de Caupolicán, y la volví a poner en su lugar.

—El delegado de El Chapo Guzmán va a aterrizar en una pista clandestina cerca de Ciudad Darío, están las fechas, la ubicación y todo —dijo la Monja al terminar de leer.

—Sealtiel Obligado Masías, alias El Arcángel, se llama el delegado —leyó el inspector Selva cuando la Monja le pasó el papel.

—¿Y el del cártel de Cali que ya está aquí, cómo es que se llama? —preguntó la Monja.

—Wellington Abadía Rodríguez Espino, alias El Mancebo —respondió el comisionado Selva.

—Lo que hay es una reunión de planeación estratégica entre el cártel de Cali y el cártel de Sinaloa —dijo la Monja.

—Nada de planes de vacaciones —dijo el comisionado Selva—; lo que ha habido aquí cada vez son reuniones de coordinación entre los dos cárteles.

—Necesito hablar con la gente de la DEA de inmediato, quiero ver hoy mismo al Rambo ese —dijo la Monja .

—Aquí los compañeros le dicen Chuck Norris —dijo doña Sofía.

—Y usted, doña Sofía, misión cumplida —dijo la Monja—. Ahora se me va por favor para mi casa, el chofer la va a llevar. Y tiene prohibido salir de allí hasta segundo aviso, no quiero que me le pase nada.

18. Un perro imperfecto

Ahora sí, sin más tropiezos, iban camino a Los Altos de Santo Domingo, Lord Dixon esta vez al volante. La dirección estaba claramente establecida en el cuaderno escolar del inspector Morales, según la había obtenido del propio Giggo la noche del viernes fingiéndose auditor de servicios de Movistar: residencial Las Leyendas, calle Los Cedros número 14. De todas maneras, de poco habría de servir. Una vez que abandonaron la carretera a Masaya, fue necesario orientarse preguntando por la residencial Las Leyendas a los celadores y a los obreros de la construcción que bullían por todos los rumbos entre trompos mezcladores de concreto, zanjas de fundaciones, esqueletos de columnas y arpillas de bolsas de cemento. Dos veces perdieron el rumbo, porque recibieron señas equivocadas.

Los nuevos repartos de lujo, defendidos tras muros sin fin, aparecían de la noche a la mañana en aquellas primeras estribaciones de la sierra de Managua plantadas hasta ahora de viejos cafetales arrasados por los tractores, mientras las motosierras daban cuenta de los árboles centenarios que los protegían bajo su sombra, y aunque se respiraban aires de Miami, era inútil resistirse, aun allí, a la cultura de vecindario provinciano que seguía reinando en Managua, donde las direcciones se establecían a partir de puntos de referencia tradicionales, que no pocas veces seguían siendo utilizados después de haber desaparecido. La gente se guiaba por los recuerdos, y los heredaba. Una pulpería (Las Delicias del Volga), una panadería (La Dinamarca), una cantina (Los Dardanelos), aun un arbolito (El Arbolito) sembrado alguna vez en un arriate a media calle, talado y años después vuelto a sembrar, continuaban siendo las marcas a partir de las cuales el que buscaba una dirección era instruido de dirigirse hacia el lago, (el norte), la montaña, (el sur), arriba, (el occidente), y abajo, (el oriente). El terremoto no había hecho sino reforzar la tradición, y el desorden se multiplicaba en medio del crecimiento urbano desaforado, con lo que averiguar el lugar adonde uno quería ir se volvía un asunto de dejarse llevar por la confianza en la ayuda del prójimo, o guiarse por la memoria entrenada para rebelarse a la lógica, o por el azar, y aun por el presentimiento, más que por ningún plano que sólo serviría para extraviarse para siempre.

La despedida de parte de la Monja no había sido cordial, pero tampoco hostil. Apenas su chofer se había llevado a doña Sofía en calidad de asilada a su casa, los miró a ellos dos sin palabras, y luego miró al comisionado Selva con un ligero encogimiento de hombros, lo que significaba: "si vos tenés confianza en ellos, respondés por ellos".

Ya que estaba de por medio la autoridad subalterna a la suya del comisionado Selva, no le costaba a ella armarse de neutralidad jerárquica frente a aquellos dos transgresores que habían involucrado a un miembro del personal de limpieza en un caso profesional; una responsabilidad repartida por parejo, como convenía a su convicción de que siempre estaba tratando con párvulos, por mucho que el inspector Morales hubiera asumido él solo la culpa.

—Si hubiera justicia en este mundo, doña Sofía debería ser condecorada con la Medalla al Valor —dijo Lord Dixon.

—Me conformo con que no la corran —dijo el inspector Morales.

—Ahora, con esa información que ella consiguió, la casita de juguete que era este caso se vuelve un edificio completo —dijo Lord Dixon.

—Algo más había en ese papel de doña Sofía que no nos leyeron —dijo el inspector Morales.

—El comisionado Selva nos tiene que informar —dijo Lord Dixon.

—Quién sabe si nos va a soltar prenda, ya este juego es en el piso de arriba —dijo el inspector Morales.

—De todos modos, ¿para qué queremos saber lo que no nos corresponde? —dijo Lord Dixon.

—La curiosidad, que mató al gato —dijo el inspector Morales.

—Habrá que preguntarle entonces a doña Sofía —dijo Lord Dixon.

—La Monja la debe tener incomunicada —dijo el inspector Morales.

Recorrían otro camino rural recién asfaltado, que tampoco llevaba al lugar que buscaban, cuando sonó el celular. Antes de responder el inspector Morales lo dejó repicar en su mano con su musiquita de almacenes comerciales en tiempo de las ventas de Navidad.

—No me vaya a decir nada comprometedor por esta vía —dijo el inspector Morales.

—Esto es peor que un monasterio, compañero Artemio —se quejó doña Sofía.

Estaba llamando desde el mismo dormitorio de la Monja, donde habían puesto un catre de campaña para ella; la Monja dormía en otro, debajo de una palma de Domingo de Ramos trenzada en forma de cruz. También había en el cuarto un altar de la Purísima donde ardía una veladora. Los policías que custodiaban habitualmente la casa se hallaban como siempre en la garita del portón, y adentro sólo estaba la cocinera, que era medio sorda, preparando el almuerzo. Nadie le había prohibido a doña Sofía usar el teléfono.

—Hice una copia del papel que entregué, no lo voy a dejar con las ganas de saber el resto —dijo doña Sofía—, se los mando a la oficina con el chofer cuando vuelva de hacer unos mandados del supermercado.

—Ese chofer se va a ir directo con el papel donde la Monja —dijo el inspector Morales—, no me mande nada.

—Si le digo que se lo va a llevar a la oficina, es porque se lo va a llevar, ya él y yo somos íntimos —dijo doña Sofía.

—De todos modos no estoy en la oficina y voy a tardar en regresar —dijo el inspector Morales—. Dígame de una vez lo que me tiene que informar.

—¿No me dijo que no hablara por esta vía nada comprometedor? —dijo doña Sofía.

—Sólo hágame un resumen y busque disfrazarlo —dijo el inspector Morales.

—A ver, pues —dijo doña Sofía—: el charro de la película aterriza hoy a las once de la noche, se topa con el cantante de cumbias, y se regresa al día siguiente a la misma hora para la tierra del nopal. A estos pájaros sólo les gusta volar en lo oscuro.

—¿Y dónde es el topc? —preguntó el inspector Morales.

—Van a tomarse cafecitos, donde hay café de sobra —dijo doña Sofía.

—Perfecto, ya no me mande nada con el chofer —dijo el inspector Morales, y cortó.

—¿Qué crees que va a decidir la Monja? —preguntó Lord Dixon, una vez enterado de la inminencia del encuentro de los capos—. ¿Va a esperar a agarrarlos juntos, o les va a caer por separado?

—Si fuera mi decisión, los agarro juntos —respondió el inspector Morales.

Cuando arrimaron a las vecindades de la iglesia de las Sierritas, hacia donde los habían enviado esta tercera vez, se hallaron en medio de un tráfago de camiones repartidores descargando cajillas de cerveza, ron y bebidas gaseosas, operarios armando chinamos y toldos de lona con emblemas de marcas de licores, mujeres que arrastraban carretones habilitados como heladeras y que colocaban bancas y mesas en sus tenderetes de refresquerías y fritangas, mientras las baratas dejaban oír a alto volumen anuncios comerciales alternados con sones de marimba. Como todos los años, esa noche del 31 de julio se celebraría en la iglesia la vela de la imagen de Santo Domingo de Guzmán, en vísperas de la procesión del día siguiente, y miles de promesantes entrarían de rodillas para postrarse frente al altar mayor que guardaba la figura pequeñita metida dentro de una bujía de cristal, en tanto crecería afuera la bullaranga hasta el amanecer y la policía tendría que lidiar con rateros y pandilleros, y con pleitos de borrachos a pedradas y cuchilladas.

Después de preguntar de nuevo siguieron hacia el sur, y un vendedor solitario de eskimos que arrastraba su carrito a medio sol, les señaló por fin los muros encalados de la residencial Las Leyendas. El vigilante que guardaba el acceso armado con una escopeta, ante la humildad del Lada se acercó de mala gana a indagar, pero tuvo que conformarse al advertir el uniforme de policías de sus ocupantes, y entró en la garita para pulsar el botón que hacía descorrer la verja de hierro.

Para llegar a la calle de los Cedros tenían que seguir dos cuadras por la alameda de los Laureles que empezaba a partir de la entrada, le indicó el guarda a Lord Dixon desde la garita, bajo la advertencia de que las calles aún no tenían rótulos con la indicación de sus nombres. Y traspusieron el portal techado de falsas tejas arábigas que resplandecían bajo el barniz.

No tuvieron necesidad de más averiguaciones, porque al apenas recorrer una cuadra de la alameda, en la que apenas despuntaban en sus toriles los laureles de la india recién sembrados en el cangilón central, divisaron a un caminante que se alejaba de ellos por la vereda de la derecha, en la cabeza un sombrero panamá de generosas alas, y enfundado en un buzo de nylon plateado que le daba el aspecto de un globo a punto de alzar el vuelo pendiente de la correa con la que sofrenaba los ahíncos del Pit Bull que iba delante de él. No podía ser otro sino Giggo, que paseaba a Tamerlán.

Una cuadra más allá dobló hacia una calle donde se alzaban a lo largo de la acera vástagos de cedros, metidos también en toriles y amarrados con alambre a estacas que hacían de pie de amigo.

La dirección ofrecida por el guardián de la entrada vendría a ser más fácil para un botánico capaz de distinguir por su nombre árboles en ciernes que apenas echaban sus primeras hojas. Y el número 4 de la calle de los Cedros, por donde se había ido Giggo, era pura fantasía, porque la casa con aspecto de pagoda china a la que ahora estaba entrando, tras introducir una tarjeta magnética en la cerradura, como en los hoteles, era la única en toda la cuadra, un paisaje de solares pelones cercados con alambre en los que se alzaban por encima del montarascal los rótulos de las compañías de bienes raíces. No tenía número, ni lo necesitaba, y a lo mejor no llegaría a tenerlo nunca, como tampoco nunca tendrían rótulos con sus nombres las nuevas calles. El viejo caos que se sustentaba en la memoria volvería a tragárselo todo.

Abundaban por aquellas nuevas latitudes las casonas de estilo colonial tipo misión californiana, copiadas al gusto, lo mismo que las versiones a escala disminuida de los palacetes tipo Biscayne Bay, y no dejaba de descollar uno que otro frontis de columnatas tipo Tara, en recuerdo de *Lo que el viento se llevó*. Pero aquella pagoda china aún solitaria en la cuadra, tras cuya puerta de bronce claveteado Giggo había desaparecido con su perro chiclán, semejaba más bien un restaurante de lujo, con sus tres techos dorados superpuestos, de aleros alzados en punta, los dos feroces leones de loza azul echados sobre sus pedestales, custodiando una fuente de azulejos en el porche, y un dragón de alas plegadas, de bruces sobre la taza de la fuente, que escupía agua en vez de fuego.

En la rampa que llevaba al porche se hallaba estacionado un BMW convertible color plateado, gemelo al de Sheila Marenco, con la capota cerrada.

—Los regalitos de los narcos —dijo el inspector Morales.

—Aquí no vamos a hallar ni rastros de Black Bull —dijo Lord Dixon, apagando el motor—. No lo va a tener expuesto en una vitrina de la sala.

—El objetivo es interrogar al viejo chiclán —dijo el inspector Morales.

—No podemos, no estamos facultados —dijo Lord Dixon.

—No se trata de un interrogatorio, sino de una conversación amistosa —dijo el inspector Morales.

—Sólo vamos a lograr meterlo en sospecha de que ya tenemos la pista de lo que verdaderamente andamos buscando —dijo Lord Dixon.

—Más sospechoso sería que la policía no indague con él sobre una mujer asesinada que es su prima, y que trabajaba en la misma empresa de la que él es abogado —dijo el inspector Morales, y se bajó del carro con el cartapacio en la mano.

—Nosotros no somos de Homicidios —dijo Lord Dixon, que ya se había bajado también.

—En este momento pasamos a serlo —dijo el inspector Morales—, y si no, todavía estás a tiempo de devolverte.

—Le prometí al comisionado Selva que iba a cuidar de usted, y soy hombre de palabra —dijo Lord Dixon.

El botón del timbre sobresalía en el centro de una placa de irisaciones violeta, y cuando el inspector Morales lo pulsó, un concierto de xilófonos despertó en todos los ámbitos de la casa. Volvió a insistir tras un rato de silencio en que la puerta permaneció inconmovible, y entonces vino a abrir una mujer algo mulata, de mirada hostil, peinada bajo una coraza de laca como para una fiesta, y calzada con unos zapatos de lona enjalbegados de albayalde.

Si se hubieran presentado de paisanos, la mujer seguramente habría vuelto a cerrar la puerta para ir a consultar, pero a la vista de los uniformes lo que hizo fue dejarla entreabierta mientras volvía.

Esperaron otra vez. Los garrobos corrían sobre el primer techo de la pagoda, y se oía raspar sus uñas y el golpe de sus coletazos, jugando a perseguirse en la resolana.

Y de pronto, delante de la puerta de bronce apareció una cara llena y sonriente, una nariz de oso hormiguero que husmeaba satisfecha. Allí estaba frente a ellos Caupolicán en figura deportiva. Llevaba anteojos de sol, la cartera para guardarlos metida en la faja de los blujines Lacoste, y una camiseta negra, en la pechera la jota con los dados que mostraban el as, el mismo logo del uniforme de doña Sofía.

Con lentitud cordial alzó la mano ofreciendo chocarla con la del inspector Morales, en busca de consumar el saludo ritual entre viejos amigos que tienen tiempos de no verse, o acaso sólo quería darle tiempo de reponerse de la sorpresa.

El inspector Morales no le siguió el juego, algo que parecía estar en los cálculos de Caupolicán, porque se volvió hacia Lord Dixon, como si no hubiera pasado nada, para repetir la misma operación, otra vez fracasada.

—Si me dicen que andan haciendo, los ayudo —dijo Caupolicán, sin perder la sonrisa socarrona.

—Queremos hablar con el doctor Cabistán —dijo el inspector Morales.

—Eso se entiende, esta es su casa —dijo Caupolicán—, me refiero al tema, se los digo porque es hombre muy delicado.

—Venimos a informarle de la muerte de su prima, Sheila Marenco —dijo el inspector Morales.

Caupolicán parpadeó, como si un insecto rondara frente a sus ojos.

—Ya lo sabe —dijo—, la madre de ella vino a comunicárselo ahora temprano.

—¿Vos estabas aquí? —preguntó el inspector Morales, sin tiempo de arrepentirse de la confianza del tratamiento.

—Me lo contó doña Soraya, el ama de llaves, yo acabo de venir —dijo Caupolicán.

Aquel nombre de princesa persa la convenía a la mandamás del peinado envuelto en laca, pensó el inspector Morales.

—¿Y cuál es tu papel en esta casa, si se puede saber? —preguntó el inspector Morales, que ya no se preocupó de familiaridades.

—¿Qué otro va a ser? —respondió Caupolicán—. Amigo del dueño.

—Sino podemos pasar, mejor saberlo de una vez —dijo el inspector Morales.

—¿Qué tienen que ver ustedes con un cadáver si son de las drogas? —preguntó Caupolicán.

Era la pregunta que Lord Dixon estaba esperando, y evitó mirar al inspector Morales para no dejar en evidencia ningún viso de desacuerdo entre los dos, o de reproche por su parte.

—Estamos prestados a Homicidios para este caso —dijo el inspector Morales.

La sonrisa guasona volvió a la cara de Caupolicán, que empujó la puerta para dejarles paso por fin, y entraron en el vestíbulo sin muebles dominado por un buda de bronce bruñido, con cara libidinosa y la barriga desnuda, sentado en cuclillas contra la pared del fondo. El aire acondicionado rondaba invisible por la casa, como un fantasma que les acariciaba con impudicia la nuca, y el mismo Caupolicán les abrió la siguiente puerta, de bronce también, que comunicaba con una sala de alta techumbre donde se hallaban suspendidas, a diferentes alturas, unas farolas de tela roja en forma de calabaza, con las costillas de la armazón visibles, festoneadas de flecos amarillos que remataban en borlas.

A ambos lados de una mesa rasante se alineaban unas pesadas poltronas barnizadas de laca negra con incrustaciones de nácar en el óvalo de los espaldares. Y en un lienzo de seda protegido bajo un vidrio, y que recorría toda la pared junto a la que pasaban a la saga de Caupolicán, una batería de chinos calvos y barrigones parecían jugar al ombligate en un prado bajo cumbres nevadas, pero bastaba una segunda mirada para darse cuenta de que jugaban más bien al trencito, ensartándose alegremente uno tras otro con unos falos de caballo que asomaban entre los pliegues volanderos de sus túnicas desamarradas.

Por fin, traspusieron un panel corredizo de vidrio polarizado y llegaron a una terraza, en la que hallaron a Giggo bajo la sombra de un toldo de lona a rayas, echado en una playera. Se había despojado del buzo de astronauta para arroparse en una bata de gruesa tela de toalla con su monograma bordado sobre la bolsa, y leía los periódicos que se desparramaban, descuadernados, a su alrededor. Miró fugazmente a los recién llegados por encima de los anteojos suspendidos sobre las aletas de la nariz, y siguió en la lectura. El tinte rojizo del cabello raleado denunciaba que se lo teñía.

El decorado había cambiado abruptamente. Tras la oscuridad del panel corredizo quedaba encerrado el museo chino que albergaba la pagoda, y ni siquiera el triple techo de aleros volteados era visible desde aquella terraza de club campestre, abierta al descampado donde los aspersores siseaban regando el césped y los zanates rasaban las aguas de la piscina, que culebreaban bajo el sol, para mojarse las alas. El Pit Bull chiclán, que sin emitir ningún ladrido corría alrededor del brocal buscando agarrarlos, fue a echarse por fin a la escasa sombra de una mata de cocos enanos. El olor a cloro de la piscina permanecía fijo en el aire.

Sin que aún hubiera mediado saludo, Giggo tiró al suelo, con disgusto dramático, el cuadernillo de la sección Variedades de *El Nuevo Diario* que tenía en las manos, pero volvió a recogerlo.

—Fíjense qué grosería —dijo, repasando con el dedo el titular: "Así como este traje que ando puesto puede ser que tenga en mi casa como veinte, declara diputado". Y véanlo embutido en ese saco blanco satinado de tres botones, si ha habido un cuarto ojal se lo abotona también, y se ahorca.

Había paseado frente a los ojos de todos la prueba, la foto del diputado que posaba en su despacho al lado de un estante donde coleccionaba miniaturas de botellas de licor de todos los países del mundo. Y abriendo los brazos como un cura demasiado agobiado por los pecados del mundo, dejó caer otra vez la sección del periódico al suelo.

—Todo en la vida es asunto de clase, hijos míos —sentenció.

Y cuando decía clase, no se refería a haber recibido clase en una escuela, sino a la pata que puso el huevo, y a su nido, tanto rico sin motivo que había ahora, uno podía llegar a tener muchos reales, pero si no eran reales antiguos se notaba de inmediato la exageración, los reales no deben servir para que se vean encima de uno, sino para volverlo a uno invisible, esa era la verdadera elegancia.

El inspector Morales pensó que dónde cabían en aquel discurso el dragón que escupía agua y el buda de barriga desnuda, y aquellas poltronas que se parecían a las del Palacio del Pueblo de Piong Yang, donde alguna vez había estado en tiempos de la revolución como parte de la nutrida comitiva del Ministro del Interior, en visita oficial al Gran Líder, el presidente Kim Il Sung. Esa vez el comandante Borge había llevado como regalo oficial una orquesta completa de sapos disecados, cada cual tocando su instrumento, que todavía podía admirarse en una de las vitrinas del Museo de Regalos del mismo palacio.

Giggo aún no les había ofrecido asiento, pero de pronto los animó con movimientos urgidos, como quien arrea gallinas en un patio, a que acercaran unas silletas de plástico, un gesto que no incluía a Caupolicán que ya se había sentado por su cuenta.

—Supongo que conoce el objeto de esta visita —dijo el inspector Morales una vez acomodado en su silleta.

De una mesita con sobre de cristal que tenía al lado, donde había puesto los anteojos, Giggo tomó entre sus dedos de uñas manicuradas una campanilla y la agitó, con lo que de inmediato llegó Soraya con los pasos silenciosos de sus zapatos de lona.

—Yo me voy a tomar un Giggo-coco, y a estos señores me les trae también lo mismo —ordenó Giggo.

—Se trata de su prima hermana, Sheila Marenco —dijo el inspector Morales.

—Ya dieron las doce y esa es mi hora del aperitivo —dijo Giggo.

Era costumbre heredada de su abuelo, que no se tomaba el primer trago del día sino daban las doce, y hasta que no se juntaban las dos manecillas se paseaba mirando el reloj de bolsillo, inquieto y sediento. No rompió jamás su regla.

Se hallaba descalzo, y sus pies eran pequeños y tersos, igual que las manos, y lo mismo lucían bien cuidados; y de pronto se dio cuenta que Lord Dixon se los miraba con atención.

—Tengo pies de virgen —declaró, estirándolos para que los admirara mejor.

Una escultora de Niza conocida suya le había pedido una vez que posara para ella porque tenía el encargo de una virgen que debía enseñar el pie desnudo pisando la sierpe maligna. Allí quedó su pie en esa imagen entronizada en un altar lateral de la iglesia de Notre-Dame Auxiliatrice.

Trajeron los cocos, no ya Soraya, sino un mesero de guayabera, peinado con exceso de brillantina. Venían sin descortezar y pesaban tanto que era necesario sostenerlos con ambas manos, con lo que el inspector Morales y Lord Dixon se sintieron inmovilizados. Caupolicán rechazó el que le ofrecían con su sonrisa marrullera, pero ya era tarde para que ellos hicieran lo mismo.

—Este es un invento mío, lo estoy experimentado porque hoy en la noche el Giggo-coco se va a servir en la fiesta hawaiana —dijo Giggo, sorbiendo la pajilla.

El coctel llevaba vodka, pero no esa bazofia que era el Sto-lishnaya, sino vodka francés, el Grey Goose, unas gotas de amar-go de Angostura, medio vaso de jugo de naranja y una cucharada de esencia de cerezas, más el agua que viene dentro del coco. El secreto estaba en que la mezcla debía ser inyectada con una jerin-ga hipodérmica a través de la pulpa, una jeringa de veterinario, de las grandes. Después se ponían los cocos a congelar, y se saca-ban del congelador un cuarto de hora antes de servirlos. Los Giggo-cocos de la fiesta hawaiana, por ser una cantidad tan gran-de, los estaban congelando en un frigorífico de la hielera Polar.

El inspector Morales y Lord Dixon seguían con los cocos en el regazo, sin haberlos probado.

—A ver, díganme qué piensan de mi Giggo-coco —dijo Giggo.

—Tenemos prohibido beber cuando estamos de servicio —dijo Lord Dixon.

—Pero si ustedes no están aquí en nada oficial —dijo Giggo, y miró a Caupolicán—; si no, yo no los recibo en mi casa.

—No traen orden judicial ni nada —dijo Caupolicán.

—Entonces bébanse su coco a gusto —dijo Giggo, que al reacomodarse en la playera dejó entrever por la abertura de la bata unos calzoncillos de manga estampados con caritas de payaso.

—Queremos que nos hable de su prima, perdone que insista —dijo el inspector Morales.

—Ah, la pobre Sheilita —dijo Giggo—. Desgraciada la niña, y lo peor fue su matrimonio con ese ingeniero mediocre. Yo la mediocridad la odio, debían buscar una isla en medio lago Cocibolca y meter allí a todos los mediocres.

—Con el ingeniero ya hablamos, así que queremos infor-mación más bien sobre ella —dijo el inspector Morales—. ¿Cuándo la vio usted la última vez?

—Ya vino temprano a darme la lata la Cristina con las mismas preguntas, desde que pasó por la puerta fue llorando a grito pelado, a mí me repugnan los escándalos —dijo Giggo.

Lord Dixon dio un sorbo disimulado a la pajilla. Aquello era demasiado dulce, y sabía a jugo de naranja envasado.

—Cuéntenos de la conversación con la señora —dijo el inspector Morales.

—Ya eso es mala educación —intervino Caupolicán.

—No importa, niño, dejalo —dijo Giggo—. Mil veces le advertí a la Cristina que no le permitiera a la Sheila casarse con ese imbécil porque se iba a hacer responsable de un soberano desastre, y ahora que vino gritando como loca, le dije que si me hubiera hecho caso, mi primita hubiera sido feliz con el otro que de verdad se quería casar.

—¿Cuál otro? —preguntó el inspector Morales.

—Otro primo de nosotros, Piero, pero a la Cristina no le gustaba porque era divorciado, así es ella, le parece que estamos viviendo en Granada en la época de los treinta años conservadores —dijo Giggo.

—¿Qué cree usted que andaba haciendo Sheila en Laguna de Perlas? —preguntó Lord Dixon.

—Eso lo saben ustedes mejor que yo, no me hagan preguntas tontonecas —dijo Giggo, y sorbió ávidamente su pajilla.

—¿Y no tiene idea de quién pudo querer matarla? —preguntó el inspector Morales.

—Si ya acabaron, yo me tengo que ir a trabajar —dijo Giggo—; empiezo a trabajar tarde, pero trabajo.

—Lo podemos buscar más tarde en su oficina —dijo el inspector Morales.

—Qué oficina, chiquito lindo —dijo Giggo—; yo trabajo aquí en mi casa, en mi cama, para más señas, así no hay papel delicado que se me pierda.

El inspector Morales depositó con toda calma su coco en el suelo, y como el coco no podía sostenerse, lo dejó arrimado a la pata de la silleta. Alzó el cartapacio, lo puso en su regazo y lo abrió.

—¿Usted conoce a esta persona? —dijo, extendiéndole a Giggo el retrato hablado de Black Bull.

—¡Ay! —exclamó Giggo, sin intención de agarrar la cartulina, y mirando más bien a Caupolicán con ojos desconsolados—, ¿por qué lo obligan a uno a ser grosero? Quitame a estos dos mequetrefes de mi vista, hacéme esa caridad.

—¿Y vos? ¿Lo conocés? —dijo el inspector Morales enseñando el retrato a Caupolicán.

—Te voy a decir como en las películas, no hablo sino es en presencia de mi abogado —dijo Caupolicán, poniéndose de pie.

—Todavía no he terminado, tengo más preguntas —dijo el inspector Morales, con obstinación, mientras metía la cartulina en el cartapacio.

—Aquí no hay más preguntas que valgan —dijo Caupolicán, sin dejar su tono juguetón—, y no sigan tentando la buena voluntad del doctor.

Giggo había sacado de la nada un minúsculo teléfono celular que pulsó entre malabares y luego se llevó al oído.

—Fito, aquí tengo a esos muchachos que te dije que los iba a dejar entrar, pero se están portando pésimo —oyeron decir a Giggo.

—Ya les salió la virgen, es el ministro de Gobernación —dijo Caupolicán, como si les regalara una grave confidencia—. Son uña y carne, estuvieron juntos en el colegio Centroamérica.

—El ministro quiere saber quién es el que los manda a ustedes —preguntó Giggo.

—Ellos son de las drogas, están bajo el mando del comisionado Selva —dijo Caupolicán.

—¡Son de las drogas, Fito, estoy siendo tratado como un vulgar traficante! —se quejó Giggo en el teléfono, como si le fueran a brotar las lágrimas.

—Es hora de irse, camaradas, por el bien de ustedes —dijo Caupolicán.

Lord Dixon no acertaba a ponerse de pie, y en eso imitaba al inspector Morales, que seguía aferrado a su asiento, pero eran formas diferentes de desconcierto. Al inspector Morales le había dado por la terquedad, y a Lord Dixon por la flojera.

—Quiere hablar con uno de ustedes, uno de los dos debe ser jefe —dijo Giggo, estirando la mano con el teléfono.

—Yo sólo respondo ante mis superiores inmediatos, y no me consta que esa persona sea el Ministro —dijo el inspector Morales, incorporándose por fin.

—Insubordinación, que puede llevar a la baja deshonrosa —dijo Caupolicán, más divertido que nunca.

—Un día me vas a contar sobre tus amores con Sheila Marenco —le dijo el inspector Morales.

—Sí, y también sobre la valija con el vestido de novia —habló por fin Lord Dixon.

—¿De qué mierda me están hablando? —dijo Caupolicán.

—¿Qué vestido de novia es ese? —preguntó con curiosidad Giggo, que había cortado ya la comunicación.

—Uno que te podés probar a ver si te queda —respondió Lord Dixon, ya de camino al panel de puertas corredizas, y sin volver la vista.

19. Tres viejos guerrilleros

Lord Dixon conducía el Lada de regreso a Managua en un ambiente de lluvia que se cernía desde la sierra detrás de ellos, una nublazón de esas que dan morriña en los huesos. Y para ambos era una morriña también de ánimo. El fracaso de la entrevista los llevaba a hilar fino, como si sentirse desgraciados alentara en ellos la perspicacia. ¿Había dejado adrede el comisionado Selva que fueran a meterse por sus propios pasos a la boca de aquel león mamplora que enseñaba bajo la bata sus alegres calzoncillos estampados con caritas de payaso, todo para despistar a quienes manejaban la operación del encuentro de los plenipotenciarios de los cárteles y darles confianza de seguir adelante?

Ya el ministro Placebo habría llamado a la Monja para quejarse, la Monja le habría transmitido la queja al comisionado Selva, y el comisionado Selva estaría dándole explicaciones por teléfono al ministro Placebo, no volvería a suceder, un libretazo de sus subordinados, si era necesario él mismo llamaría al doctor Cabistán para darle excusas.

Señuelos. En lenguaje profesional, ese era ahora el papel de ellos dos, y lo habían hecho mejor que si se los hubieran encargado de manera expresa. Giggo, después de dejarlos en ridículo, les había echado su poder encima, y tenía ahora de sobra para tranquilizar a sus superiores del cártel, que es lo que el comisionado Selva quería: la muerte de aquella muchacha estaba siendo investigada por dos ineptos de la Dirección de Drogas, lógico, porque estaba de por medio un yate abandonado, de los que tanto se utilizaban para trasegar cocaína; pero de allí en adelante, la policía se hallaba en el limbo. Qué mejor que creyeran eso.

Y dentro de esa estrategia de despiste, aun la captura de Black Bull se volvía no sólo irrelevante, sino que inconveniente, porque amenazaría el operativo mayor. De manera que ahora, por mucho consuelo que buscaran, se sabían otra vez sobrando.

—Nos vienen siguiendo —advirtió serenamente Lord Dixon, mientras miraba por el espejo retrovisor, y al mismo tiempo colocaba la pistola a su lado en el asiento.

Llegaban ya a la rotonda Jean Paul Genie, y el BMW deportivo que se hallaba estacionado frente a la pagoda de Giggo, venía a la zaga por el mismo carril del centro, muy pegado al Lada, y ahora hacía una maniobra para colocarse a la derecha y emparejarlos. El inspector Morales había sacado ya la Makarov del tahalí adherido a la prótesis, cuando el vidrio polarizado de la ventanilla del conductor del BMW bajó, y apareció la cara sonriente de Caupolicán.

—Den la vuelta y espérenme en la entrada de los Cinemas, yo los sigo —dijo.

Lord Dixon giró en torno a la rotonda para tomar la ruta de acceso a las Galerías Santo Domingo, bordeó el Hipermercado La Colonia, y desembocó en la playa de parqueo del área de los Cinemas, que era la misma del food court, llena a esa hora del almuerzo de vehículos entre los que el Lada azul pareció más vergonzante y disminuido.

Aguardaron en la acera del restaurante Sushiito, al pie de la extensa escalinata por las que descendían hacia las honduras bandadas de empleadas bancarias uniformadas con faldas grises y carmelitas, como monjas de una nueva religión en busca del refectorio para el rito de su almuerzo rápido, mientras por los corredores del mall desfilaban familias enteras llegadas de los barrios lejanos en los buses de ruta. Pasarían la tarde admirando las vitrinas de las tiendas desde las que emanaba, al correrse las puertas automáticas, un frescor de país extranjero.

—Los invito a almorzar —dijo Caupolicán, los anteojos de sol subidos ahora sobre la frente, el llavero con la llave electrónica del BMW apareciendo y desapareciendo en su mano, como en un juego de prestidigitación.

—¿Qué es esto? —dijo el inspector Morales—. ¿Un desagravio por habernos corrido de la pagoda china?

—No —dijo Lord Dixon—. Es lo que el Profeta hubiera llamado un imponderable. Los imponderables también son armas sorpresivas de la dialéctica.

—Digan qué quieren comer y no jodan con la dialéctica —dijo Caupolicán.

—Yo quiero una hamburguesa —dijo Lord Dixon.

—Qué gusto le hallás a esa mierda gringa —dijo Caupolicán—, vamos a comer comida japonesa, aquí al Sushiito.

—Eso no es comida ni es nada —dijo el inspector Morales—; yo propongo pollo frito.

—Pollo frito entonces, vamos aquí al lado a los Rostipollos —transó Caupolicán.

—Y mi opinión se la metieron en el ano —dijo Lord Dixon.

—Esa es la dialéctica de los imponderables —dijo Caupolicán.

—Quien lo vea caminando así, entre dos policías uniformados, dirá que lo llevan preso camino a la Modelo —dijo Lord Dixon.

—Que es donde debería estar —dijo el inspector Morales.

—Lástima que no andamos con esposas para ponérselas y que parezca reo de verdad —dijo Lord Dixon.

—Les gustaría meterme esposado en el carrito Lada, y uno de ustedes empujándome la cabeza para abajo para que no me golpee —dijo Caupolicán.

—Eso es en las películas —dijo el inspector Morales cuando trasponían la puerta del restaurante—, yo te metería a verga limpia.

Fueron a sentarse a una mesa pegada la vidriera por la que se veía pasar a los visitantes del mall, adolescentes en uniformes escolares jugando a agredirse con sus mochilas, una pareja de jovencitas que caminaban sonámbulas atentas a la música del iPod en sus oídos, una madre embarazada arrastrando un cochecito como si fuera a desfallecer, una anciana buscando orientarse, a pasos vacilantes, como si quienes la trajeron de paseo la hubieran abandonado.

—Se ve que te hacemos falta —dijo el inspector Morales mientras la mesera les repartía los grandes menús emplasticados.

—Cabanga que tengo de ustedes —dijo Caupolicán, poniendo sus anteojos de sol sobre la mesa.

—Seguís enculado de nosotros, no te culpo —dijo Lord Dixon.

—Siempre te quise coger, negra divina —dijo Caupolicán.

—Yo no soy celoso —dijo el inspector Morales.

La muchacha, que esperaba con la libreta y el lapicero en mano para tomar la orden de las bebidas, puso cara de ofendida ante la conversación.

—¿Nunca antes le ha tocado atender a mariposas cariñosas como nosotros? —le preguntó Caupolicán.

—Sí —dijo la muchacha—, pero nunca me han tocado con uniforme de policías.

—A los dos policías nos va a traer unas Victorias —dijo el inspector Morales—. El preso, no sé qué quiere tomar.

—También una Victoria —dijo Caupolicán.

—Confiesa tus pecados entonces, hijo mío —dijo Lord Dixon, mientras la muchacha se alejaba—, te oiremos con toda compasión.

—Vos sos protestante, negro hijo de la gran dialéctica, Lutero se limpiaba el culito con la confesión —dijo Caupolicán.

—Te escuchamos entonces como ateos practicantes —dijo el inspector Morales.

—¿Y quién les ha dicho que quiero confesarme con ustedes? —dijo Caupolicán.

—Por eso nos seguiste, algo te pica en la conciencia —dijo el inspector Morales.

—¿Este? —dijo Lord Dixon—. Este ni conciencia tiene.

La muchacha vino con las cervezas y fue colocando todo con parsimonia delante de cada uno, primero los secantes con el emblema de la Victoria, luego los steins escarchados, y por último las botellas, que abrió delante de ellos; y ya su obra cumplida, tomó las órdenes de la comida y fue a entregarlas a la cocina.

—¿Por qué mencionaste delante del doctor Cabistán que yo tenía algo que ver con Sheila Marenco? —preguntó Caupolicán, mirando al inspector Morales.

—¿Qué pasa? —el inspector Morales—. ¿El doctor Cabistán no sabía nada de esos amoríos tuyos con su prima?

—Me vale pija que lo sepa —respondió Caupolicán—. Me refiero al hecho de que vos fuiste a salir con eso, que es asunto personal mío.

—Ya no es personal, forma parte de las investigaciones que tienen que ver con el yate —dijo el inspector Morales, y dio un trago directamente de la botella.

—Una carta de amor tuya que hallamos en la cabina fue agregada al expediente —dijo Lord Dixon.

—Sólo escribo cartas de negocios, y de un solo párrafo —dijo Caupolicán.

—Retiro lo dicho —dijo Lord Dixon—; en el yate no hallamos ni un simple papel, lo carnearon bien.

—Fue algo calculado, que los pescadores no dejaran más que la carcasa —dijo Caupolicán.

—¿Cómo sabés vos eso? —preguntó el inspector Morales.

—También tengo mis fuentes de información —respondió Caupolicán, que seguía sin tocar su cerveza.

—Yo más bien creo que venías en ese yate —dijo el inspector Morales.

—Hágase entonces según tu voluntad —dijo Caupolicán.

—Apenas pagués la cuenta, aquí mismo te detenemos por ingreso ilegal al país —dijo Lord Dixon, mientras apuraba su stein para evitar que la espuma se rebalsara.

—Y por complicidad en el tráfico de estupefacientes —dijo el inspector Morales.

—¿Es que acaso venía droga en ese yate? —dijo Caupolicán—. ¿Ya tienen la prueba del Ioscan?

—¿Para qué Ioscan? —dijo Lord Dixon—. Con sólo oler dentro de la cabina ya se sabe que venía lleno de nieve pura.

—¿No nos podrías dar el dato del lugar donde almacenaron ese cargamento? —dijo el inspector Morales.

—Para eso les pagan —dijo Caupolicán.

—Volviendo a Sheila Marenco —dijo el inspector Morales—, ¿ella y vos venían en viaje de luna de miel en el yate, o qué?

—¿Por qué suponen que yo venía en el yate? —dijo Caupolicán.

—Porque los amigos suponen cuando se juntan a platicar —dijo el inspector Morales—; hace de cuenta que estamos en el campamento de río Iyas, esperando que asen el mono para almorzar.

—Sin prédica del Profeta antes de entrarle al mono —dijo Lord Dixon, y apuró de nuevo su stein.

—Que vinieras vos, se explica de sobra —dijo el inspector Morales—; ¿pero ella?

—Ella quería tener la experiencia de lo que es una travesía en yate, eso es —dijo Lord Dixon.

—Sólo por eso no iban a matarla —dijo el inspector Morales.

—Entonces fue que ella había dispuesto de un dinero ajeno —dijo Lord Dixon, y se limpió los bigotes de espuma con la lengua.

—¿Dinero producto de la venta de la farlopa? —dijo el inspector Morales.

—No seás mentecato, como decía el Apóstol —dijo Lord Dixon—; ella no traficaba con nieve, hacía otros trabajos.

—¿A quién le trabajaba? —dijo el inspector Morales.

—Nuestro brother no te va a contestar eso —dijo Lord Dixon.

—Gracias por tu comprensión, negrita —dijo Caupolicán.

—Le entregaron en Panamá una cantidad para unos pagos en efectivo que tenía que hacer a Managua, informó que los pagos ya estaban hechos, y era falso —dijo el inspector Morales.

—¿Qué pagos eran esos? —preguntó Lord Dixon.

—Coimas a policías, a jueces y magistrados —dijo Caupolicán, y por fin dio un pequeño sorbo a su stein.

—¿Nos podrías dar copia de esa lista? —dijo el inspector Morales.

—Sí, para saber por lo menos quién se ha quedado con la parte de nosotros —dijo Lord Dixon.

—¿Vos la acompañaste a Panamá a sacar los dólares? —preguntó el inspector Morales.

—Claro que la acompañó, está en el récord de migración —dijo Lord Dixon.

—Y eso de que faltaba la plata en la cuenta —dijo el inspector Morales—, ¿lo supieron los narcos en Colombia, o cuando venían en el yate?

—En Colombia, pero la dejaron embarcarse —dijo Lord Dixon.

—¿En qué momento creés que le comunicaron al camarada aquí presente que se habían dado cuenta del faltante? —dijo el inspector Morales.

—Faltaba mucho todavía para llegar a Laguna de Perlas —dijo Caupolicán.

Dio otro sorbo, y los miró con aire divertido, esperando su reacción.

—Y no hiciste nada por salvarla —dijo el inspector Morales.

—Un día de estos se los presento, para que vean si pueden hacer apelaciones ante ellos —dijo Caupolicán.

—La mataron enfrente tuyo —dijo el inspector Morales, y depositó la botella de cerveza ya vacía sobre la mesa.

—Primero la encerraron en el camarote para interrogarla —dijo Caupolicán.

—Y participaste en el interrogatorio —dijo Lord Dixon.

—Qué remedio —dijo Caupolicán.

—Si fuiste de los que la interrogó, quiere decir que ellos no sabían de la relación de ustedes dos —dijo el inspector Morales.

—Precisamente porque sabían —dijo Caupolicán—, allí no está uno para pedir gusto.

—¿Y si te han ordenado a vos ejecutarla? —preguntó Lord Dixon.

—Esa contestación se las debo —dijo Caupolicán.

—¿Y a qué altura del viaje fue que la mataron? —preguntó el inspector Morales.

—Antes de entrar a la barra, pero el cadáver lo lanzaron en la laguna para que lo hallaran —dijo Caupolicán—. Para ellos el castigo tiene que servir de ejemplo a los demás.

—Ahora sacame de una duda —dijo Lord Dixon.

—Depende del tamaño de tu duda —dijo Caupolicán.

—¿Por qué dejaron abandonado esa preciosura de yate? —preguntó Lord Dixon.

—Para que tuvieran ustedes pistas del cadáver, por si acaso tardaba en salir de agua —respondió Caupolicán—. Ya les dije que a ellos lo que les interesa es el escarmiento.

—En ese caso hubieran dejado mejor el cadáver en el camarote —dijo Lord Dixon.

—Vamos a hacerles esa recomendación para la próxima —dijo Caupolicán.

—¿Y se puede saber a quién le encargaron la ejecución? —preguntó el inspector Morales.

—A Black Bull, ustedes saben quién es, han andado detrás de él —dijo Caupolicán.

—¿Nos lo estás entregando en venganza? —dijo Lord Dixon.

—Si se los digo es porque también ya está muerto —dijo Caupolicán.

Aquellas eran, entonces, las vacaciones que Manolo Lozano, el gerente del Josephine, iba a darle en premio a Black Bull, según la conversación que había escuchado doña Sofía.

—¿Y ya sabe Giggo que le mataron al querido? —preguntó el inspector Morales.

—Todavía no —dijo Caupolicán—; pero cuando aparezca el cadáver, quién lo aguanta partido en llanto.

—¿A Black Bull lo mataron por moralidad, porque no les gustan las relaciones entre varones? —preguntó Lord Dixon.

—Eso es ya un inconveniente —dijo Caupolicán—. Pero más bien fue la cola que ustedes le pusieron lo que le abrió la fosa.

—Extraño, le quitan con mañas de juego el barco a Cassanova para dárselo a él, y después lo matan —dijo el inspector Morales.

—El asunto es para qué lo quería —dijo Caupolicán—. Lo quería para traficar raciones de coca al menudeo, y eso es revolver el cebo con la manteca.

—Entonces ese fue el verdadero motivo de que le pasaran la cuenta —dijo Lord Dixon.

—Queda a la libre interpretación de ustedes —dijo Caupolicán.

—¿Y por qué quemaron el barco? —preguntó Lord Dixon.

—Es mucha la parentela de Black Bull —dijo Caupolicán—. No querían problemas sobre la propiedad del barco. Este es un negocio cerrado, nadie puede andarse asomando. ¿No quieren otra cerveza?

Los dos negaron con la cabeza.

—Tal vez podemos hablar de la valija —dijo el inspector Morales.

—Ah, sí, la valija del hotel Lulú —dijo Caupolicán—. Ya supe que le caparon la mitad a los dólares.

—Deberías presentar una queja —dijo Lord Dixon.

—¿La interrogaron a ella en el yate sobre la valija? —preguntó el inspector Morales.

—Claro que la interrogaron —dijo Caupolicán—; pero nunca les dijo cómo había sido transportado el dinero a Managua.

—En el cuerpo no aparecen señales de tortura, así que no fueron a fondo con ella —dijo Lord Dixon.

—Querían acabar rápido, lo del dinero era una simple curiosidad —dijo Caupolicán—. ¿Qué les pueden importar a ellos cien mil dólares?

—Por lo tanto, no supieron quién hizo el embutido —dijo el inspector Morales.

—Ahora que ya saben de la valija por los periódicos, deben estarse preguntando quién la habrá ayudado a esconder los dólares en el forro —dijo Lord Dixon.

Caupolicán bebió otro sorbo de su cerveza tibia.

—Tené cuidado —le dijo el inspector Morales.

—Gracias por la preocupación —dijo Caupolicán.

—¿Y cómo es que la valija entró a Nicaragua? —preguntó el inspector Morales.

—Como están tardándose en traer la comida, tenemos tiempos de jugar a la gallinita ciega —dijo Caupolicán—. Ustedes y yo sabemos que Cassanova la retiró de la aduana del aeropuerto.

—Entonces, eso de que ella la mandara manifestada por avión, también fue idea tuya —dijo Lord Dixon.

—Yo quería saber lo menos posible, así que hizo sola sus arreglos de mandar la valija —dijo Caupolicán—. Cuando me ordenaron registrar el equipaje que traía en el yate, en un maletín de mano encontré la copia de la guía de consignación. Lo tiré mar, y allí se fue ese papel.

—Y quedaste pendiente de que la valija llegara a su destino —dijo el inspector Morales.

—Me figuré que el encargo de Cassanova era entregársela a doña Cristina —dijo Caupolicán—. Ese dinero iba a ser para el niño.

—¿Qué niño? —preguntó el inspector Morales.

—Otra vez la gallinita ciega —dijo Caupolicán—. Juan Gabriel, mi hijo.

—Y nosotros que una vez creímos que a Cassanova lo habían matado por la valija —dijo Lord Dixon.

—A Cassanova se lo sentaron por boca floja —dijo Caupolicán—. Matarlo en el cuarto del hotel era un mensaje para ustedes.

—Se da por recibido —dijo el inspector Morales.

—Un hombre que mucho jugaba, además, y los jugadores enviciados se vuelven peligrosos —dijo Caupolicán.

—No conozco ese vicio, es el único que me falta —dijo el inspector Morales.

—Llegá a jugar al Josephine una noche de estas, te prometo fichas de cortesía —dijo Caupolicán.

—Mil gracias por la gentileza —dijo el inspector Morales.

—¿Y para mí? —dijo Lord Dixon.

—Para vos fichas negras, como en la canción —dijo Caupolicán.

—Fichas negras, como el color de tu perversidad… —cantó Lord Dixon.

—Perdonen el atraso —dijo la muchacha que llegaba con la bandeja cargada—, pero se había acabado el gas en la cocina, y hasta ahora trajeron el cilindro.

—A mí ya se me quitó el hambre —dijo Caupolicán.

—Creo que a mí también —dijo Lord Dixon.

—Serán ustedes —dijo el inspector Morales—, pero a mí me rasca impaciente el tigre.

20. El cielo llora por mí

El cielo se había cerrado por completo mientras terminaban el almuerzo tardío en los Rostipollos, y cuando salían al descampado comenzó a caer la lluvia en gruesos chorros que se metían hasta en la boca. Caupolicán, sin despedirse, corrió hacia su BMW, quitando de camino el cerrojo con el comando a distancia, y entonces el vehículo, sobre el que rebotaba el agua, encendió sus luces interiores y pareció estremecerse. Lord Dixon pidió al inspector Morales que esperara en la puerta del Sushiito y corrió también hacia el Lada, casi solitario ahora en la explanada, y más disminuido.

Mojado como subió al vehículo, porque el amparo del alero a la entrada del Sushiito era escaso, el inspector Morales sacó el celular del estuche prendido al cinturón y le sacudió el agua que había cogido. Luego lo miró en su mano con algo de extrañeza. Tenía tiempo de no hacer sonar sus cascabeles navideños. Fue como si lo convocara, porque en ese momento entró una llamada. La risa nerviosa, insistente y entrecortada del inspector Palacios, su manera usual de saludo, se ahogaba bajo la lluvia. Había un muerto en uno de los cauces que desembocaban en el lago Xolotlán, ya muy cerca de los breñales de la costa. Él ya estaba allí, barrio Domitila Lugo, si se dignaba acompañarlo le extendía la más cordial invitación. Le convenía. Los rasgos del occiso coincidían con el identikit del asesino del hotel Lulú.

—Ya me figuraba yo que lo iban a dejar botado en un cauce —dijo el inspector Morales.

—¿Tan seguro estabas de que lo iban a matar? —preguntó el inspector Palacios.

—Más bien ya sabía que lo habían matado —dijo el inspector Morales.

—Compañero, la próxima vez socialice la información —dijo el inspector Palacios.

—Acaba de irse volando el zopilote que me trajo la noticia —dijo el inspector Morales.

No tenían gasolina suficiente para llegar hasta la costa del lago, anunció Lord Dixon, pero el inspector Morales aseguró que le conocía las mañas y virtudes al Lada, capaz de quedarse varado sin motivo, y a la vez de prolongar su último aliento con el tanque exhausto.

La lluvia arreciaba aún más cuando se acercaban al Camino de Oriente, en busca de la rotonda de la Centroamérica para alcanzar la pista de la Resistencia, y los carpinteros que armaban las tarimas de espectáculos a los lados de la carretera, por donde pasaría la procesión de Santo Domingo el día siguiente, trabajaban bajo el agua. Una de las tarimas era la del casino Josephine, y las mismas muchachas que custodiaban en bikini la tómbola para la rifa del Subaru, bailarían allí mañana al son de una marimba, disfrazadas con trajes típicos, frente a la multitud que se derramaba por kilómetros acompañando al exiguo santo patrono en su entrada triunfal a Managua.

Mientras el Lada avanzaba ahora por la pista de la Resistencia hacia la carretera Norte, Managua se desdibujaba bajo la bruma del aguacero que lavaba los rótulos de latón encaramados en multitud sobre zancos a diferentes alturas, y empapaba las mantas publicitarias que serpenteaban como vendajes entre los postes de la luz, borrados los ojos distantes de los semáforos lo mismo que se borraban las precarias fachadas de las viviendas convertidas en pizzerías, tiendas de ropa de pacas, consultorios médicos, laboratorios clínicos y agencias de viaje, los garajes rentados a barberías, salones de belleza, ferreterías, farmacias familiares. Y de pronto, la falsa majestad de una sucursal bancaria.

En las cercanías del mercado Roberto Huembes, al alcanzar una de las bocacalles el Lada se hundió en el agua de lluvia que formaba remolinos en los tragantes atorados de basura, y ya no pudieron avanzar mucho más porque el tráfico se había detenido. Y mientras la luz del siguiente semáforo cambiaba una y otra vez, debieron esperar tras la negra humareda del escape de un bus que recogía pasajeros a media calle, en un flanco del Lada un carretón cargado de sacos de maíz cubiertos por una lona ahulada, demasiado peso para el vigor de los caballos cenicientos del doble tiro, en el otro flanco un taxi, tan desvencijado como el Lada, que llevaba en el parabrisas de la culata una calcomanía con el rótulo *Sólo Cristo Salva*, y delante del taxi una camioneta de acarreo donde un hombre empapado, que parecía desafiar al mundo, sostenía, de pie, un espejo de cuerpo entero con moldura de arabescos dorados.

Habría pasado media hora cuando al fin lograron trasponer la carretera Norte y alcanzar los dominios proletarios del barrio Domitila Lugo. La calle principal, que corría paralela al cauce, tras perder los adoquines se convertía en un camino entre montarascales que las lluvias volvían exuberantes, y en sus veras anegadas aguantaban el castigo del agua legiones de viviendas improvisadas con armazones de varas, que tenían por paredes tablones de formaleta, trozos de plástico negro, bramantes y cartones de embalaje, y por techos latas herrumbrosas que de tan viejas parecían agujereadas a balazos, sostenidas bajo el peso de llantas desechadas de vehículos.

A lo lejos vieron brillar las luces de señales de la radiopatrulla del inspector Palacios, estacionada cerca del cauce que en el torbellino de sus aguas lodosas arrastraba hacia el lago, con un mugido sostenido, ramajes descuajados, gallinas y perros muertos. Delante de la radio patrulla había una camioneta de tina, pintada con los mismos colores celeste y azul de la radiopatrulla, y alrededor de ella se congregaba un grupo de policías cubiertos con capotes amarillos de nylon.

El inspector Palacios salió de la radiopatrulla envuelto en su propio capote al ver llegar al Lada, y saludó a Lord Dixon, que se bajó de primero, con un afectuoso puñetazo en el estómago, como hacía siempre que tenía tiempos de no verlo; y cuando el inspector Morales ya se había bajado también, ordenó al chofer de la radiopatrulla, y a otro de los policías que tenía más a mano, que les entregaran sus capotes.

A pesar de que el cadáver había sido sacado del barranco cuando apenas empezaba a llover, y ahora yacía en la tina de la camioneta, el espectáculo aún no terminaba para los habitantes de las casuchas levantadas en el borde mismo del cauce, quienes se mantenían en guardia tapándose con sacos de bramante y hojas de chagüite, y con ellos no pocos niños vestidos apenas con pantalones cortos, o en calzoncillos, que dejaban chorrear tranquilamente la lluvia sobre sus cabezas. Las casuchas parecían en peligro de ser arrastradas al precipicio en la medida en que la lluvia persistente desmoronaba el borde, pero aquella inminencia de desastre quedaba en nada ante la imperturbable tranquilidad de los curiosos.

Un viejo entrecano de torso desnudo, redonda la comba de la barriga, los pies de cara a la corriente, vigilaba los acontecimientos sentado sobre una gran cama de espaldar esculpido a cincel, casi completa dentro de la casucha que había perdido sus paredes desmembradas por el aguacero. Encima de su cabeza brillaba una bujía eléctrica colgada de un travesaño, y los alambres de la bujía iban a enredarse con otros que salían de los techos de las otras casuchas, un solo enjambre de conexiones clandestinas que se enmarañaba aún más al ascender hacia el poste que sostenía el transformador.

El inspector Palacios descorrió el zipper de la funda de nylon. Black Bull, con la cara desfigurada y oscura de sangre, llevaba la misma vestimenta con la que se había presentado en el hotel Lulú según los testigos del taller automotriz, camiseta blanca de algodón, sin mangas, pantalones tipo cargo, zapatos Nike. Sólo le faltaba la gorra roja.

—¿Y el forense? —preguntó el inspector Morales.

El aguaje arreciaba por momentos, y costaba oírse.

—Bajo este vergazo de agua ya no viene —dijo el inspector Palacios—. Vamos a tener que llevar el cuerpo a Medicina Legal nosotros mismos.

—¿No podés vos calcular cuánto tiene de muerto? —le preguntó el inspector Morales.

—Se acabó el rigor mortis, pero tampoco ha empezado a inflarse, de manera que te digo que unas 36 horas —respondió el inspector Palacios.

—Entonces lo mataron la madrugada de ayer domingo —dijo el inspector Morales.

—Cuando doña Sofía oyó que iban a darle vacaciones, es que ya estaba sentenciado —dijo Lord Dixon.

—Volvió Giggo del casino, y ya no lo encontró en la pagoda —dijo el inspector Morales.

—No se notaba afligido —dijo Lord Dixon.

—Supongo que le avisaron que había sido sacado del país, sin tiempo para despedirse —dijo el inspector Morales.

—El barco se lo mandaron a quemar desde el viernes —dijo Lord Dixon.

—Tienen una buena planificación, no desperdician tiempo —dijo el inspector Morales.

—No me gustan las novelas tipo *Rayuela*, a ver cuándo me la cuentan en orden —dijo el inspector Palacios.

—¿A qué horas lo encontraron? —preguntó el inspector Morales.

—Hoy como a las once, unos chavalos que cazaban iguanas en el cauce —respondió el inspector Palacios.

—¿Qué clase de arma de fuego? —preguntó el inspector Morales.

—Por lo menos calibre .45, un solo balazo en el parietal izquierdo —dijo el inspector Palacios.

—Qué raro que no aparecieron los periodistas —dijo Lord Dixon.

—Cuándo vas a creer que no —dijo el inspector Palacios—, ya se fueron, por miedo al agua, pero se dieron gusto con el cadáver en el barranco, hasta me querían a mí posando al lado.

—¿Algo en las bolsas? —preguntó el inspector Morales.

—Esto, nada más —dijo el inspector Palacios—, y les mostró una ficha color púrpura con el emblema del Josephine, metida dentro de una bolsita transparente.

Cuando el inspector Morales la tomó, la bolsita parecía deshacerse entre sus dedos con la lluvia.

—La ficha es de cien dólares, como podés ver —dijo el inspector Palacios.

—¿Me podés prestar esta ficha? —preguntó el inspector Morales.

—¿La querés para ir a jugar? —preguntó el inspector Palacios.

—Tal vez —respondió el inspector Morales, y se la metió en uno de los bolsillos del pantalón.

Devolvieron los capotes a los policías, y como protegían poco, cuando estuvieron encerrados dentro del Lada el inspector Morales tuvo que sacudir otra vez el agua del celular.

La radiopatrulla que se iba los iluminó con sus faros, y adivinaron la mano del inspector Palacios que se despedía de ellos tras el vidrio empañado. Enseguida se fue la camioneta con el cadáver, los policías sentados en equilibrio en los bordes de la tina.

—No me imagino qué pensás hacer con esa ficha —dijo Lord Dixon, mientras ponía en marcha el Lada.

—Yo tampoco —dijo el inspector Morales—, lo único que sé es que estos cabrones saben de burlas.

—Les ha enseñado Caupolicán —dijo Lord Dixon.

—De eso se trata —dijo el inspector Morales—. Me invita Caupolicán a jugar, como en broma, y ya habían dejado la ficha de cortesía en la bolsa del muerto.

—Cien dólares, no está mal para empezar a jugar—dijo Lord Dixon.

—Eso es lo que creen que yo valgo —dijo el inspector Morales.

—Viéndolo bien, no calza la burla —dijo Lord Dixon—. Ni siquiera sabía Caupolicán que nos íbamos a encontrar con él en la pagoda de Giggo.

—Vos parecés chavalito de cuna —dijo el inspector Morales—. Por eso precisamente estaba allí, seguro de que íbamos a llegar. Era el siguiente paso que nos calculaban, la visita a Giggo.

—De todos modos no me concuerda —dijo Lord Dixon—. Nos siguió hasta última hora, y porque nos siguió se dio la plática del almuerzo.

—Quitate la chupeta de la boca —dijo el inspector Morales—. Nada de última hora. Nos siguió a propósito.

—En ese caso tengo que reclamarle mis fichas negras —dijo Lord Dixon.

Algo iba a responder el inspector Morales cuando una camioneta color gris de gran alzada apareció a contramano entre las sombras de la lluvia, y con los potentes faros halógenos encendidos aceleró contra ellos alzando lodo por los guardafangos, tan instantánea y sorpresiva la embestida que Lord Dixon hizo una maniobra desesperada de giro hacia la izquierda para capear el impacto y fue entonces, cuando tenían la camioneta de costado, que se encendieron los fogonazos, como de fósforo, de una ráfaga que tardó en tronar.

Los vidrios de las ventanillas estallaron en una lluvia de fragmentos como hielo molido, y el Lada fue a estrellarse contra un tigüilote que parecía haber salido a su encuentro, con lo que

se abrieron de golpe las puertas y ellos pudieron entonces escu-
rrirse hacia el suelo en medio del aguacero siempre recio, un olor
a gasolina derramada revuelto con el olor a pólvora de la humareda que aún los envolvía, la Makarov ya en la mano del inspector Morales que se había arrastrado hasta llegar al tronco del
árbol para parapetarse tras él, y ahora veía venir la camioneta de
regreso, el brazo del sicario asomado por la ventanilla sosteniendo una Uzi, mientras Lord Dixon, recostado contra el tronco,
trataba de detener la sangre que le manaba del pecho.

Volvió a sonar otra ráfaga que terminó de pasconear la
carrocería y astilló el árbol, pero fue ya lo último porque la camioneta se alejó por la calle adoquinada, hasta que el ruido del
motor se perdió, rumbo a la carretera Norte. El inspector Morales había disparado toda la carga de la Makarov, que sentía
arder en su mano.

Los focos delanteros del Lada habían quedado encendidos,
y sus haces amarillos iluminaban en la penumbra de la lluvia los
techos de otra hilera de casuchas aún más miserables que las del
cauce, las láminas de desecho atajadas con tenamastes a falta de
llantas viejas. De las casuchas salieron gentes que corrieron hacia ellos sin hacer caso del aguacero, y los rodearon primero a
distancia, y luego más estrechamente, como si se tratara de dos
animales raros. Pero cuando oyeron la sirena creciente de una
radiopatrulla fueron todos a su encuentro, y volvieron escoltan-
do al inspector Palacios, que se acercaba apresurado, la pistola
en la mano, un foco de pilas en la otra, mientras el chofer permanecía en el vehículo, pegado al radio de comunicaciones;
hablaba a gritos, para dominar el fragor de la lluvia, y le respon-
dían voces de alarma embulladas.

El inspector Palacios los alumbró desde arriba, y camina-
do sobre el reguero de partículas de vidrio se acercó primero a
Lord Dixon, que se esforzaba en contener la sangre con las manos. La lluvia amainaba en ese momento.

—Ya viene la ambulancia —lo consoló el inspector Palacios, puesto de rodillas.

—Qué mala puntería de cabrones, nos bañan de balas y aquí estoy todavía hablando —dijo Lord Dixon, y cerró mansamente los ojos.

A la luz del foco, la sangre que remojaba la camisa de su uniforme era más oscura bajo sus manos trenzadas, y una aureola escarlata se extendía alrededor.

El inspector Palacios enfocó enseguida al inspector Morales.

—¿Vos no estás herido? —le preguntó.

—Me dieron en la prótesis —dijo—, y enseñó el orificio chamuscado en el pantalón, a la altura de la rodilla.

—Ya había agarrado la carretera Norte cuando oí las ráfagas —dijo el inspector Palacios—, y me acordé de ustedes, que se habían quedado atrás.

—Nuestra gratitud por tenernos en tu pensamiento —dijo Lord Dixon.

—Vos no hablés, estate quieto —le dijo el inspector Palacios, y se quitó el capote para colocárselo encima.

—Te tenés que haber topado con esos hijueputas —dijo el inspector Morales, mientras intentaba ponerse de pie, embarrado de lodo.

—¿Qué vehículo era? —preguntó el inspector Palacios.

—Una camioneta grande gris oscuro, de vidrios polarizados —dijo el inspector Morales.

—Negativo, deben haber salido a la carretera más arriba, por el lado del barrio de las Torres —dijo el inspector Palacios.

Llegaban ahora más radiopatrullas y camionetas de tina de las que saltaban policías armados de fusiles Aka. El oficial al mando era el propio jefe del Distrito 4, el subcomisionado Juan Bautista Pantoja.

—¿Cómo se siente, compañero? —preguntó, acercándose a Lord Dixon.

—Con los huevos mojados —respondió Lord Dixon.

—¿Y usted? —preguntó al inspector Morales.

—Dando gracias a la Virgen Peregrina que me dieron en la pata falsa —respondió el inspector Morales.

En ese momento apareció la ambulancia del hospital Carlos Roberto Huembes, el hospital de la Policía Nacional, sin más aviso que el de sus luces intermitentes, y los curiosos fueron a su encuentro para regresar en procesión detrás del médico, que se protegía bajo un paraguas a pesar de que sólo había ahora una llovizna cernida, los dos paramédicos que cargaban sus valijines metálicos, y los camilleros. El médico, que se presentó como el doctor Alexis Flores, hizo un reconocimiento previo a Lord Dixon, ordenó luego que lo pusieran en la camilla, y antes de que fuera transportado a la ambulancia los paramédicos le colocaron un cuello ortopédico, como era la rutina.

El doctor Flores, que bajo la gabacha vestía el uniforme de la policía, llamó aparte al subcomisionado Pantoja y al inspector Palacios.

—No me gusta esta herida —les dijo.

La bala había penetrado por la derecha del tórax, y no tenía orificio de salida, así que se hallaba alojada en el pulmón. Si el herido no estaba perdiendo ahora mucha sangre, era porque debía haber una hemorragia interna. Se necesitaba operar de inmediato.

El inspector Morales ensayaba a dar pasos delante de los paramédicos que ya lo habían examinado, cuando el inspector Selva se acercó.

—No hay falla —dijo el inspector Morales—, me quedó la pierna a ritmo de mambo.

—Malas noticias, hermano —le dijo el inspector Selva agarrándolo del brazo—; tenemos que apurarnos porque Dixon va pegado en serio.

El inspector Morales sólo parpadeó, y de manera dócil se fue detrás del inspector Palacios camino a la ambulancia que tenía ya el motor encendido.

—¿Podemos irnos con el herido? —preguntó el inspector Palacios al doctor Flores.

—Ustedes disponen —respondió el médico—, pero hay que correr, voy a estabilizarlo en el camino.

Cuando ya habían subido todos, el subcomisionado Pantoja se acercó corriendo.

—Tengo a la comisionada Barquero en el radio de la patrulla, quiere hablar personalmente con usted —le dijo al inspector Morales.

—No hay tiempo, yo la llamo más tarde por el celular —dijo el inspector Morales.

—No puedo darle esa repuesta a la superioridad —respondió el subcomisionado Pantoja.

—Apúnteme la sanción por desacato —dijo el inspector Morales, y jaló la puerta desde adentro.

Apenas la ambulancia había alcanzado la calle adoquinada, el sol apareció de nuevo con un brillo dorado que parecía irreal, tan radiante que no tardó en calentar los vidrios de las ventanillas. Pasaban ya las cuatro de la tarde.

El doctor Flores, tras cortar la camisa de Lord Dixon con unas tijeras para descubrir el pecho, fijaba ahora un apósito sobre la herida, con bandas de esparadrapo.

El inspector Morales se inclinó sobre la camilla, y presionó con afecto la pierna de Lord Dixon.

—Ese Ladita quedó para triste memoria —dijo Lord Dixon, con la respiración fatigosa—. Tal vez te dan de premio un Toyota Corolla nuevecito.

—Con que me repongan mi prótesis me conformo, ésta quedó torcida —dijo el inspector Morales.

—Allí va la manada —dijo el inspector Palacios, asomándose a la ventanilla.

Motocicletas conducidas por reporteros con los fotógrafos en ancas, pick-ups cargando camarógrafos en las tinas, y las furgonetas de las unidades móviles con los emblemas de las televisoras, pasaban por el costado disputándose la delantera sin temor de atropellarse.

Algunos de ellos, a la vista de la ambulancia que se alejaba haciendo sonar sin tregua la sirena, seguida por la radiopatrulla del inspector Palacios que también hacía sonar la suya, decidieron devolverse en su persecución.

—Si nos hubieran matado seguro nos acomodan juntos los camarógrafos para que apareciéramos abrazados en la televisión —dijo Lord Dixon, y tosió con una tos apagada.

—"Juntos hasta en la muerte" hubieran sido los titulares de *El Nuevo Diario* —dijo el inspector Morales.

—De milagro están contando el cuento, y todo lo hacen chacota —dijo el inspector Palacios.

—No me voy a poner a llorar —dijo Lord Dixon—. El cielo llora por mí.

—Te jodiste, ya dejó de llover —dijo el inspector Morales.

—No importa —dijo Lord Dixon, y volvió a toser—. Es una figura literaria.

El doctor Flores regulaba el goteo de la bolsa de suero colgada de un arnés.

—Le conviene no estar hablando —le dijo.

—Ya se lo advertí yo —dijo el inspector Palacios.

21. El calcetín roto

El inspector Morales había bajado de la ambulancia como si acabara de terminar un largo viaje por los parajes de un mundo desconocido y estuviera desembarcando en otro más desconocido aún. Y por desconocido le pareció extraño que al lado de la puerta corrediza de vidrio que daba acceso a la sala de emergencias se encontrara la Monja en persona, que al principio había intentado irse con la procesión de médicos, paramédicos y enfermeras detrás la camilla, pero luego vio la inutilidad de aquella iniciativa. Junto a ella estaba el inspector Selva, y los acompañaba el doctor Moisés Manfut, el director del hospital, cuyo nombre se leía bordado en el bolsillo de su mandil.

La presencia de la Monja despertaba ahora en el inspector Morales una sensación de gusto reprimido, la misma ansiedad dichosa que sentía de niño cada vez que percibía en el aire la inminencia de acontecimientos que traían consigo la alteración del orden normal de las cosas, en la cercanía del riesgo y del peligro, seguro de que ella se hallaba allí para protegerlo, y para restablecer aquel orden que ya se había roto, o amenazaba romperse. Sus manos inquietas, caídas a sus costados, parecían inconformes de hallarse ociosas, y supo que esas manos estaban para confortarlo, para extenderse sobre su frente adolorida, igual a las de la estampa de la Virgen de los Remedios que colgaba de la pared del puesto de mercancías de su abuela Catalina en el mercado San Miguel.

El comisionado Palacio, que no se había despegado un momento de su lado, lo tomó del brazo y lo empujó hacia donde se encontraba la Monja para entregárselo sano y salvo, con lo que dio por cumplido su deber, y se despidió. Entonces ella pidió al doctor Manfut que le facilitara un lugar donde pudieran aguardar mientras duraba la operación.

Seguidos por los escoltas tomaron por un pasillo diferente al que había seguido la camilla de Lord Dixon, y pasaron frente a la batería de cubículos de la sala de emergencia, separados por cortinas corredizas y dotados de camillas forradas de vinilo, algunas con roturas visibles que enseñaban el relleno de algodón, arneses para el suero, bandejas de apósitos y medicamentos, y cubos para los desechos. Los más de los pacientes eran heridos de menor cuantía, y los practicantes se afanaban en los vendajes y suturas.

¿Tenía olor la magnesia calcinada? Los hospitales siempre olían en la memoria del inspector Morales a magnesia calcinada y a tintura de yodo, a los orines de las sábanas que el tiempo nunca lograba disipar, a los fluidos de los lavados gástricos, a los apósitos sanguinolentos tirados en los cubos. A éter. Ya no se usaba el éter para dormir a los pacientes en las salas de operaciones, y ahora mismo Lord Dixon, después de ser cuidadosamente depilado del ralo vello del pecho, y untado con una tintura anaranjada, entraría en las catacumbas del sueño bajo el efecto de una inyección intravenosa que no tendría ningún olor. Después, le partirían el esternón con una sierra eléctrica para exponer la cavidad de los pulmones rebosantes de sangre derramada, que el inspector Morales imaginó burbujeante, como si hirviera.

El doctor Manfut, descendiente de palestinos por segunda generación, además de ginecólogo graduado en Cuba, era karateca shodan cinta negra primero dan, y su oficina estaba llena de trofeos dorados obtenidos en competencias nacionales y centroamericanas. Junto a su escritorio había una mesa de sesiones que despejó de carpetas y revistas médicas para que se instalaran, y luego se fue, cerrando la puerta tan cuidadosamente como si dejara atrás a un enfermo grave sometido a cuidados intensivos. Afuera, los escoltas llenaban el pasillo.

—Ahora cuénteme todo lo que pasó desde que salieron de mi oficina, sin omitir detalle —le ordenó la Monja al inspector Morales después que habían tomado asiento, alentándolo a hablar con un gesto de la mano, como si le abriera paso.

—No pude atenderla por radio porque la ambulancia no podía esperar —se excusó el inspector Morales.

Con otro gesto de la mano, ahora desdeñoso, le hizo ver que debía despreocuparse. Quería saber qué había pasado durante la entrevista con el doctor Cabistán en su domicilio, quiénes estaban allí, a qué horas salieron de aquella casa, adónde se dirigieron, dónde se hallaban cuando recibieron la llamada del inspector Palacios informándoles del hallazgo del cadáver.

—Nos pusieron una trampa —dijo el inspector Morales—, y contra su gusto, y contra cualquier previsión suya y de los demás, se echó a llorar.

Lloraba con la inocencia de un niño. Era como si por dentro se hubieran soltado todas las llaves del llanto, y las lágrimas se derramaban abundantes entre sus dedos porque se había cubierto los ojos. Sintió las manos de la Monja en su cabeza, aplicando una presión suave, protectora. Eran las manos de la estampa. Sólo faltaba que le ofreciera un vaso de agua, igual que a doña Sofía.

De modo que bajo el calor de aquellas manos no tenía escapatoria. Debía contarlo todo, no importaban las transgresiones de que pudiera ella culparlo. Para explicarle por qué habían caído en una trampa tenía que hablarle del tramposo que los había invitado a almorzar al Rostipollos, y con el que habían compartido unas cervezas, e ir más atrás, contarle de su vieja intimidad desde los tiempos clandestinos. Más allá de lo que lograra averiguar, y pudiera serle útil, ella estaba allí porque se preocupaba de la suerte de sus hijos, uno de ellos ahora dormido en un sueño profundo en el quirófano. Tenía entremanos un operativo delicado para capturar a dos capos mayúsculos de cárteles aliados, y se preocupaba por ellos, dedicándoles aquellos momentos preciosos.

Sólo ella tenía el poder curativo de decirle si aquella había sido una transgresión, o el resultado de la pendejada crónica de unos incautos. Caupolicán, sentado con ellos en la mesa del restaurante, los veía ya del otro lado de la muerte, y sus confesiones eran las que pueden hacerse a dos infelices al borde del precipicio de la eternidad. Mientras les contaba los tormentos de su vida íntima, su amante y madre de su hijo ejecutada frente a sus ojos, esperaba. Esperaba a que les avisaran del descubrimiento del cadáver de Black Bull, porque les tenían lista la emboscada cuando vinieran de regreso.

Cuando se quitó las manos de la cara y se limpió las lágrimas en la manga del uniforme, no era la Monja la que le extendía el vaso, sino el comisionado Selva. Y no era un vaso de agua, sino de ron extraseco, lleno hasta la mitad. Había salido en busca del doctor Manfut a pedirle aquel auxilio, por instrucciones de la Monja, y el doctor había venido a sacar la botella de Flor de Caña de una gaveta bajo llave de su escritorio.

Para el tiempo en que terminó de contar todo lo que tenía que contar, se lo había bebido todo.

—Creímos que el comisionado Selva nos había mandado a la entrevista con Giggo sólo para distraer a los narcos del plan principal —dijo el inspector Morales.

Lo dijo sin ningún reproche, aunque le pesaba como un agravio; pero si no hubiera sido por la dosis generosa de ron, quizás lo habría callado.

—Yo no los mandé, fue iniciativa de ustedes —dijo el comisionado Selva al tiempo que tapaba la botella.

Sentía calor en las orejas, y el brillo de sus ojos no dependía ya de las lágrimas recién pasadas, sino de la llama que calentaba sus entrañas. Extendió el vaso, y el comisionado Selva le sirvió de nuevo, aunque no tanto como la primera vez.

—Es igual —dijo el inspector Morales, con algo de torpeza en la lengua—; dentro de un plan operativo hay fines estratégicos y hay acompañamientos tácticos, eso yo lo entiendo.

La Monja contemplaba la botella y el vaso de ron del que ahora el inspector Morales daba otro trago, como si fueran objetos traídos de una expedición interplanetaria.

—Tiene toda la razón, inspector —dijo la Monja—. Nosotros queríamos que los narcos pensaran que nuestro interés se reduce al asunto del yate y el cadáver, y por eso no detuvimos la visita de ustedes al objetivo.

—Gracias por la sinceridad —dijo el inspector Morales, y abortó el impulso de alzar el vaso hacia la Monja, a manera de saludo.

—Quiero tomar esa finca con un mínimo costo de vidas, y para eso el factor sorpresa es clave —dijo la Monja, mirando al inspector Morales con gravedad—. ¿Piensa usted que de verdad no sospechan que tenemos controlado el encuentro?

Y antes de que respondiera, quitó de su alcance la botella de ron. Lo hizo con ambas manos, de manera inexperta, y el inspector Morales se fijó en ellas en el momento en que sustraían la botella. No eran manos demacradas de monja las que se habían posado sobre su cabeza, sino unas manos sensuales de mujer que se preocupaba del brillo de sus uñas, esmaltadas de nácar encendido.

—No sospechan porque doña Sofía dejó en el saco del smoking de Caupolicán la libreta —dijo el inspector Morales—. De no ser así, los hubiera puesto en alerta, y entonces abortan el operativo del encuentro.

La Monja asintió, con grave aire de reconocimiento dedicado a doña Sofía.

—Al mediodía almorzamos juntas en mi casa —dijo la Monja—. De paso, le manda sus saludos; hablé con ella por teléfono de camino para acá, y estaba muy angustiada con la noticia del atentado.

—El atentado, precisamente —dijo el comisionado Selva—. ¿No es una estupidez de ellos tratar de matarnos a dos hombres, mientras tienen entre las manos una operación de esa envergadura?

—La lógica de ellos es distraernos, hacernos creer que tratan de parar a toda costa las investigaciones sobre un embarque de droga que venía en ese yate —dijo la Monja.

—En eso estamos empatados —dijo el inspector Morales—. Nosotros queriendo que ellos crean que estamos persiguiendo un cargamento de droga, y ellos queriendo que creamos que es de droga de lo que se trata.

La puerta se entreabrió, y apareció la cabeza del doctor Manfut. La Monja lo autorizó a acercarse.

—Ya abrieron la caja torácica y comenzó el procedimiento —informó el doctor Manfut.

Lo explicó con mucha solicitud, usando el ejemplo del calcetín. Los pulmones se hallaban cubiertos por la pleura, que es como un calcetín. Si una bala desgarra el tejido, el calcetín roto se llena de sangre. Pero también el aire entra por la rotura, y en este caso el calcetín se infla, y comprime el pulmón, lo que trae la asfixia. Había que parar la hemorragia, y sellar el calcetín para que no entre más el aire. Antes, era necesario extraer la bala. Ya las radiografías la habían localizado.

El inspector Morales tardó en acatar de quién se trataba.

Fue hasta que el doctor Manfut había salido de nuevo que recordó, con sobresalto, que hablaba de Lord Dixon.

—Se ha ganado un buen descanso —oyó que le decía la Monja.

—No quiero ningún descanso —respondió el inspector Morales, asustado ante la idea de ser enviado a su casa.

—¿Se siente bien físicamente? —le preguntó entonces la Monja.

—Mientras mi prótesis chopeada aguante —respondió el inspector Morales.

La Monja miró fugazmente al comisionado Selva antes de dirigirse de nuevo a él.

—¿Entonces podría continuar en la misión de distracción? —le preguntó la Monja—. Sé que es peligroso, pero se la pongo como una tarea voluntaria.

—Hoy es mi día de suerte, no se preocupe —dijo el inspector Morales—. ¿Cómo sería ahora esa misión?

—Hay que visitar de nuevo a Giggo, por ejemplo —dijo el comisionado Selva.

—Sin orden judicial no me deja entrar a su casa —dijo el inspector Morales.

—Buscalo en la fiesta hawaiana —dijo el comisionado Selva—. Lo llamás aparte y le decís que tenés nuevas preguntas que hacerle sobre su prima.

—En esa fiesta va a estar seguramente el ministro, y si Giggo se queja, me mandan a sacar —dijo el inspector Morales.

—No importa, de eso se trata, de que te eche la culpa personalmente a vos por hostigarlo —dijo el comisionado Selva.

—El ministro no va a asistir a esa fiesta —dijo la Monja, y al oírla, el inspector Selva buscó disimular su sorpresa.

La puerta volvió a abrirse, y de nuevo apareció la cabeza del doctor Manfut. Acudió el comisionado Selva, y volvió con una tarjeta de visita.

—Matt Revilla de la DEA está aquí, comisionada —dijo, otra vez buscando no mostrarse sorprendido.

—Lo estaba esperando, que pase —dijo la Monja.

Chuck Norris, como siempre en sandalias, entró cargando un maletín sostenido del hombro por una correa. Vestía una guayabera típica bordada con motivos de pájaros, de las que venden en los mercados de artesanías, los faldones demasiado largos. El inspector Morales pensó que sus piernas cortas de gorila enano eran las responsables de que la guayabera le quedara como un camisón de dormir.

Fue directo a cuadrarse frente a la Monja, consciente de la solemnidad de su acto de cortesía, y ella lo mandó a descansar con un leve movimiento de cabeza; y cuando le tocó tomar asiento frente al inspector Morales, le extendió la mano con firmeza protocolaria, suficiente para demostrarle cuánto sentía lo ocurrido.

—Tengo instrucciones de comunicarle que un avión hospital está a sus órdenes para trasladar al herido a un hospital de Houston —le dijo a la Monja, mientras sacaba su laptop del maletín.

La Monja balbuceó apenas un agradecimiento.

—¿Podría tener un trago de esa botella? —pidió entonces Chuck Norris.

La Monja, tardía en comprender la petición, contempló de pronto la botella, y por fin se la alcanzó, agarrándola del pico, como si se tratara de una rata muerta sostenida por la cola. El comisionado Selva fue en busca de otro vaso.

El inspector Morales apuró lo que quedaba del suyo, y se puso de pie chocando los talones delante de la Monja.

—Espero afuera —dijo.

—No, siéntese —dijo la Monja—, quiero que oiga y me dé sus aportes.

Obedeció. La botella se hallaba en sus cercanías otra vez, y hubiera querido otro trago, que no se atrevía a pedir por miedo a la Monja. Su vaso estaba seco, y envidiaba la fruición con que Chuck Norris apuraba el suyo remojándose los bigotes rojizos, pero aquel vino en su ayuda porque se volvió a servir, y al mismo tiempo le sirvió a él con providencial naturalidad.

—Tengo aquí en la laptop los datos —dijo Chuck Norris, poniéndose los anteojos de medialuna—. La matrícula, el plan de vuelo, la tripulación, y la lista de agentes con el número de registro de sus armas.

—Es un avión de la DEA —explicó la Monja—; necesita un permiso de aterrizaje.

Ahora el comisionado Selva no intentó ocultar su sorpresa. Por lo visto, no había participado en la reunión de ese día entre la Monja y Chuck Norris, y los dos habían llegado a acuerdos que él ignoraba.

El aterrizaje clandestino en la pista de Ciudad Darío no sería estorbado, dejarían al capo del cártel mexicano llegar hasta la finca del Mombacho, y entonces cerrarían el cerco. El asalto estaba programado para la medianoche, y se ejecutaría en cuanto el objetivo ingresara a la finca. Los dos capos serían trasladados al aeropuerto y entregados a los agentes de la DEA en la misma pista mediante una orden de deportación firmada por el ministro, bajo el cargo de ingreso y permanencia ilegal en el país, un simple trámite migratorio, nada judicial, nada de fiscales ni magistrados. Los demás extranjeros capturados en la finca serían entregados también bajo el mismo expediente. La Monja tenía fijada una reunión con el ministro para las nueve de la noche, cuando lo enteraría de todo, y de allí saldría ella con las órdenes de deportación ya firmadas. El permiso de aterrizaje del avión dependía de Aeronáutica Civil, y eso lo tendría que gestionar también el ministro.

—Por eso no puede estar en la fiesta, esa reunión tomará su tiempo —dijo la Monja.

—¿Y si alega que quiere consultar con el presidente? —preguntó el comisionado Selva.

—Entonces el embajador llamará al presidente —dijo Chuck Norris, y otra vez se remojó de ron los bigotes.

—Espero no tener que molestar ni al presidente ni al embajador —dijo la Monja, con severidad cortante.

El inspector Morales buscó instintivamente a su lado del asiento el cartapacio para sacar el cuaderno escolar, porque quería anotar las preguntas que bullían en su cabeza soliviantada por el ron, y hasta entonces recordó que se había olvidado de rescatarlo del Lada acribillado. Ya se lo devolvería el subcomisionado Pantoja. ¿Por qué iba a quedarse Giggo en la fiesta, siendo el anfitrión en la finca? ¿O es que iría para allá después de la medianoche? ¿Se hallaba ya Mike Lozano en Managua? ¿Se sabía quién iría a recibir al Arcángel para llevarlo a la finca? ¿Sería el propio Mike Lozano? ¿Y Caupolicán? Sobre todo Caupolicán. ¿Cuál iba a ser el papel de Caupolicán?

—¿Y Dixon? —preguntó en cambio.

—El doctor Manfut no ha vuelto —dijo el comisionado Selva—; quiere decir que todavía no hay novedades.

—Es una operación de varias horas —dijo la Monja.

—Sorry —dijo Chuck Norris, compungido, como si por primera vez algo no estuviera bajo su poder.

—¿Para buscar a Giggo en esa fiesta, voy de uniforme, o me consigo algo hawaiano?—preguntó el inspector Morales—. Por lo menos el collar de flores.

La Monja, que no entendía de guasas, lo miró con extrañeza.

—No veo por qué va a dejar su uniforme —le dijo.

—Ese señor Giggo es el que puede ayudarnos a encausar a Mike Lozano ante una corte federal —dijo Chuck Norris.

—Hasta ayer domingo ni siquiera aparecía en los registros de la DEA —dijo el comisionado Selva.

—Esa es la gracia de este oficio, que siempre sabe uno algo nuevo —dijo Chuck Norris.

—Mike Lozano ya está en Managua, registrado en el Intercontinental —dijo la Monja—. Va a recibir al Arcángel para llevarlo a la finca.

Mientras tanto, Chuck Norris se puso de nuevo los anteojos para leer en la pantalla de la laptop: los barcos de la flota de la Caribbean Fishing trasegaban droga proveniente de la isla de San Andrés. Según el informante, los cargamentos eran recibidos en alta mar, los almacenaban en los containeres frigoríficos, provistos de doble fondo, y la guardaban en las bodegas de la compañía en el puerto del Bluff. Luego la droga era reacomodada en compartimentos falsos de cisternas de combustible para ser transportada a Honduras, donde era entregada al cártel de Sinaloa. Pero nada de eso servía para presentar cargos en una Corte Federal, porque no podían quemar al informante.

Uno de los motivos de la reunión de los capos podía ser la importancia del futuro papel de la Caribbean. El informante hablaba también del proyecto de una nueva flota de la compañía en el Pacífico, operando desde el puerto de Corinto. Con eso podían más que duplicar el tráfico hacia México.

—¿Por qué piensa la DEA que Giggo es el más indicado como testigo contra Mike Lozano? —preguntó el comisionado Selva.

—Porque sabe sus manejos, es su abogado —dijo Chuck Norris—. Y es más vulnerable, por algunas consideraciones.

—Porque es invertido —dijo la Monja, sin alterar un solo músculo de su rostro.

—Bueno, yo no quería ponerlo tan rudamente —dijo Chuck Norris.

—¿Le puedo ofrecer a Giggo el estatus de testigo protegido? —preguntó el inspector Morales.

—Tu misión nada más es distraerlo —dijo el comisionado Selva—; no queremos que vaya a alertarse.

—¿Puedo ofrecérselo, si se da el caso? —volvió a preguntar el inspector Morales.

La Monja miró a Chuck Norris.

—Estoy de acuerdo con ese ofrecimiento —dijo Chuck Norris.

—¿Manolo Lozano no les interesa? —preguntó el comisionado Selva.

—Por el momento no —dijo Chuck Norris—; demasiadas ratas en el barco.

—Además, no va a ser parte de la redada —dijo la Monja—. Se queda en el casino, lo mismo que Caupolicán, y el doctor Cabistán se queda en su fiesta. Se trata de una reunión de alto nivel, muy cerrada.

Con aquello, la monja terminaba de responder todas las preguntas del inspector Morales, que anotó en su cabeza como lo hubiera hecho en el cuaderno escolar.

—Te podés dar gusto con el doctor Cabistán, es tuyo por entero —dijo el comisionado Selva.

La respuesta que el inspector Morales habría dado si aquello lo hubiera dicho Lord Dixon burbujeó por unos instantes en sus labios pero se quedó en saliva, y el comisionado Selva enrojeció al recordar su descuido frente a la presencia de la Monja, aunque ella no pareció haber entendido.

—Sírvase la última dosis —dijo la Monja, señalando la botella al inspector Morales.

Hablaba de dosis porque consideraba la botella de ron, de la que poco quedaba ya, estrictamente como una medicina. Chuck Norris se apresuró en servirle, como si quisiera ahorrar a la Monja el contacto impuro con la botella, y aprovechó para servirse él mismo otra vez.

—Después quiero ponerme de acuerdo con usted sobre la oferta que le voy hacer a Giggo —le dijo el inspector Morales.

—A sus órdenes —dijo Chuck Norris.

—¿Cuándo vuelve el comisionado Canda? —preguntó el inspector Morales, tras depositar el vaso ya vacío en la mesa.

—El alcalde de Orlando ha organizado para pasado mañana una ceremonia en la que va a declararlo huésped distinguido de la ciudad —dijo Chuck Norris.

La Monja se azoró. No quería que nadie pensara que ella era parte de una conspiración para retener al comisionado Canda en Disney World al lado de Blanca Nieves y los siete enanos.

En eso apareció de nuevo el doctor Manfut. No se asomó a la puerta, como las otras veces, sino que entró con pasos urgidos, se detuvo, y saludó inclinando profundamente la cabeza con toda la cortesía de un karateca shodan cinta negra antes de dar el golpe mortal con el filo de la mano.

—No se pudo controlar la hemorragia, lo perdimos —dijo lleno de susto, como si todo fuera su culpa.

22. *Special Delivery*

La puerta de la oficina se hallaba entreabierta y la Fanny tocó suavemente con los nudillos. Como nadie respondía la empujó despacio y asomó la cabeza. El inspector Morales, vestido con su uniforme de línea, la cartuchera en el fajín y la gorra de tela puesta, se hallaba sentado frente a la computadora apagada, mirando a la pantalla oscura con la cabeza hundida entre las manos, como si esperara por algún mensaje invisible. Era como si hubiera excavado un foso a su alrededor, y aun estorbar sus pensamientos parecía inoportuno, pero avanzó con rápido taconeo, empujada por esa energía posesiva que se adueña de una mujer convencida de que nadie sino ella puede brindar los primeros auxilios a la víctima de un infortunio.

Fue a abrazarlo por detrás, y el inspector Morales sintió en el cuello las puntas engominadas de su pelo color de achiote, y el olor a tintura de su vestido de luto recién cosido, porque en pocas horas se había agenciado de una costurera.

El inspector Morales no reaccionó al abrazo, que además de terapéutico era también posesivo, pero ante su indiferencia ella lo que hizo fue apretarlo con más fuerza.

—Cuidado, te ha seguido tu marido —dijo por fin.

—Me está esperando abajo —dijo la Fanny.

—¿Estás segura de que ya no me quiere matar? —preguntó el inspector Morales.

—Se pone más bien a tus más completas órdenes —dijo la Fanny.

—¿Andan en vehículo? —preguntó el inspector Morales.

—Una camioneta de tina del Plantel de Carreteras —respondió la Fanny.

—Entonces me van a ir a recoger una encomienda —dijo el inspector Morales.

No tenía a nadie más de quien echar mano en aquel momento. El comisionado Selva le había facilitado en el hospital una radiopatrulla para que fuera a bañarse y cambiarse de ropa, pero una vez en su casa despachó de inmediato al chofer con el encargo de llevar a la morgue judicial su propio uniforme de gala para que vistieran a Lord Dixon antes de meterlo al féretro, al fin y al cabo eran de la misma talla. Le entregó el uniforme, sin retirar ni las insignias ni la barra de condecoraciones, y por aparte la camisa blanca de cuello en su bolsa de dry cleaning, y la corbata negra, y se olvidó de pedirle que regresara, de modo que hizo el viaje a la Plaza del Sol en taxi.

Y desde que estuvo en su oficina se dedicó a tramar el asunto para el que ahora necesitaba ayuda. El doctor Encarnación Robleto era el juez de instrucción que tenía a su cargo el sumario del asesinato de Stanley Cassanova en el hotel Lulú, y lo llamó a su casa para solicitarle que sacara la valija del depósito de evidencias procesales, pues la necesitaba en préstamo junto con su contenido, el vestido de novia.

El doctor Robleto era uno de los pocos jueces a quienes la mano del soborno no alcanzaba a rasguñar, y tenía con él una relación que rayaba en la sana complicidad, ya probada en otros casos; de modo que ni siquiera preguntó el motivo de aquella petición, y se dispuso gustoso a ir a esas horas al complejo judicial de Nejapa para sacar la valija del depósito. Sólo le pidió que el préstamo no excediera el plazo de 24 horas, una petición a la que accedió, sin ninguna intención de cumplirla.

Y mientras la Fanny se iba, feliz, a buscar a su marido el topógrafo, en su cartera la autorización de recibir la valija de manos del doctor Robleto, el inspector Morales se dirigió a las dependencias de Auxilio Técnico donde ya deberían estar por terminar el documento que necesitaba para esa misma noche, igual que necesitaba la valija. También había pedido una trascripción actualizada de las conversaciones telefónicas de Giggo.

El doctor Robleto vivía en Bello Horizonte, no lejos de la Plaza del Sol, en la rotonda del final de una calle ciega. La casa, cerrada por todos lados con barrotes de hierro como una jaula del zoológico, alojaba en el zaguán una miscelánea, como lo proclamaban los anuncios coloridos de bebidas gaseosas y analgésicos fijados al portón. Era un negocio familiar, propiedad de su esposa, quien así procuraba aliviar las cargas del presupuesto doméstico. Cuando la camioneta de tina del Plantel de Carreteras se detuvo frente a la rotonda, el juez, prevenido por el inspector Morales, se hallaba esperando de pie en la puerta, con la valija Samsonite color perla a su lado, como si fuera a salir de viaje.

El inspector Morales se entretuvo aún largo rato en Auxilio Técnico después de recibir por el celular la llamada de la Fanny reportando la misión cumplida, y cuando salió por fin al patio de estacionamiento se dirigió a la camioneta de tina atraído por unas señales falsamente misteriosas que le hacían con los faros.

La noche estaba llena de constelaciones demasiado lejanas que brillaban con fulgor indiferente entre las ramas inmóviles de las acacias. Mientras se acercaba a la camioneta, divisó al otro lado del descampado las puertas iluminadas del comedor de oficiales, que también servía como salón de actos públicos.

Entraban y salían afanadoras con baldes y lampazos, y se escuchaba el golpe de las silletas plegadizas que estaban siendo acomodadas. De un camión entoldado los ujieres de corbatas negras de la funeraria Don Bosco estaban bajando cortinajes, lámparas eléctricas en forma de globos, un Cristo de bulto que uno de ellos cargaba en brazos, y también una enorme percoladora de café, cajillas de bebidas gaseosas, javas de tazas y de vasos.

Ahora recordaba que la Monja había ordenado desde el hospital al jefe de Relaciones Públicas y Protocolo que preparara las exequias de Lord Dixon. Habría capilla ardiente a partir de la diez de la noche, y la oficialidad sería citada para rendir guardias de honor por turnos. La corona del ministro Placebo, con su nombre inscrito sobre la cinta en letras plateadas, sería sin duda la primera en llegar.

La valija se hallaba en la tina de la camioneta. La tocó. Estaba caliente, como si acabara de salir de un horno. Después se acercó a la ventanilla del conductor. El marido de la Fanny, lleno de turbación, no se volvió.

—Necesito otro favor —dijo el inspector Morales.

—Mi más sentido pésame —respondió, siempre mirando al frente.

—Me tienen que llevar a un lugar que les voy a decir —dijo el inspector Morales.

La Fanny abrió desde dentro la puerta del otro lado. El inspector Morales se acomodó junto a ella, y cuando el marido lo vio sacar unas hojas de la bolsa de papel manila que traía en la mano, se apresuró a encender la luz de la cabina. Era el informe de las conversaciones telefónicas de Giggo, actualizado hasta las seis de la tarde. El otro documento, preparado con todo esmero bajo sus indicaciones, lo dejó dentro de la bolsa.

Había cuatro llamadas hechas desde el celular de Giggo a la casa de Cristina, entre las 3:30 y las 5:30 p.m., cada trascripción en una hoja por separado. Frente al rechazo iracundo de ella, él insistía, cada vez, en verla de manera urgente, y al fin la había convencido del encuentro bajo el argumento de que se trataba del futuro del niño. Habían quedado de encontrarse en la casa de ella, a las 9 de la noche. Si se apuraba, aún podía hallarlo allí, en lugar de buscarlo en la fiesta, y así se ahorraba una estación de su itinerario, en el que de todos modos figuraba Cristina.

Rompió las hojas del informe en pedacitos y las tiró por la ventanilla ya cuando iban en marcha, y guardó en la guantera de la camioneta la bolsa donde quedaba el documento.

La calle de grava que se apartaba de la carretera Sur se hallaba sumida en la oscurana, porque las escasas luminarias desperdigaban apenas su brillo detrás de la bóveda de los chilamates. Le dijo al marido de la Fanny que se detuviera poco antes del muro de la casa de Cristina. Se bajó, y fue a la tina de la camioneta para sacar el vestido de novia de la valija.

El papel de seda que lo envolvía había desaparecido como consecuencia de las manipulaciones judiciales, pero aparecía intacto en su blancura. El inspector Morales metió las manos por debajo, como había hecho al sacarlo por primera vez, y lo sostuvo en brazos. La Fanny, que había venido en su ayuda, se empeñó en alisar el velo prendido a la corona de azahares artificiales, y lo puso encima.

Mientras ella cerraba la valija, él emprendió el camino hacia el porche de la casa llevando el vestido que se había desacomodado hasta desdoblarse, y ahora colgaba en sus brazos por uno de los extremos, en tanto los vuelos vaporosos del velo se agitaban en la penumbra encima de su cabeza, empujados por los soplos de aire.

Al lado de la furgoneta de Cristina se hallaba estacionado un Mercedes negro cubierto por el rocío. No tuvo que pulsar el timbre porque la Wendy salía en ese momento a la puerta para expulsar un gato ajeno que se revolvía rebelde entre sus manos. Se oían voces alteradas que discutían en la cocina. Le hizo a la muchacha un gesto de que guardara silencio, y fue a depositar el vestido sobre el sofá de la sala, donde lo dejó extendido.

Empujó la puerta batiente de la cocina, y encontró a Cristina sentada junto a la mesa de vinilo nacarado del rincón. Nada parecía haber cambiado desde aquel mediodía cuando había entrado tras ella cargando las compras del supermercado. Vestida de blusa y blujines, la cara sin ningún maquillaje, fumaba de manera incansable, el cenicero repleto de colillas a su alcance, y las tazas y platos sucios del desayuno sobre la mesa. Lo único que no había en la cocina eran el olor a vainilla y rescoldo de horno. Más bien olía a humedad, a caño atascado.

Giggo se hallaba recostado contra la puerta del refrigerador, las manos escondidas tras la espalda. Preparado para la fiesta hawaiana, era él quien se había maquillado, las cejas realzadas en negro y las mejillas discretamente encendidas. Vestía una camisa roja ilustrada con balalaicas y palmeras, un pantalón de lino blanco, y zapatos también blancos, como de barbero elegante.

Fue él quien vio primero al inspector Morales, y enarcó las cejas en un gesto que pretendía ser fiero, pero resultaba cómico. Cristina, que había tardado en reconocerlo vestido de policía, aplastó con calma la colilla en el cenicero.

—No sé cuánto vino a proponerle —dijo el inspector Morales dirigiéndose a Cristina—, pero no acepte menos de doscientos mil dólares.

—¿De qué está hablando este cafre? —dijo Giggo.

—Es el doble de lo que realmente había en la valija —dijo el inspector Morales—. Menos, no vale la pena.

—Yo ya le dije que no acepto un solo centavo —dijo Cristina.

—Quieren comprar su silencio —dijo el inspector Morales—; para ellos eso es un acto de bondad, porque bien pudieran mandar a matarla.

—Que me maten, pero no quiero nada de ellos —dijo Cristina.

—Hace mal —dijo el inspector Morales—; piense realmente en el niño, como ellos le mandan a decir, y se lo lleva a vivir a los Estados Unidos.

—¿Quiénes mandan a decir qué cosa? —dijo Giggo.

No se había movido de la puerta de la refrigeradora, y quería revestir su voz de indignación, pero no le salía.

—Los que vos sabés —dijo el inspector Morales—. Más bien debías sentirte agradecido conmigo, que te vengo a ayudar con tu encargo.

—No quiero nada, ya se lo dije —dijo Cristina desde la mesa.

—Bueno, ya viste, hice lo que pude, pero ella no quiere —dijo el inspector Morales—. Ahora, tenemos que irnos.

Giggo volvió a alzar las cejas, con cara de sorpresa juguetona.

—Ay, Cristina, vas a tener que echar desinfectante en esta cocina cuando este bicho raro se vaya —dijo.

—Nos vamos juntos —dijo el inspector Morales.

Giggo, sin dejar su aire de burla, sacó su diminuto celular, y se lo enseñó de lejos al inspector Morales.

—No te atrevás a usar ese celular, que te parto la vida —dijo el inspector Morales.

No es que hubiera gritado, y ni siquiera se llevó la mano a la cartuchera. Pero su tono sombrío demostraba que no estaba amenazando de balde, y Giggo se guardó apresuradamente el celular.

—¿Y adónde es que vamos, si se puede saber? —preguntó.

Ahora había sacado un pañuelo para secarse la papada que trasudaba grasa como una lonja de tocino. Cristina, envuelta en humo, acababa de encender otro cigarrillo.

—Sólo es un trámite rápido —respondió el inspector Morales—. Tenés que identificar un muerto en la morgue.

—Yo no conozco muertos —dijo Giggo—, y con un aleteo juguetón de las manos pretendía rechazar cualquier visión que tuviera que ver con cadáveres.

—El que te voy a enseñar sí te va resultar conocido —dijo el inspector Morales.

—No tengo amistades con cadáveres —dijo Giggo, intentando seguir el juego.

—Claro que a éste lo conocés —dijo el inspector Morales—. Es el piloto de tu yate, al que tenías hospedado en tu casa.

El inspector Morales, que no había avanzado un solo paso, medía ahora la reacción de Giggo. ¿Sabía o no sabía que habían matado a su amante? No sabía. Había perdido el color. Se apartó de la puerta de la refrigeradora, y con paso perturbado, como si nunca fuera a llegar, caminó hacia el rincón donde se hallaba Cristina, en busca de una silleta.

—Qué horrendo —fue todo lo que dijo, y se derrumbó sobre la silleta.

Cristina se apartó de él, como si amenazara caerle encima. Ahora Giggo lloraba en silencio, con el pañuelo extendido sobre el rostro, y cuando rato después lo apartó, el negro de las cejas y el colorete de las mejillas manchaba en revoltijo el pañuelo.

—El asesino de su hija era el amante del doctor aquí presente —dijo el inspector Morales.

—No entiendo —dijo Cristina.

—Se llamaba Ben Morgan, y le decían Black Bull —le explicó el inspector Morales—. Lo mataron los narcos y lo mandaron a botar en un cauce.

—Quiero que este cerdo salga inmediatamente de mi casa —dijo Cristina, que se había puesto de pie, y arrinconada a la pared retrocedía alejándose de Giggo como si apestara.

Giggo, con la cara embarrada, la miraba suplicante.

—Ya oyó doctor, tenemos que irnos —dijo el inspector Morales.

—Y usted tampoco quiero que vuelva nunca —dijo Cristina, mirando con absoluta frialdad al inspector Morales—; ya suficiente daño me han hecho entre todos.

Sintió una punzada de congoja. Era injusto que ella lo pusiera en la lista de quienes le habían hecho daño, donde estaban los asesinos de su hija. Pero de pronto la congoja se le volvía humillación, y luego rencor. Un rencor rabioso, y despechado.

—Fueron los mismos que mataron a Lord Dixon hace poco, y no me pudieron matar a mí —se oyó de pronto diciendo, a pesar de sí mismo, y alzó la cabeza hacia Cristina.

En su tono había una súplica de piedad que había roto por un instante la burbuja del rencor, y de inmediato se avergonzó. ¿Quién era, en todo caso, Lord Dixon para Cristina?

Era la primera vez que pronunciaba su nombre desde que el doctor Manfut había llegado con la noticia de su muerte, y venía a hacerlo allí, en esa cocina donde se arrumbaban los sartenes fríos y olía a caño atascado. Una muerte de la que no tenía más noción que el abultado lío de sábanas ensangrentadas que al abandonar el hospital había visto sacar del quirófano a una enfermera de gorro y mandil que recién se había quitado la mascarilla de tela porque la llevaba recogida al cuello.

—Yo nada de eso sé tampoco —dijo Giggo, mientras el inspector Morales lo obligaba a ponerse de pie.

—Entendido —dijo el inspector Morales—. Siempre que maten lejos de vos, todo correcto.

Cuando retuvo con los hombros la puerta batiente para dejar pasar a Giggo, avistó a Cristina por un instante fugaz. Era como si su imagen retrocediera sin remedio en planos sucesivos, hasta volverse un ínfimo punto. Hacete la idea de que nunca ha existido, se dijo.

Sobre el sofá, el vestido de novia agitaba sus gasas con la leve brisa que entraba por los resquicios de las ventanas, y parecía fulgurar como una brasa de yeso, la vestidura de un fantasma que no se estaba quieto en su tumba. Giggo pasó sin darse cuenta de la presencia del vestido.

—Vamos a ir en tu carro, y vos vas a manejar —dijo el inspector Morales cuando salieron al porche.

El inspector Morales vigilaba por el espejo retrovisor los focos de la camioneta que los seguía de cerca, ahora también el marido de la Fanny posesionado de su misión policial. Se adelantó a manipular las teclas del radio para encenderlo, y la voz de Marco Antonio Solís, el Buki Mayor, que cantaba *Si te pudiera mentir*, llenó el ambiente con minuciosidad de registros.

—Qué equipo de sonido de la gran puta —dijo el inspector Morales recostándose plácidamente en el asiento de cuero que crujía al menor movimiento.

—A tus órdenes —dijo Giggo, con voz cascada.

Bajaban por la cuesta que llevaba a la confluencia con la carretera vieja a León, y las luces desperdigadas aparecieron en el fondo del abismo, más allá del valle de Ticomo.

—¿Cómo es que se vuelve uno cochón? —preguntó de pronto el inspector Morales, sin mover la cabeza del respaldo del asiento.

—Qué pregunta más odiosa —dijo Giggo, sorbiéndose la nariz.

—A lo mejor todavía estoy a tiempo, nadie sabe —dijo el inspector Morales.

23. Resplandores funerarios

El Instituto de Medicina Forense se hallaba en las vecindades del Estadio Nacional, al occidente de Managua, en el mismo sitio donde antes había estado el Palacio de Justicia de paredes de mármol, destruido por el terremoto de 1972. Con las torres del estadio apagadas, y las calles a oscuras, por las que apenas circulaban unos pocos taxis, las luminarias amarillas que rodeaban el edificio parecían brillar con resplandores funerarios.

El Mercedes negro enfiló despacio hacia la culata de las instalaciones en busca del portón de acceso a la morgue, seguido a prudente distancia por la camioneta. Al otro lado de la calle se adivinaban en la oscuridad sombras de casuchas de tablas agrupadas entre matas de plátano, y detrás de uno de los cercos de alambre que rodeaban las casuchas los faros del Mercedes alumbraron un caballo escuálido desuncido al lado del carretón recogedor de basura al que servía de tiro. Cuando los faros de la camioneta pasaron por el mismo lugar, el caballo había desaparecido, espantado por el deslumbre.

El inspector Morales saludó al vigilante del portón llevándose los dedos a la gorra, y le indicó que dejara pasar a la camioneta que venía atrás. Los dos vehículos se estacionaron juntos en el limitado espacio destinado a las ambulancias y a los carros fúnebres, y Giggo hizo aún un amago de resistencia a la hora de bajarse, pero el inspector Morales lo obligó agarrándolo por el cuello de la camisa de carnaval, los faldones más abajo del promontorio de las nalgas. Y mientras la Fanny y su marido vigilaban la escena desde la cabina de la camioneta, así agarrado lo llevó hasta la puerta de vidrio esmerilado que se descorrió a su paso.

Una luz vacía iluminaba el prolongado túnel de paredes blancas barrido por las bocanadas del aire acondicionado, al fondo las puertas metálicas del frigorífico, amplias lo suficiente como para dar paso a las camillas y a los ataúdes. Poco antes de llegar al frigorífico había una oficina lateral con una puerta cerrada por la mitad inferior, que tenía adosada una tabla para rellenar y firmar papeles. Dentro de la oficina, un pequeño televisor se hallaba encendido en lo alto de un refrigerador de aluminio destinado a guardar materiales de patología forense, y cuando el inspector Morales tocó con los nudillos, la practicante de turno, que comía su cena, bajó el volumen del aparato y se acercó con el plato en la mano.

La muchacha, morena y graciosa, vestida de mandil verde, usaba unos lentes de marco rosado, y llevaba debajo del mandil una camisa vaquera a cuadros. En su plato de plástico había arroz con pollo y una rodaja de pan de molde que iba por la mitad, embebida de la grasa amarillenta del arroz. Se chupó los dedos con cierto pudor, y dirigió al inspector Morales una mirada de simpatía.

—Acabo de verlo en la televisión cuando salía del hospital —dijo—. Siento mucho por su compañero.

El inspector Morales agradeció el pésame con una ligera reverencia.

—¿Viene a llevárselo? —preguntó la practicante—. Aún no lo hemos vestido, lo acaban de traer de la sala de autopsias.

Doblado sobre una silleta, estaba el uniforme de gala, junto a la camisa y la corbata. El inspector Morales se acordó entonces que no había enviado ni calcetines ni zapatos.

—No, corazón —respondió—. Traigo a un testigo para identificar el cadáver del cauce.

La practicante fue a consultar el registro de ingresos en la computadora llevándose su plato, y entonces el inspector Morales sintió que Giggo desfallecía a su lado, y buscó sostenerlo. Pero no se estaba desmayando, se estaba poniendo de rodillas.

—Te lo suplico —imploró desde el suelo con las manos juntas.

—Levantate —le ordenó el inspector Morales, mirando preocupado en dirección a la practicante que se ocupaba ahora de imprimir el formulario de autorización.

—Hasta que no me digás que no vamos a entrar allí no me levanto —dijo Giggo, que otra vez tenía el pañuelo desplegado sobre la cara.

La practicante regresó con el formulario, y descubrió a Giggo doblado en el suelo.

—¿Se siente mal este señor? —preguntó.

—Un poquito descompuesto, era muy amigo del muerto —dijo el inspector Morales.

—Es normal, así sucede —dijo la practicante—; anóteme por favor el nombre del testigo aquí.

—Siento mucho que no la dejamos ni comerse su cena —dijo el inspector Morales, mientras hacía las anotaciones en el formulario.

—La guardé en la refrigeradora para más tarde —dijo la practicante.

El inspector Morales firmó, y alzó del cogote a Giggo para arrastrarlo hasta la puerta del frigorífico que la practicante fue a abrirles. Desde dentro se alzó una vaharada de niebla helada que apenas dejaba adivinar las filas de gavetas metálicas en los costados, y las tres planchas desnudas del centro. Sólo una de las planchas se hallaba ocupada, y el bulto del cuerpo revelaba sus contornos debajo de la sábana.

La practicante se adelantó a identificar la gaveta correspondiente a Black Bull para proceder a abrirla, y entonces Giggo volvió a caer de rodillas. El inspector Morales se puso entonces en cuclillas a su lado.

—Mirá, viejo maricón de mierda —le dijo bajando la voz—, otra payasada más y te meto un tiro en el culo.

—No es payasada, padezco de isquemia cardiaca —se quejó Giggo.

—Cuando se trata de apañar los crímenes de los narcos no andás con tantos mates —dijo el inspector Morales.

—Yo nada tuve que ver con que mataran a tu compañero —dijo Giggo.

—Eso ya está visto, y eso te ayuda —dijo el inspector Morales.

—Entonces no me hagás esta venganza, y sacame de aquí —dijo Giggo.

La practicante había abierto la gaveta y esperaba al lado.

—¿Vos sabés por qué mataron a Black Bull? —preguntó el inspector Morales.

—No tengo ni idea, chiquito —respondió Giggo.

—Por las mismas razones que te van a matar a vos —dijo el inspector Morales, haciendo otra vez que se pusiera de pie.

Giggo se aticuñó el pañuelo dentro de la boca.

—Tenían que deshacerse de Black Bull para borrar huellas —dijo el inspector Morales—. Y ahora saben que vos ya no sos confiable porque el resentimiento te puede llevar a una traición.

—Es cierto, angelito, son terribles —dijo Giggo.

—Eso puede ser hoy mismo —dijo el inspector Morales—, a lo mejor te están esperando a la entrada de la fiesta en el hotel. No necesitan hacer el escándalo de matarte a balazos, alguien se te acerca en el tumulto, y te mete un verduguillo fino entre las costillas.

—¡Qué espanto! —exclamó Giggo, y pareció que iba a tragarse el pañuelo.

—¿Me harías caso si te hago una propuesta? —dijo el inspector Morales.

—Lo que vos querás, papito —dijo Giggo.

El inspector Morales fue en busca de la practicante.

—¿Podemos dejar este trámite para más tarde? —le preguntó.

—Perfectamente —respondió—. Mi turno cambia a las doce, pero por si acaso vienen después, voy a dejar aviso de que el reconocimiento está pendiente.

Cuando los tres se dirigían de nuevo hacia la puerta del frigorífico, la practicante tomó suavemente por el brazo al inspector Morales y dirigió la mirada hacia la plancha que se hallaba ocupada.

—Allí está su compañero, con todo gusto se lo enseño —dijo.

El inspector Morales negó con una sonrisa plácida.

—¿Qué vas a hacer después de las doce? —le dijo.

—Soy casada, comisionado —respondió la practicante, seria pero con sonrojo.

—Gracias por el ascenso —dijo el inspector Morales.

La Fanny y su marido seguían dentro de la cabina de la camioneta cuando el inspector Morales llevó de vuelta a Giggo al Mercedes. Ya acomodados en los asientos, Giggo suspiró, y otra vez apelotonó el pañuelo para morderlo.

—Te vas como testigo protegido a los Estados Unidos —dijo el inspector Morales—. ¿Qué te parece?

—¿Así no más? —preguntó Giggo, con un hilo de voz.

—Así no más, lo veo difícil —dijo el inspector Morales—; tiene que ser a cambio de todo lo que podás contarle a la DEA sobre las operaciones del cártel de Cali en Nicaragua.

Giggo volvió a quedarse callado.

—Querrán saber sobre tu amigo Mike Lozano —dijo el inspector Morales.

—Ése no es mi amigo —protestó Giggo—; después de lo que le hizo a Black Bull.

—Mejor entonces que lo veas como enemigo —dijo el inspector Morales—. Así les podés hablar de él a los gringos con más sinceridad.

—También les voy a decir todo lo que sé sobre ese Manolo Lozano —dijo Giggo.

—Nadie te detiene —dijo el inspector Morales.

—Pero si los dos están en Nicaragua, de nada va a servir en Estados Unidos lo que yo les diga contra ellos —dijo Giggo.

—Eso dejáselo a los gringos, a lo mejor un día de estos uno de los dos llega de visita por allá —dijo el inspector Morales.

—Me da miedo todo esto, mejor no —dijo Giggo, sobresaltado de pronto.

—Bueno, es tu muerte y no la mía —dijo el inspector Morales—; a mí ya quisieron matarme y no pudieron.

—Es que siento un no sé qué de que vos me podés estar mintiendo y sólo me querés embrocar —dijo Giggo.

—En ese caso, vamos de regreso a la gaveta —dijo el inspector Morales, y abrió la puerta—. No te va a costar reconocerlo, porque lo tienen desnudo.

—No, nada de gaveta —se apresuró a decir Giggo.

—Es donde vas a amanecer metido en otra gaveta si seguís pendejeando —dijo el inspector Morales.

—Pero que no me vayan a dejar viviendo ni cerca de Miami, allí me pueden hallar —dijo Giggo.

—Eso lo resolvés también con ellos, dónde querés vivir, cómo te querés llamar, si querés un cambio de look —dijo el inspector Morales—. A lo mejor te consiguen una pagoda china, con piscina y jardín. Hasta pueden mandarte vía aérea a tu perro chiclán.

Bajó del Mercedes para marcar el celular, y al mismo tiempo bajaron también la Fanny y su marido, decididos a convertirse en su sombra. Los tranquilizó con un gesto de la mano, y cuando terminó la llamada volvió a indicarles que siguieran tras el Mercedes, que al poco tiempo dejaba atrás el estadio sumido en la oscurana, y se dirigía hacia la estatua de Montoya en busca de la carretera Sur.

Las luces del perímetro de la embajada de Estados Unidos, construida con paneles prefabricados después del terremoto que descalabró la vieja sede vecina a la loma de Tiscapa donde reinaban los Somoza, también eran amarillas y brillaban con los mismos resplandores funerarios detrás del doble cerco coronado de espirales de alambre de navajas.

El Mercedes disminuyó la velocidad y atravesó la carretera para situarse frente al portón, seguido siempre por la camioneta. El inspector Morales le ordenó a Giggo que bajara los vidrios polarizados de las ventanillas.

—¿No me vas a acompañar a dejarme adentro? —preguntó.

—Soy enemigo mortal del imperialismo —dijo el inspector Morales.

—¿Por qué te gusta tanto jugar? —preguntó compungido Giggo.

—No es juego, es la verdad —dijo el inspector Morales.

Un guardia de marina salió de la garita y asomándose al interior del Mercedes preguntó por el doctor Juan Bosco Cabistán.

—Aquí lo tiene —dijo el inspector Morales, y se bajó.

De pie, bajo el foco que bañaba con su resplandor amarillo el portón, se hallaba ahora Chuck Norris, metido en una especie de jaula de alambre de gallinero por donde pasaban los visitantes. Alzó de lejos la mano, y le hizo al inspector Morales un saludo elevando el pulgar.

Giggo se buscaba en el espejo retrovisor, preocupado por el revoltijo del maquillaje en su cara.

—¿De verdad ya no querés volver a la morgue a ver por última vez a Black Bull? —le preguntó el inspector Morales a través de la ventanilla.

Por toda respuesta le sacó la lengua, y aceleró suavemente para trasponer el portón.

24. La noche de las caras conocidas

Al inspector Morales le quedaba entregar la valija sacada del depósito judicial, la última de las tareas que se había propuesto esa noche. Iban a ser las once. El cielo se hallaba despejado tras el aguacero de la tarde, y el avión que traía al Arcángel desde México estaría haciendo aproximaciones para aterrizar en la pista clandestina de Ciudad Darío.

Ahora había vuelto a ocupar su lugar en la cabina de la camioneta del Plantel de Carreteras al lado de la Fanny, y entraron a las ruinas de la vieja Managua por los andurriales de la que en un tiempo se había llamado calle del Trébol, para desembocar en la avenida Bolívar donde se habían reconstruido algunos edificios de gobierno, entre ellos la cancillería con aspecto de mausoleo.

El bosque de eucaliptos que crecía en los baldíos cercanos a la Asamblea Nacional se hallaba invadido de champas de plástico entre las que se movían sombras sigilosas acercándose a las fogatas, y de los delgados troncos blanquecinos colgaban hamacas de bramante, inmóviles bajo el peso de los durmientes. Desde hacía meses acampaban en protesta, sin que nadie nunca los oyera, los obreros bananeros víctimas del Nemagón, un plaguicida que había dejado a legiones de ellos estériles, o insomnes para siempre, o víctimas de enfermedades malignas que habían vuelto de hule sus huesos, mientras sus mujeres parían niños ciegos, paralíticos o deformes.

Desde los jardines de la piscina del hotel de la Pirámide llegaban hasta la avenida Bolívar los sones de una de las orquestas contratadas para amenizar la fiesta hawaiana de la Primera Dama, que tendría que habérselas arreglado sin su maestro de ceremonias, los Giggo-cocos servidos en su ausencia. Junto a las veredas del hotel se entretenían conversando los choferes de los vehículos oficiales, y algún dignatario rezagado se apuraba a entrar empujando por el codo a su esposa, ambos con sus pareos floreados amarrados a la rabadilla.

Y mientras ascendían con rumbo sur dejando atrás la laguna de Tiscapa y entraba a la carretera a Masaya, por delante de ellos empezaron a estallar en el cielo racimos de azufre encendido, como manos que se abrían en cascadas pródigas para desperdigarse luego en una lluvia de chispas diminutas, hasta que la oscuridad cálida volvía a ser la misma de antes. Las festividades de vísperas en honor a Santo Domingo de Guzmán alcanzaban a esa hora su plenitud en el santuario de las Sierritas.

Pero también en el Josephine había bullicio. En una de las laterales de la carretera a Masaya, que llevaba a los dominios del casino, los vehículos se amotinaban en busca de parqueo, y los pitazos de los cláxones eran respondidos por los silbatos de los acomodadores. En el techo, cubriendo todo el largo de la mansión de mediados de siglo convertida en casa de juegos, se alzaba otra cascada radiante, como la que bañaba de rato en rato los cielos. Infinitos ases brotaban de la boca de un volcán en llamas y volaban por toda la superficie del tablero para apretarse en ondas en un lago de lava incandescente, mientras por encima la J se multiplica triunfante, corriendo de un lado a otro del anuncio luminoso.

El marido de la Fanny logró por fin llegar hasta la rotonda de acceso, y el inspector Morales se bajó al lado mismo de la puerta en forma de labios abiertos pintados de rojo carmesí. Fue a buscar la valija a la tina, puso dentro de ella la bolsa que había sacado de la guantera, y se metió en la corriente de jugadores que apresuraban sus pisadas sobre la mullida alfombra en forma de lengua, para entrar en el hall donde el gentío se movía sin concierto, como si no supiera adónde ir.

Las máquinas traganíqueles, manipuladas por viejas solitarias de manos enjoyadas, se alineaban contra las paredes emitiendo ruidos de órgano que recordaban el de las antiguas cajas de música de las ruedas de caballitos. Sobre la tarima, ahora inmóvil en sus vueltas, resplandecía el Subaru adornado con el moño de regalo, que según anunciaban por el sistema de altoparlantes sería entregado esa noche a su ganador, un ganadero de Estelí vestido como un cantante de música norteña mexicana, que a la mención de su nombre saludó de manera entusiasta, con el sombrero en alto.

Los concurrentes se apartaban, intrigados, al paso del inspector Morales. Un policía vestido con todos sus arreos, que cargaba una valija color perla, y rengueaba como si flaqueara ante el peso de la valija.

—Vengo a recoger la coima de esta noche —le dijo a una mujer que de manera inadvertida le obstaculizaba el camino.

La mujer no se atrevió a reírse. Por la inmovilidad inexpresiva de su rostro de celuloide, y sus ojos abiertos en permanente asombro, se podía deducir que había pasado ya por la tercera cirugía facial.

En la pared del fondo se abrían dos puertas. Una daba hacia el salón mayor de juego, donde entraba y salía todo el mundo, y la otra al salón VIP, custodiada por una muchacha en traje sastre, con el emblema del Josephine en la chaqueta, y armada de auriculares y una bocina como la de los telefonistas de antaño, o los cantantes de multitudes. La conocía. Se llamaba Azucena. Había estado un tiempo en la planilla de agentes encubiertos de la Dirección, para desertar luego, y por el momento prefirió evitarla.

Preguntó por las oficinas de la gerencia a uno de los meseros de chaleco rojo y corbatín que se abría paso con la bandeja por encima de la cabeza. Siguió por el pasillo que le indicaron, y se encontró la puerta de las oficinas custodiada por dos guardaespaldas morenos, fornidos y rasurados a la brosse. Vestían trajes enteros color ratón, que les quedaban estrechos, y utilizaban los mismos aparatos de comunicación de la vigilante del salón VIP. Los conocía también. Policías de la Dirección dados de baja, o que la habían solicitado voluntariamente.

—Quiero ver al jefe de ustedes —dijo el inspector Morales.

—Ahora está ocupado —respondió uno de ellos.

—Pues decile que se desocupe, que estoy urgido —dijo el inspector Morales.

El guardaespaldas se apartó unos pasos para comunicarse, y no tardó en regresar.

—Tenemos que revisar la valija —dijo.

—Está vacía, no hay nada que registrar —dijo el inspector Morales, y la alzó, para demostrar la levedad de su peso.

Le abrieron la puerta sin más, y en la antesala de paredes forradas de cuero blanco lo esperaba una muchacha cuidadosamente maquillada y vestida también de traje sastre, alzada sobre unos tacones puntiagudos. El lugar olía a aerosol con aroma de flores muertas.

Otra vieja conocida. Se llamaba Mirna. Había sido archivera en la Dirección. La recordaba de pelo castaño, y ahora lo llevaba negro azabache, con rayos blancos. Había tenido amores y un hijo con uno de los agentes, muerto en un operativo antidrogas en Jinotepe.

—Es la noche de las caras conocidas —dijo el inspector Morales.

La muchacha no se dio por enterada, y con frialdad profesional lo llevó a que se sentara en uno de los sillones transparentes, en forma de copa, acomodados alrededor de una mesa baja, igualmente transparente. Al lado había un bar donde las botellas alineadas en la estantería brillaban en múltiples reflejos.

El inspector Morales se sentó con todo cuidado, temeroso de quebrar la copa, pero pronto comprobó que estaba hecha de un material resistente.

—¿Quiere que le sirva algo de tomar? —preguntó la muchacha.

—Ron nacional, no quiero salirles tan caro —respondió el inspector Morales—; y sin hielo ni ningún adorno.

La muchacha vertió el trago de ron en un vaso de cristal labrado que también relampagueaba encendido por los fulgores del bar.

—Échele más, no sea tan avara —dijo el inspector Morales.

En eso se abrió al fondo una puerta, invisible en la pared forrada de cuero, y apareció Manolo Lozano.

—Oye, chica, no me le vas a dar ron del más furris al socio, ofrécele algo fino, que lo haga recordar esta visita —dijo, mientras se acercaba con la mano extendida.

Le disgustaban los hombres demasiado perfumados y este Manolo Lozano se había echado el frasco de colonia encima. Vestía una guayabera de lino, y traía un puro de hermoso calibre en la mano. Tenía, en verdad, tal como lo había descrito doña Sofía, cara de adolescente sin edad para fumar.

La muchacha quiso devolverse con la bandeja, pero el inspector Morales agarró el vaso, que pesaba como una roca, y bebió de un solo trago.

Se sentía ridículo con las nalgas metidas en aquella copa de plástico, pero Manolo Lozano se acomodó muy a gusto en la suya. Sus zapatos eran de piel de cocodrilo, y cuando cruzó la pierna dejó ver la suela nueva, sin suciedades ni raspaduras, tanto que era fácil leer el número grabado en la juntura con el tacón. Calzaba 36, un pie de señorita.

¿En qué puedo servirlo, socio? —preguntó, y tras arrancar la punta del puro de un mordisco, lo puso entre sus dientes.

La muchacha vino presurosa con un encendedor de mesa en forma de pescado que echaba la llama por la boca. Cuando Manolo Lozano agachó la cabeza para recibir el fuego, el inspector Morales notó que si bien parecía un adolescente que había aprendido temprano el vicio de fumar, su cabello raleaba en la mollera y tenía ya una tonsura como las de los curas.

En lugar de responder, extendió otra vez el vaso.

—Ahora sí, écheme uno caro, de los que dice aquí el socio —le dijo a la muchacha.

—Hazle caso, mi niña —dijo Manolo Lozano, que había perdido ya algo de su facundia.

La muchacha volvió otra vez con el vaso, y el inspector Morales volvió a vaciarlo de un trago.

—Me gusta más el ron de pobres, éste huele a pachulí de putas —dijo.

—Oye chico, tú si que eres de los que se bebe la leche y la maldice —dijo Manolo Lozano, intentando mostrarse divertido.

Aquel adolescente tonsurado que cualquiera diría fumaba sin permiso, tenía un ojo pardo que parecía no parpadear, fijo en la cuenca, como si fuera de vidrio; pero era un ojo que tenía vida, una vida propia, porque la pupila se dilataba como la de un gato mientras el otro ojo, que era café, miraba sin alardes. Era en el ojo pardo donde se reflejaban la furia, o la ironía.

—Yo juraba que te ibas asustar cuando te dijeran que te buscaba —dijo el inspector Morales.

—Abuelita me curó del miedo a los fantasmas llevándome a medianoche a visitar los cementerios —dijo Manolo Lozano.

—Valiente tu abuelita —dijo el inspector Morales.

—Cómo no iba a ser valiente, chico, si maquillaba cadáveres en la funeraria Gayoso de Miami —dijo Manolo Lozano.

—Ya estaría ocupada en maquillar a Lord Dixon, mi compañero —dijo el inspector Morales.

—¿Qué le pasó a tu compañero? —preguntó Manolo Lozano.

—Le metieron una bala en el pulmón. ¡A tu salud! —dijo el inspector Morales, alzando el vaso vacío.

—Coño, lo siento mucho —dijo Manolo Lozano, y su ojo pardo se abrió en un destello.

—Parecía viejo desde chiquito, porque su papá lo tuvo ya viejo, y los hijos de viejitos vienen a resultar también viejitos en sus modos —dijo el inspector Morales.

—Pues sigo sin agarrarle el hilo al ovillo, socio —dijo Manolo Lozano.

—Paciencia, piojo, que la noche es larga —dijo el inspector Morales, y extendió de nuevo el vaso en dirección a la muchacha, que miró a Manolo Lozano antes de decidirse a acudir.

—Oye, chico, te tomas el último en honor a ese amigo tuyo difunto, y te marchas —dijo Manolo Lozano, y su ojo pardo parecía ahora insubordinado.

—Nunca hay que decir el último, sino el penúltimo, era la máxima de Lord Dixon —dijo el inspector Morales—. ¿Vos sabés, Manolito, lo que quiere decir máxima?

Lord Dixon lo sabía, era hombre instruido. Llegó a tercer año de medicina, y se conocía de memoria los proverbios de la Biblia. No robarás, no matarás, no comerciarás con sustancias tóxicas, y todas esas máximas morales que le había inculcado su papá, porque su papá era pastor de la iglesia Morava, el viejito que lo había hecho viejito desde chiquito.

—¿Qué coño has venido a hacer aquí, chico? —dijo Manolo Lozano, que ahora resoplaba echando humo—. Dímelo antes de que los muchachos del comité de protocolo vengan a darte la despedida.

—Vine a entregarte la valija, hombre, no seás malagradecido —dijo el inspector Morales, que ahora bebía despacio el nuevo trago que la muchacha le había servido.

El reflejo en el ojo pardo de Manolo Lozano era ahora turbio, como de agua estancada.

—Tú has cogido carrera desde temprano, chico, y vienes a poner la fiesta conmigo —dijo—. Así que sácame del enredo que te traes.

—Tranquilo, Manolito, que sólo quiero devolverte lo que te pertenece —dijo el inspector Morales.

—No sé de qué me estás hablando, socio, jamás he visto esa maleta —dijo Manolo Lozano, y pidió auxilio a la muchacha, porque el puro se había apagado.

—¿Podría salir la señorita aquí presente, o no te importa que oiga lo que voy a decirte? —preguntó el inspector Morales.

Manolo Lozano examinó la brasa del puro, como si le pidiera consejo.

—Chica, déjanos un momento —dijo.

—Pero antes me echás el penúltimo, palomita, del barato, no te olvidés — dijo el inspector Morales, alcanzando el vaso a la muchacha.

—Déjala, te lo sirvo yo —dijo Manolo Lozano—, y se puso de pie para ir al bar llevando el vaso.

—Sos la amabilidad en persona, Manolito, no sabés cuánto le hubieran gustado tus modales a Lord Dixon —dijo el inspector Morales.

—Acabemos con esa historia tuya de la maleta —dijo Manolo Lozano, y volviendo con el vaso lo puso con un golpe seco sobre la mesa transparente.

—Esta es la valija de los cien mil dólares —dijo el inspector Morales.

—Sigo en la luna de Valencia, socio —dijo Manolo Lozano.

—Te propongo mejor una cosa —dijo el inspector Morales, y dio un trago apurado—: vos te seguís haciendo el pendejo, y yo te sigo explicando.

Manolo Lozano sacó dos chorros de humo por las narices.

El inspector Morales alzó la valija, la puso sobre sus piernas, y la abrió, como si se tratara de un vendedor ambulante de mercancías. Luego le dio vuelta en dirección a Manolo Lozano.

—Debajo del forro de la tapa venían acomodados los cien mil dólares —dijo.

Manolo Lozano seguía intentando mostrarse fastidiado, y se puso de pie; pero el brillo inquieto de su ojo pardo lo traicionaba.

—Esperate, me falta todavía enseñarte algo, coño, chico, caballero, calma —dijo el inspector Morales, y se rió de su propia imitación.

Con aire delicado sacó una hoja de papel manifold verde del sobre que había metido en la valija.

Era una obra maestra de Auxilio Técnico consumada en escaso tiempo. Aquella copia falsa de la guía aérea de embarque de la valija establecía como remitente a Caupolicán, y su firma aparecía estampada al pie.

Manolo Lozano leía, entre revuelos apurados del puro otra vez apagado en su boca.

—La valija ya no la pudo recuperar el remitente de manos de Stanley Cassanova por lo que vos ya sabés y yo no te voy a repetir —dijo el inspector Morales.

El turbión del aire acondicionado hacía estremecer la frágil hoja que Manolo Lozano había dejado colgando de su mano. El brillo del ojo pardo tenía ahora un fulgor de acero.

—En esa valija había un vestido de novia, ¿no es cierto? —dijo.

—No era más que un señuelo, para que dejaran pasar la valija sin problemas por la aduana —dijo el inspector Morales.

—Pero la chica esa, Sheila… —dijo Manolo Lozano.

—La usó, Manolito, se aprovechó de que eran amantes, y la hizo que sacara la plata del banco, pobrecita… —dijo el inspector Morales.

—¿Me puedo quedar con este papel? —preguntó Manolo Lozano.

—Claro, mi socio, y también te dejo de regalo la valija —dijo el inspector Morales.

—¿Y cuánto vale ese favor? —preguntó Manolo Lozano.

—Lord Dixon hubiera dicho que en la vida hay cosas que no tienen precio —dijo el inspector Morales, y al tratar de ponerse de pie se tambaleó un poco.

—Otro día me explicas por qué haces tú esto —dijo Manolo Lozano, y el ojo pardo pareció una brasa apagada.

—Los traidores mejor debajo del suelo que encima, según la máxima pacifista del Profeta —dijo el inspector Morales, mientras se dirigía a la puerta—. Pero ya sería largo explicarte quién fue el Profeta.

Los guardaespaldas seguían imperturbables en custodia de la puerta, y no se preocuparon de orientarlo cuando perdió el rumbo y siguió en sentido contrario por el pasillo. Se apoyó de manos en la pared, como en busca de una tregua; recompuso luego el paso, y emprendió el camino correcto.

Su antigua subordinada chocó los talones antes de abrirle con diligencia la puerta del salón VIP. Fue una maniobra que no dejó de darle risa, por lo que tenía de reacción refleja, y porque sus zapatos eran de tacones, con lo que escapó de perder el equilibrio; en recompensa, le hizo un saludo militar en toda regla al pasar.

El salón iluminado con luces fluorescentes de color violeta parecía una pecera. Al cerrarse la puerta los ruidos de afuera se apagaron como si un leve viento se los llevara, y la alfombra ahogó sus pasos; alguien había derramado alguna vez un vaso sobre ella, y la sombra oscura envejecía sin desvanecerse. En el remate de la escalera que llevaba al segundo piso habían cruzado un cordón forrado de terciopelo, sostenido por dos pedestales niquelados. No querían más intentos de robo.

El inspector Morales buscó por encima de las cabezas de los jugadores, en su mayoría capataces taiwaneses de las maquiladoras de ropa de la zona franca y comerciantes palestinos de las vecindades del mercado Oriental, y lo descubrió sentado al fondo, vestido con su smoking negro, atento al juego de la mesa de black jack. Por lo visto era su lugar preferido. Había un único apostador que recogió en ese momento sus fichas, y se retiró. Entonces fue hacia allá.

El crupier, que miraba de perfil con ojos nerviosos, como miran los gallos, se quedó paralizado cuando vio que el inspector Morales retiraba el asiento al lado de Caupolicán, y se dejaba caer como si ya no fuera a levantarse más.

—He oído que en los casinos los tragos son gratis —dijo.

Caupolicán giró apenas la cabeza al escuchar su voz remorosa, cargada de ron, y volvió a la actitud contemplativa en que se hallaba, sin nada concreto de qué ocuparse, acodado sobre la mesa y las manos juntas, como si rezara.

—No conviene que sigás tomando —dijo.

Pero en eso se acercó uno de los meseros, y el inspector Morales ordenó ron sin adornos, siempre del más barato. Luego sacó la ficha púrpura, y la colocó sobre el tapete. Caupolicán la contempló sin amago de asombro.

—¿Querés que te la cambien por otras menores? —preguntó.

—Vos me la mandaste de cortesía, vos dirás —dijo el inspector Morales.

—Dele fichas de diez dólares —ordenó Caupolicán al crupier.

El crupier tomó diligentemente un rollo de fichas amarillas y lo puso frente al inspector Morales.

—No, un momento —dijo—. Pensándolo bien, mejor voy a jugar mi ficha de regalo de una vez.

—Como el señor guste —dijo el crupier recogiendo las fichas.

—¿Cómo es el juego este? —preguntó el inspector Morales, y sorbió algo del trago que le habían llevado.

—Te van a entregar dos cartas —le dijo Caupolicán—. Si las dos no llegan a sumar veintiuno, podés seguir pidiendo más.

—Hasta llegar a veintiuno, o lo más cerca posible, señor —dijo el crupier—. Va a jugar contra mí, y yo también me reparto dos cartas.

—¿Y si me paso? —preguntó el inspector Morales.

—El señor pierde —dijo el crupier.

—Y te vas a tu casa a dormir —dijo Caupolicán.

El crupier puso las cartas sobre el tapete. El inspector Morales recibió un siete de diamantes y un ocho de tréboles. El crupier un diez de diamantes y un as de corazones.

—Tengo veintiuno, el señor pierde —dijo el crupier, y recogió la ficha púrpura.

—Parece que no llegué largo —dijo el inspector Morales.

—Unos llegan hasta donde quieren, y otros hasta donde pueden —dijo Caupolicán.

—Esa era otra de las máximas de Lord Dixon —dijo el inspector Morales.

—Mala suerte la de Lord Dixon —dijo Caupolicán.

—Y mala suerte la mía que perdí tu ficha de cortesía en la sola entrada —dijo el inspector Morales.

—No me vayás a pasar esa mala suerte a mí —dijo Caupolicán.

—Eso es imposible, vos naciste con buena estrella, hermano —dijo el inspector Morales.

—Uno se hace su propia estrella, nada en la vida es regalado —dijo Caupolicán.

—Hay cosas que sí —dijo el inspector Morales—; la ficha que acabo de perder, por ejemplo.

—Pudieras tener todas las fichas que quisieras por cuenta de la casa, eso yo lo arreglo —dijo Caupolicán, con malicia desganada.

—Ya le dije a Manolito que no quería nada —dijo el inspector Morales.

Caupolicán lo miró con sorpresa que quería ser divertida.

—Sí, Manolito, tu general en jefe —dijo el inspector Morales—. Le dije que no quería nada a cambio de la valija, se la dejé gratis, y también le dejé gratis la guía de embarque con tu firma.

—¿De qué jodido estás hablando? —preguntó Caupolicán.

—Él que te explique —dijo el inspector Morales.

Trató de apurar el vaso, pero la verdad es que comenzaba a repugnarle el ron, y lo colocó con cara de asco sobre la mesa. Luego, a como pudo, se puso de pie.

—Nos vemos en el infierno —le dijo a Caupolicán, y se alejó, midiendo sus pasos.

Era una frase que había oído en una película, pero no se acordaba cuál.

25. El dios con cabeza de perro bermejo

La caravana salió de la Plaza del Sol a las once de la mañana del martes primero de agosto bajo un cielo encapotado, y los soplos recurrentes de viento alzaban en remolinos hojas, arenisca y basura en presagio de la lluvia. Delante del carro fúnebre iba una radiopatrulla abriendo vía, y enseguida una camioneta de tina con las ofrendas florales, la más grande de todas la corona del ministro Placebo, cruzada por una cinta morada.

Detrás de la camioneta de las ofrendas seguía la radiopatrulla del inspector Palacios conducida por él mismo, a su lado el inspector Morales, la cabeza partida por la resaca del ron. Atrás, con caras de sueño porque se habían quedado hasta tarde en la vela, iban doña Sofía y la Fanny. Su marido había asistido también a la vela, y hubiera querido sumarse al cortejo de despedida pero debía salir para Jinotega con una cuadrilla del Plantel de Carreteras.

Ni la Monja ni el comisionado Selva vendrían a despedir a Lord Dixon al aeropuerto, porque a esa misma hora comparecían en la sala de prensa de la Plaza del Sol para informar en detalle sobre la captura y deportación a Estados Unidos del Mancebo y del Arcángel en la redada de medianoche en la finca de las estribaciones del Mombacho, en la que también había caído Mike Lozano, deportado también, y asimismo del desmantelamiento del aeropuerto clandestino en las vecindades de Ciudad Darío.

Cuando la caravana alcanzó la rotonda de Cristo Rey, la multitud que se desbordaba acompañando a Santo Domingo de Guzmán en su procesión desde el santuario de Las Sierritas, llenaba ya las calles. Había sido un error de cálculo elegir aquella ruta, pero ya no era posible variarla. Sólo restaba esperar el paso del santo que ya se acercaba, según el nutrido estallido de los cohetes y los ecos cerriles de la bombarda de la banda de chicheros que tocaba sones de toros.

En sentido contrario venía navegando entre el gentío, montado sobre una rastra, el barco de utilería en el que el santo iba a completar el viaje hasta su otra iglesia en las ruinas de la ciudad, donde permanecería los siguientes diez días en espera de la procesión de retorno.

El santo estaba ya a la vista, casi imperceptible en la cúspide de su peaña de flores, con su acompañamiento de promesantes entregados al desenfreno del baile, y sometido al zangoloteo de la cofradía de cargadores. El jolgorio era la penitencia. Una anciana se movía de atrás hacia delante y otra vez hacia atrás haciendo cada vez una reverencia delante de la peaña, otra bailaba vestida de güipil, como la estampa de una niña de piel arrugada, revoleando tímidamente sus enaguas, y otra de sombrero adornado de plumas y espejos, metida dentro de un aro forrado con tela florida, una cabeza de vaca esculpida por delante del aro, arremetía festivamente contra los sorteadores, y mercaderas gordas de delantal y sombreros aludos que bailaban con decisión y energía, y viejos panzones y muchachos flacos tiznados de negro que esgrimían tridentes de diablos y buscaban embetunar a quienes se ponían a su alcance, y niños que pagaban mandas cargados en hombros de bailantes adultos, las caritas también teñidas de contil, o adornados con penachos de indios apaches, igual que el inspector Morales había sido embetunado año tras año por su abuela Catalina que bailaba y lo cargaba, después que el santo había cumplido el milagro de librarlo con bien de las consecuencias de la mordedura de un perro muerto a palos bajo sospechas de rabia.

—La dualidad de Santo Domingo de Guzmán como deidad desde el punto de vista leninista —dijo de pronto el inspector Palacios.

—¿Vos conociste al Profeta? —preguntó el inspector Morales.

El padre del inspector Palacios, comunista de carnet, era dueño de un taller de tipografía en el barrio de Altagracia, y allí tuvo al Profeta, camuflado como aprendiz de cajista. Aprendió de verdad el oficio, y en ese taller se imprimió su folleto sobre la dualidad de Santo Domingo, que él mismo compuso en las cajas.

El inspector Morales había leído ese folleto en el encierro clandestino de León, porque estaba entre los materiales de estudio de la célula. Pese a siglos de transmutaciones, Santo Domingo de Guzmán, fraile fundador del Santo Oficio de la Inquisición, seguía encarnando en la mentalidad popular mágica a Xolotl, el dios con cabeza de perro bermejo que guiaba a los muertos entre las tinieblas en su viaje a Mictlán, la región ignorada del más allá. Así lo probaban el perro echado a los pies de la imagen del santo, y el barco en que era subido a su entrada a Managua, recuerdo de la canoa en que Xolotl iba en procesión por las aguas del lago Xolotlán, bautizado en su nombre. Y la multitud de bailantes enardecidos no era más que una demostración de la rebeldía ancestral indígena en contra de la dominación del colonizador español, que ahora se expresaba en contra del sistema de explotación capitalista y del imperialismo.

—Santo Domingo y el imperialismo —dijo el inspector Palacios—. Para cuadrado, el Profeta. ¿Qué tenían que ver las dos cosas?

—Lo mismo que tiene que ver la Virgen de Fátima con la Policía Nacional —dijo desde atrás doña Sofía.

—¿Es cierto lo que dice doña Sofía, amor, que le van a hacer a la Virgen de Fátima una gruta en el parqueo de la policía? —preguntó la Fanny, acercando la mano al hombro del inspector Morales.

—Doña Sofía, después se mete usted en enredos —dijo el inspector Morales.

—Doña Sofía tiene ahora vara alta —dijo la Fanny.

—Es cierto, se me había olvidado —dijo el inspector Morales—, consígame un ascenso con la madre superiora, doña Sofía.

Una carga cerrada comenzó a atronar en el momento en que la imagen era trasladada al barco hecho de láminas de plywood y adornado con emblemas del café Presto. La banda de chicheros tocaba una diana apurada, y los bombazos reventaban en los oídos. El barco, cargado de cofrades uniformados de cotonas amarillas, que bajaban a varazos a quienes querían subirse sin derecho, avanzaba entre los pitazos del cabezal que lo arrastraba, la multitud adelante, por último los músicos y los tiradores de cohetes, y detrás de la procesión que se iba quedaba el humo de las detonaciones y un reguero de bolsas plásticas, hojas de plátano y envases de refrescos. Entonces la caravana pudo moverse al fin en busca de la carretera Norte, camino del aeropuerto.

Cuando el féretro era introducido en el compartimiento de carga del avión de La Costeña, y junto con el féretro las coronas, empezó a cernirse la llovizna, apacible, casi inofensiva. El piloto, que vigilaba el acomodo de la carga del féretro, miró al cielo con algo de preocupación porque la negrura se cerraba por el rumbo del lago Cocibolca, y comentó en voz alta, sin que nadie le preguntara, que si no se apuraba no tendría tiempo de remontar la cordillera de Amerrisque antes de que estallara el chubasco.

El inspector Morales esperó en la rampa mientras subían los pasajeros, y en la fila reconoció a la negra de rulos en la cabeza y formidable nalgatorio, a la que Lord Dixon se había ofrecido amablemente para llevarle la jaula de cañas donde se agitaba, como si peleara con su sombra, un gallo color de llamarada. Se acordó que le había dicho algo al oído, y que la negra se rió entonces de manera convulsiva, con cara de quien pide auxilio.

Managua-Masatepe, abril 2003-junio 2008

Este libro se terminó de imprimir en el mes de
noviembre de 2008, en Impresos Vacha, S.A. de C.V.,
Juan Hernández y Dávalos Num. 47, Col. Algarín,
México D.F., CP 06880, Del. Cuauhtemoc.